海外汉学丛书

宋詞と言葉

中原健二

词及其周边

宋代士大夫与其文学

〔日〕中原健二 著

陈文辉 译

上海古籍出版社

**图书在版编目(CIP)数据**

词及其周边:宋代士大夫与其文学／(日)中原健二著;陈文辉译. —上海:上海古籍出版社,2019.12
(海外汉学丛书)
ISBN 978-7-5325-9402-3

Ⅰ.①词… Ⅱ.①中… ②陈… Ⅲ.①宋词—诗词研究 Ⅳ.①I207.23

中国版本图书馆 CIP 数据核字(2019)第 249568 号

海外汉学丛书

**词及其周边:宋代士大夫与其文学**

[日]中原健二 著

陈文辉 译

上海古籍出版社出版发行

(上海瑞金二路 272 号 邮政编码 200020)

(1)网址:www.guji.com.cn
(2)E-mail:guji1@guji.com.cn
(3)易文网网址:www.ewen.co

启东市人民印刷有限公司印刷

开本 635×965 1/16 印张 13.25 插页 2 字数 184,000
2019 年 12 月第 1 版 2019 年 12 月第 1 次印刷
印数:1—3,100

ISBN 978-7-5325-9402-3

I·3443 定价:52.00 元

如有质量问题,请与承印公司联系

# 出 版 说 明

　　上海古籍出版社一直关注海外中国传统文化研究，早在上世纪 80 年代初期，就出版了《海外红学论集》、《金瓶梅西方论文集》等著作，并与科学出版社合作出版英国著名学者李约瑟先生主编的巨著《中国科学技术史》。80 年代后期，在著名学者王元化先生和海外著名汉学家的支持下，上海古籍出版社推出了《海外汉学丛书》的出版计划，以集中展示海外汉学研究的成果。自 1989 年推出首批 4 种著作后，十年间这套丛书共推出 20 余种海外汉学名著，深受海内外学术界的好评。

　　《海外汉学丛书》包括来自美国、日本、法国、英国、加拿大和俄罗斯等各国著名汉学家的研究著述，涉及中国哲学、历史、文学、宗教、民俗、经济、科技等诸多方面。提倡实事求是的治学方法和富于创见的研究精神，是其宗旨，也是这套丛书入选的标准。因此，丛书入选著作中既有不少已有定评的堪称经典之作，又有一些当时新出的汉学研究力作。前者如日本学者小尾郊一的《中国文学中所表现的自然与自然观》、法国学者谢和耐的《中国和基督教》，后者以美国学者斯蒂芬·欧文（宇文所安）的《追忆：中国古典文学中的往事再现》为代表，这些著作虽然研究的角度和方法各有不同，但都对研究对象作了深入细微的考察和分析，体现出材料翔实和观点新颖的特点，为海内外学术界和知识界所借鉴。同时，译者也多为专业研究者，对原著多有心得之论，因此译本受到了海内外汉学界和读者的欢迎。

　　近十几年来，在中国研究的各个领域，中外学者的交流、对话日趋频繁而密切，中国学者对海外汉学成果的借鉴也日益及时而深入，海外汉学既是中国高校的独立研究专业，又成为中国学人育成过程中不可或缺的取资对象。新生代的海外汉学家也从专为本国读者写作，自觉地扩展到以华语阅读界为更广大的受众，其著作与中文学界相关著作开始出现话题互生共进的关系，预示了更广阔的学术谱系建立的可能。本世纪以来，虽然由于出版计划调整，《海外汉学丛书》一直未有新品推出，但上海古籍出版社仍然持续出版了一批高质量的海外汉学专题译丛，或从海外知名出版社直接引进汉学丛书如《剑桥中华文史丛刊》，积累了更为丰富的出版经验及资源。鉴于《海外汉学丛书》在海内外学术界曾产生过积极影响，上海古籍出版社听取学术界的意见，决定重新启动这套丛书，在推出新译的海外汉学名著的同时，也将部分已出版的重要海外汉学著作纳入这套丛书，集中品牌，以飨读者。

上海古籍出版社

2013 年 3 月

# 目　　录

# 第一章　宋词略说

## 序　言

　　词是发源于唐代的文学形式，但它的隆盛却缘于宋代，因此后世将其称之为宋代的代表文学。然而，这并不意味着词就成为了凌驾于诗之上的存在，占据韵文文学中心位置的依然是诗。相对于只有五册的《全宋词》，七十二册《全宋诗》的洋洋大篇就足以说明了这一问题（假如再进一步考虑到页面收录字数之差异的话，两者的差距会愈加增大）。"只作词不作诗"的士大夫恐怕是不存在的，但是在思考宋代文学的时候，却无法将词置之度外。之所以如此，是因为在宋代不作词或是不想作词的诗人恐怕是为数极少的。对于宋代的士大夫来说，诗和词之间并非格格不入，流传至今的宋词大部分就是由以诗和散文为文学活动中心的士大夫们所创作的。虽然如此，词具有不同于诗的形式，并且因为它是曾经被实际演唱过的歌辞艺术，所以具有不同于诗的特性与独特魅力。其形式、内容自是毋须多言，从其文学表现上亦可同样得到确认。因此，要想在最大程度上整体地把握宋代文学，对"词"这一歌辞艺术的理解是不可或缺的。

　　那么，"词"这一文学形式究竟应该如何把握？宋词的特征又具体表现在哪些方面呢？进而，"词"于宋人又是怎样的存在呢？本章将从以上几点出发，俯瞰宋词，聊述己见来作为本书的总序。

## 一、宋 词 前 史

### 唐五代的词

　　词是产生在唐代，隆盛于宋代的韵文形式之一。唐代在中国文学史上被称为诗的黄金时代。即使广义上词和诗一样同为韵文，但在狭义上它是不同于诗的文学。在西域音乐的强烈影响下，唐代产生了新的音乐。而这一崭新的音乐要求适合于它的新的歌词形式。由此应运所生的就是曲子词，也就是之后被称为"词"的文学。词是按照乐曲的旋律镶嵌词语而成的，亦被称为"填词"。对于这一崭新的韵文形式，诗人们显示了极大的兴趣，但具体参与创作却是在中唐以后。例如张志和的《渔夫》、白居易的《忆江南》等。白居易在他的《忆江南》词中吟咏了江南的风光：

> 江南好，风景旧曾谙。日出江花红胜火，春来江水绿如蓝。能不忆江南。

（《全唐诗·杂曲歌辞》）

虽然说诗人们开始参与词的创作，但像白居易这样的例子还是寥寥无几的。词以独立的文学形式开始成长，应该说是从晚唐代表诗人温庭筠开始的。温庭筠积极地参与词的创作，其经过文学锤炼的七十首词流传至今。作品的多数皆以浓艳梦幻般的情绪倾诉孤独女性的忧愁和悲哀。而这一情绪源自当时筵席上妓女们歌唱词时用的音乐。到了五代，词在如今为四川省的蜀地和占据江南的南唐等处兴盛起来。蜀地编辑的现存最古的传世词选集《花间集》，以温庭筠的六十六首词开篇，共收录了十八家五百首作品，其多数未能摆脱对温庭筠的模仿。在南唐，以国主李璟、李煜父子和宰相冯延巳为中心的宫廷中的词创作极为繁盛。特别是李煜歌咏亡国悲哀的作品，在唐五代词中绽放着异彩。

以上简略地追溯了词从发生到五代时期的历史。可以说词到了五代才有所发展。然而，即使首肯五代词所营造的充满了忧愁和悲哀的甘美妖艳世界，却也不得不承认因其墨守成规而造成了僵局末路，尤其是《花间集》中温庭筠的模仿者们。"词"作为独立的韵文形式名副其实地得以确立，其存在受到士人的瞩目并得以广为创作的盛况，必须要等到宋代。在宋代，虽然诗依然占据着正统韵文文学的位置，但是正如"汉文、唐诗、宋词、元曲"所概括的那样，词才是代表宋代这一时期的突出文学成就的形式。

### 小令和慢词

关于词在宋代的隆盛，下面对宋诗的相关评论值得我们注意：

> 诗外形上的轮廓在唐代已经完成并确定下来。一句的长度以五言或七言为原则，由句数而成的绝句（四句）、律诗（八句）、古诗（长短不定）的三种分类，唐诗宋诗都没有变化。其更为细密的制约，比如平仄、押韵、对句等，在宋代也见不到新因素的成立。……像二世纪以后（魏晋）的诗人们争先创作五言诗，或者是唐初（七世纪）的诗人们热衷于七言诗创作的那种对于新形式的热情，已经是看不到了。

> （小川环树《宋诗选·解说》，筑摩书房，1967）

宋人也许并没有完全失去"对于新形式的热情"，只不过其"热情"投入的对象不是诗而是词。可是，词并不是产生于宋代，它在唐代就已经产生了。也就是说，唐人亦可以对词这一"新形式"显示出他们的"热情"。但是，与宋人相比，唐人所留下来的词是极为稀少的。原因何在呢？

诗的形式到了盛唐就确定了下来。因此，白居易等中唐诗人所流传的少数词作，可以看作是唐人对"新形式的热情"之产物。可是，星星之火并未得以燎原。晚唐温庭筠七十首作品能够流传至今，几乎可以称得上是一种孤立的现象。那么为什么在唐代看不到词创作的扩展呢？其最大的原因应该归结于当时的词的短篇形式——"小令"。例如温庭筠的小令《菩萨蛮》：

> 牡丹花谢莺声歇。绿杨满院中庭月。相忆梦难成。背窗灯半明。

翠钿金压脸。寂寞香闺掩。人远泪阑干。燕飞春又残。

（李一泯《花间集校》卷一）

此《菩萨蛮》分前后二段，共四十四字，小令也有如前所示白居易《忆江南》那样更为短小的作品，总的来说，大体上在四十字到六十字左右。这一状况在五代也没有改变。五代词几乎近于全为小令。

宋代十一世纪前期，柳永吸收了民间长篇词的形式，开始了他旺盛的创作活动。这就是慢词（本章以下所引用的宋词，在没有特殊说明的情况下都以《全宋词》为底本）。让我们来看一下他的《雨霖铃》：

寒蝉凄切。对长亭晚，骤雨初歇。都门帐饮无绪，留恋处、兰舟催发。执手相看泪眼，竟无语凝噎。念去去、千里烟波，暮霭沉沉楚天阔。　　多情自古伤离别。更那堪、冷落清秋节。今宵酒醒何处，杨柳岸、晓风残月。此去经年，应是良辰、好景虚设。便纵有、千种风情，更与何人说。

与小令进行比较，不难发现慢词具有比小令更加错综复杂的长短句。仅此一点就算得上是二者的一大区别，而慢词和小令的差异并不仅仅体现在两者的长度上，其更为重要的是词句的节奏感。以七言五言句为主的《菩萨蛮》中，五言句俱可以分为上二字、下三字。七言句则是上四字、下三字。也就是说，五言句和七言句分别具有二、三，四、三的节奏感。可以断言小令词句的节奏感基本上都是这样的，并且，这种节奏感和五言七言诗的节奏感是相通的。虽然小令是不同于诗的长短句，但是即使是一篇再长的小令，也几乎和律诗的长度相同，每一句亦只要按照诗的节奏感来创作就可以了。这就是词之小令并没有广泛地唤起唐人"对于新形式的热情"之原因。

在另一方面，慢词《雨霖铃》亦有和诗的节奏相同的句子。但是，像"留恋处、兰舟催发""杨柳岸、晓风残月"这样三、四的节奏在作品中是随处可见的。此外，四字句"对长亭晚"所持有的一字、三字的节奏不同于平常所见的二字、二字的节奏。在此之上，"对"字一直关联到下一句的"骤雨初歇"之处。像这样语意跨越句读的例子在慢词中比比皆是。五言句的例子中，同样是柳永的作品，其《八声甘州》的"望故乡渺邈"一句，同样是一字、四字（或者说三字、二字）的节奏。由此可见，慢词具有不同于诗的独特句法。在声律方面，小令更接近近体诗，而慢词却不能完全用此来约束。因此，慢词的创作相比小令有一定的难度，也正因为这样反而更加激发了诗人的创作欲望。加之其作为歌辞所具有的魅力，可以说只有经过小令过渡后登场的慢词才能唤起宋人的"对于新形式的热情"，从而使其忘我地投身于词的创作中。

## 二、作为纯粹抒情诗的词

### 宋词之出发——柳永

在初期的宋词中，柳永（约987—约1053）的存在是很重要的。他最大的功绩就是掀起了慢词流行的浪潮，并树立了崭新的叙述体裁——慢词。柳永作品的大多数是歌咏男女情爱的艳词，或是以羁旅行役为主题的词作。运用慢词的形式来进行绵绵私语般的铺述是柳永艳词的特征。试看下面的《昼夜乐》词：

> 洞房记得初相遇。便只合、长相聚。何期小会幽欢，变作离情别绪。况值阑珊春色暮。对满目、乱花狂絮。直恐好风光，尽随伊归去。　　一场寂寞凭谁诉。算前言、总轻负。早知恁地难拚，悔不当时留住。其奈风流端正外，更别有、系人心处。一日不思量，也攒眉千度。

可以说此作品是多少有些极端性的，从始至终都在摹写一位女性的自言自语。而这恰恰是柳永作品最大的特征。另外，他的描写羁旅的作品也使用慢词的形式，同样以运用感伤的情调来描述忧愁和悲哀为特征，又往往交织着对往日欢乐的追忆、别离恋人的思慕，从而使羁旅行役之词亦缠绵着忧伤的心绪。词作为在宴席上妓女咏唱的歌曲，自诞生以来，就以男女爱情为主题，以其细腻的抒情性为生命，而柳永的作品忠实地继承了这一点。

柳永为了科举而上京，却作为留连青楼的词人而广为人知。他的一系列具有精彩的男女心理描写的艳词也被认为是在此期间所创作的。羁旅行役的作品是柳永晚年及第之后，在奔波于地方官任上的宦途中所创作的，以其景物描写和心理表现的巧妙融合而享有盛名。然而，也不得不承认其作品的表现太过于直率明朗或感伤。柳永似乎生来就应该成为词人，他的诗作几乎不见流传，唯有词作有所流传，这或许是顺理成章的结果（有关柳永的词将在第四章进行详细论述）。

**雅词的确立——周邦彦**

继承了柳永开拓的慢词手法，确立宋词顶点之一的是北宋后期词人周邦彦（1056—1121）。试举他的代表作之一《兰陵王·柳》：

> 柳阴直。烟里丝丝弄碧。隋堤上、曾见几番，拂水飘绵送行色。登临望故国。谁识。京华倦客。长亭路，年去岁来，应折柔条过千尺。　　闲寻旧踪迹。又酒趁哀弦，灯照离席。梨花榆火催寒食。愁一箭风快，半篙波暖，回头迢递便数驿。望人在天北。　　凄恻。恨堆积。渐别浦萦回，津堠岑寂。斜阳冉冉春无极。念月榭携手，露桥闻笛。沈思前事，似梦里，泪暗滴。

本词分三段共有一百三十字，是名副其实的长篇。小题为"柳"，就不得不让人预想这是一首咏柳的咏物词，而实际上并非如此。柳树的描述仅出现在前段中。前段末"长亭路，年去岁来，应折柔条过千尺"一句，以旅人折柳送别的故习为契机，从中段到后段，作品逐步向着别离的悲哀收敛，可以看出，因柳触发的别离的痛苦才是此作品的真正主题。作品的背景是旅居京城的主人公为踏上旅途的友人送别，但是作品没有揭示别离的地点，即使是将要启程的旅人也仅仅给了读者一个女性的提示而已，从而使主人公与她的关系一直处在朦胧和暧昧之中。后段开始部分的"凄恻。恨堆积"之句，既是突如其来的悲哀的喷涌，同时又巧妙地将内容导入到下面的叙景之中，从而抑制了感情的恣意流放，柳永词中所具有的咏叹调式的直率的感情表现在这里找不到。像这样，无论是作品与作者之间的关联还是作品所构筑的世界内部，所有具体的表象都被舍弃，剩下的是一个被朦胧的悲哀和忧愁所笼罩的纯粹抒情的世界。至此，可以说词达到了一个顶峰。

那么，作者周邦彦的个人体验和此作品没有任何的关联吗？恐怕并非是这样。与此作品相对应的作者的具体体验在很大程度上是极有可能存在的。然而，本作品对此没有任何触及。就算是存在着具体的个别体验，亦是经过了周邦彦的解体、一般化、抽象化之后才被重新构筑在作品中的。周邦彦受到柳永的深刻影响，却没有像柳永那样沉溺于悲哀。柳永的词中隐约有着他自己的影子，而周邦彦作品中的感情经过了对个别性和具体性所进行的剔除之后，变得更加单纯化。这种操作称得上是理智性的、技巧性的。柳永词中不厌其烦的直率的感情表现，展现其浓厚的通俗歌谣的色彩。而周邦彦的作品，正是脱离了柳永的这一"俗词"风格，确立了"雅词"的概念，从而完全占据了士大夫文学的一角。从此，周邦彦的词风一跃成为主流。大多数南宋词人继承了他的风格，在词坛上展现着丰富多彩的变奏。

# 三、诗 和 词

### 词和小题

在词向着周邦彦风格的雅词方向发展的同时，在另一方面也出现了意欲向士大夫文学靠拢的倾向。这就是以与柳永同时代的张先为先兆，继而由苏轼（1037—1101）所达到的词的又一顶点。张先和柳永一样参与了慢词的创作，但他的作品和柳永相比为数不多，张先的重要性表现在和柳永不同的地方。自唐五代以来，词在其形式上，只揭示表明其演唱旋律的词牌就已成为通例。不存在具体地表示词之内容与作者关联的提示。也就是说，词有词牌，却不存在类似于诗题的"题目"。因此，无论是谁都可以轻易地把握作品的背景，或者说读者亦能够对其进行随意的设定想象。但是张先的词常常增添一些说明创作时间、地点，以及有关作品具体背景的小题。他的这一手法为后来的苏轼所继承，并被逐渐地一般化以后，附有小题的词就不再稀奇了（村上哲见《宋词研究·唐五代北宋篇》）。实际上，苏轼词的绝大部分都附有小题，这就给他的大部分词提供了以编年形式编纂的可能性（龙沐勋《东坡乐府笺》、曹树铭《苏东坡词》）。

给词附加小题，更多的时候是为了明了词的内容和作者自身的关系。这就意味着以表现悲哀忧愁等情感为重点的词，开始由感情的一般化、普遍化，向着具体表现作者实际生活中的某一时段的感慨而转变，也就是向着感情的个别化、特定化而转变。让我们通过苏轼的作品来具体看一下这一变化。下面是他的小题为"黄州定惠院寓居作"的《卜算子》词：

> 缺月挂疏桐，漏断人初静。谁见幽人独往来，缥缈孤鸿影。　　惊起却回头，有恨无人省。拣尽寒枝不肯栖，寂寞沙洲冷。
>
> （龙沐勋《东坡乐府笺》卷二）

在不顾及小题的情况下，通读之后就可以看出此词中并没有明确表明作品的时间和创作地点。词中所表现的是以弦月和孤鸿只影所象征的隐者的深沉孤独和寂寥。虽然无关于男女情爱，但在专于表现感情这点上就是明显的词的风格，仅此一点就称得上是耐人品味的名作。然而，苏轼为这首词添加了"黄州定惠院寓居作"的小题。"黄州"就是如今的湖北省黄冈市黄州区。一〇七九年七月,苏轼以诽谤朝政的罪名获罪下狱,虽然苏轼本人做了最坏的打算,却没有想到在同年十二月以贬放黄州的处罚而幸免于死。苏轼到达黄州是在第二年的二月,其后的一段时间他就寄居在名为"定惠院"的寺庙里。这首《卜算子》的小题明示了这一作品就是在那期间创作的。由此,词中的"幽人"就与获罪人苏轼自身的影子相重合。我们亦可以因为小题的存在而得知词的内容与苏轼自身的经历有着密切的联系,应该说这是一首具有浓厚的个人色彩的作品。这首词所表现的孤独和寂寥并不能完全被汇入歌谣所具有的一般性的范畴中去,它始终是被牢牢地系于苏轼自身的个人体验之上的。也就是这一点上,可以让我们从中窥视到词和诗这两者之间所开始出现的重合。

### 词和题材

张先的作品中有送别、寄赠以及对他人作品的唱和等内容。同样通过这些作品的小题就能够看出,词已经深入到了士大夫的日常生活中。这意味着本来以男女情爱为主要题材的词,在题材方面也开始出现了扩展。张先辞官以后隐居在杭州,据说那里因此形成了以他为中心的文人官僚的沙龙(前揭村上氏著)。张先词题材的扩展也可以说是这种环境下的产物吧。但是,在这种沙龙式的集团中,词之题材的界限也是可想而知的。而词之题材欲呈现更加广泛的扩展,就不得不等待天才词人苏轼的出现了。

众所周知,苏轼是宋代首屈一指的诗文大家。他积极地参与词的创作是从一〇七二年出任杭州通判以后开始的。在杭州他曾经和张先有过亲密交往,在词的创作上受到了张先的强烈影响(前揭村上氏著)。如前所述,为词附加小题也是受张先的影响,在题材方面也不得不说是有"入芝兰之室汲其馨香"的结果。但是,苏轼并没有停泊在张先的框子里。从一〇七四年苏轼由杭州转任密州(山东省)知州以后,苏轼词的题材开始呈现出显著的扩展（大约从这一时期起苏轼开始了慢词的创作）。例如，他在赴任密州的途中寄给苏辙的《沁园春》（《东坡乐府笺》卷一）中，包含了自己对当时王安石实施的新法的不满。小题为"密州出猎"的《江城子》（同前卷一）歌咏了狩猎的粗犷豪放。在他的徐州（江苏省）知州时代，创作了描写郊外农村的连作《浣溪纱》（同前卷一）。其后苏轼被流放黄州，就在黄州他创作了自己的代表作《念奴娇》（同前卷二）。以"赤壁怀古"为小题，以赫赫有名的赤壁之战为题材的这一作品，其歌咏手法不是历来词所有的细腻纤柔的抒情，而是那种掷地有声的阳刚之叹。无论是哪一篇都可以说是只有当时的诗歌创作才能驾驭的题材。

清末的王国维在《人间词话》中论及诗和词的关系时，如是说："（词）能言诗之所不能言，而不能尽言诗之所能言。诗之境阔，词之言长。"（中华书局本《校注人间词话》卷下，1955）这段话简单地说明了在一直以来的部分诗歌题材上，词获得了诗所没有呈现过的文学表现。这自然是指以男女情爱为主题的细腻纤柔的抒情表现。可是，苏轼并没有拘于此限，他向我们展示了即使是诗的题材也同样可以通过词来表现的可能性。下面引用的书简就是一个很好的提示：

> 近却颇作小词，虽无柳七郎风味，亦自是一家。呵呵。数日前，猎于郊外，所获颇多，作得一阕，令东州壮士抵掌顿足而歌之，吹笛击鼓以为节，颇壮观也。
>
> （《与鲜于子骏书》，中华书局本《苏轼文集》卷五三）

从这里可以看到苏轼在承认词之本色为柳永风格的同时，也显示了自己"自是一家"的自负。此处所说的"一阕"或许就是指前面所言及的"密州出猎"一作。苏轼之欲将词和诗相重合的意图在将前人的诗赋作品改编为词的创作活动中也能够看到。例如以韩愈《听颖师弹琴》诗改编的《水调歌头》（《东坡乐府笺》卷二）、借用杜牧《九日齐山登高》

诗句的《定风波》（同前卷三）、改编陶渊明的《归去来辞》而成的《哨遍》（同前卷二），这都是其对诗进行改编的成果。尤其对《哨遍》一作，在他给朱康叔的书信中曾经这样说道：

> 旧好诵陶潜《归去来》，常患其不入音律。近辄微加增损，作般涉调《哨遍》。虽微改其词，而不改其意。请以《文选》及本传考之，方知字字皆非创入也。
>
> （《与朱康叔书》，同前卷五九）

苏轼在此明言"虽微改其词，而不改其意"。那么，对苏轼来说，某一作品之所以被称为词的基本条件是什么呢？其唯一的条件就是能否演唱的问题。在苏轼的书信或小题中经常提到实际中词的"演唱"问题。此外，苏轼有题为《渔父》的长短句作品，一般被认为是词。可是，其句式却与唐五代词中的《渔父》相异，在苏轼的词集中没有收录，反而被收在他的诗集中。这说明了苏轼自己并没有把它当作词。这或许是因为在最初的阶段可以用来填词演唱的旋律并没有存在的原因吧（请参照小川环树《苏轼·下》，岩波书店，1962，第142页）。并不是所有的词都被实际演唱过，虽然仅仅通过阅读来欣赏的场合也很多，但可以认为在苏轼的意识中，只有对实际存在着的能够进行演唱的旋律所填的歌辞才可以被称为词。这样一来，可以说词之题材的扩展就是必然而生的，题材的扩展和小题的相互作用，促成了诗和词的重合。但是，反过来说，这就失去了特意进行词创作的必要性，从而使词作为文学形式的独立性变得稀薄。苏轼的词风之所以没有成为词之主流，在某种意义上可以说是理所当然的吧。苏轼的词创作意欲最为旺盛的时段是从出任杭州通判到黄州流放期间，其后就逐渐呈现衰退，或许就是这个原因。无论如何，苏轼的词创作活动在将词与诗重合的方向上赋予了词一定的幅度，从而为词成为士大夫文学奠定了基础，不得不承认其功绩是不可磨灭的（有关苏轼的词具体将在第五章、第六章进行论述）。

# 四、南 宋 词

## 周邦彦的后继者们

至此，我们以北宋词人为主进行了叙述。这基本上就能够把握词这一文学形式的概况。然而，我们还是有必要涉及南宋词。就像已经言及的那样，南宋词是以继承周邦彦词风的词人们为主流而构成的。首先就让我们来看一下它的主流派。

被称为南宋前期主流派代表的是姜夔（1155—1209）。他与周邦彦同样精通音律，也能独立作曲，其词集亦因为附有一部分乐谱而著名。姜夔词集的乐谱被认为是复原词音乐的重要线索[1]。虽然存在着姜夔的词高于周邦彦的评价，值得注意的是，在姜夔很多的词作中，有着与其说是小题不如说是序言那样的长篇前言。可以说，这很好地显示了在经历过苏轼和周邦彦两人的词风之后南宋词的存在形式。

在南宋周邦彦的后继者中，其直系的继承者应该说是吴文英（1200—1260）。吴文英的词反复运用前人的诗句和各种典故，树立了一种类型性的表象，加之其灵活运用的比喻和间接的表现，从而为我们构筑出一个朦胧恍惚的情调世界。可以说他进一步推进了周邦彦的修辞主义，甚至于有时会偏于晦涩。试看其内容比较浅显的作品之一《风入松》：

> 听风听雨过清明。愁草瘗花铭。楼前绿暗分携路，一丝柳、一寸柔情。料峭春寒中酒，交加晓梦啼莺。　　西园日日扫林亭。依旧赏新晴。黄蜂频扑秋千索，有当时、纤手香凝。惆怅双鸳不到，幽阶一夜苔生。

---

[1] 一般认为，词的音乐进入元代就失去了传承，从而无法演唱，那之后的词就同诗一样成了只能朗诵的韵文。但元明时代江南的实际情况却未必是这样。请看看拙稿《词乐在元代江南的传承》（《中国文学报》第73册，2007）。

　　这首词所描述的是对过去女性的追忆和别离的悲哀，充分体现了上述吴文英的特色。清明时节，一夜狂风摧残花枝，宣告春天终焉的脚步已经走近。此情此景是经常为诗词所歌咏的，但是在吴文英的这首词中，他是通过"风雨"对听觉带来的触动、为落花撰写"葬花之铭"等行为来间接地表现这一主题。"一丝柳、一寸柔情"的表现同时也可以看作是女性的隐喻。只有在这醉眼模糊的睡梦中才能见到美好情影，却被清晨黄莺的婉转叫声惊醒。"春寒中酒，交加晓梦啼莺"就是它的间接表现。甚而在词的后阕中"黄蜂频扑秋千索"一句，运用感官性的表现暗示了女性遗留在秋千上的残香，最后通过鞋子的比喻——"双鸳"，诱发人们对女性的联想，暗示其情影不再的结局。

　　这首词的题材相比以往没有什么变化。可是中国的古典诗，在注重歌咏内容的同时也注重应该如何歌咏的问题，词就是作为更为注重后者的文学形式而发展起来的。它甘心于千篇一律的指责，即使是相同的题材，宋代词人们所追求的是如何通过驱使词汇来创造一个崭新的作品世界。正是因为成功地触发了人们的心弦，才使词呈现出了空前的隆盛。换句话说，词称得上是追求"类型"的变化之美的文学。宋代文人具有丰富的感性来接受它，而现代的我们也许正在逐渐地失去这种感觉。

　　到南宋末，又出现了以咏物词而广为人知的周密（1232—1298）、王沂孙（生卒年不详）、张炎（1248—1320）这三位代表性的词人。这一时期的词被认为隐喻地寄托了对宋朝灭亡的悲哀，所以他们的作品并不是单纯的咏物。这一点是应该引起注意的。

**苏轼的后继者们**

　　从北宋末到南宋，很多词人继承了苏轼所开创的词风。其代表者辛弃疾（1140—1207）与苏轼并称"苏辛"。国土的北半部分被异民族金所占领的南宋政权，仅靠着南部的半壁江山维持朝政，辛弃疾常常将这忧国忧民的悲愤慷慨寄托在词中。此外，作为词人的辛弃疾有着比苏轼更广泛的创作范围，他极端性地借用经书的语汇来创作，甚至于运用词来展开议论。辛弃疾现存的作品超过了六百首，即使是和主流派相比也是出类拔萃的、宋代首屈一指的多产词人，而他的诗却仅有百余首流传。在诗和词的文学创作活动中，辛弃疾的精力几乎都是集中在词上面的。

和辛弃疾显示出一样倾向的是和他有着亲密交往的张孝祥（1132—1170）、陆游（1125—1209）、陈亮（1143—1194）。在南宋后期又出现了刘克庄（1187—1269）、刘辰翁（1232—1297）等。但是，他们的词并没有促使辛弃疾的词风得到本质性的发展。

总的来说，继承苏轼流派的词人们，除了辛弃疾以外，与其说是词人，不如说他们中更多的是以诗人或思想家的身份而广为人知的。其次，他们之中通晓音乐的人也为数极少，这与周邦彦的继承者们大多数具有良好的音乐素养形成了鲜明的对比。

# 五、诗人和词——陆游

陆游是南宋最大的诗人，有将近一万首作品流传于世。同时他也创作了为数不少的词，现存有一百四十首左右。陆游和辛弃疾一样是主张抗金的主战派，其诗词俱以忧国之情入题。但在他的作品中，以词原本的内容为题材，表现男女情爱的艳冶之作也是存在的。实际上辛弃疾、苏轼等也都留下了这样的作品。在词史上被总括为苏轼流派的词人们并没有被局限于"诗性质"的词创作中，这一现象是值得留意的。

陆游在其八十四岁生命终结之时，于《示儿》诗中说道：

死去元知万事空，但悲不见九州同。

王师北定中原日，家祭无忘告乃翁。

（钱仲联《剑南诗稿校注》卷八五）

陆游就是这样一位彻底的主战论者。在一一八九年他六十五岁时自做的词集序言中这样写道：

予少时汩于世俗，颇有所为，晚而悔之。然渔歌菱唱，犹不能止。今绝笔已数年，念旧作终不可捃，因书其首，以识吾过。

（《长短句序》，《四部丛刊》本《渭南文集》卷一四）

虽然陆游称自己的词作"汩于世俗"，自认"吾过"，但最终还是没有舍弃对它的钟情。从中我们可以看出陆游对待词的态度，同时也应该认为这亦是当时宋人所共通的普遍认识吧。

# 第二章　宋代士大夫与词

## 序　言

词以宴席之音乐为渊源，因此以温庭筠为代表的唐五代词就多数以男女间的恋情以及女性的美为题材，这即使到了宋代基本上也没有改变。只是我们有必要确认一下，在宋代词作为一种活的歌辞文艺而存在并且实际为人们所歌唱的事实。的确，在没有词曲旋律流传的现在，要想了解歌词与曲调的关系是很困难的，这就自然而然地使词的研究不得不偏重于歌词。以柳永、周邦彦、姜夔、吴文英、张炎为代表的富有"乐才"① 的词人们的作品风格与不甚精通音乐的苏轼流派的词人以及南宋爱国词人们的作品风格，总是容易被人们作为两种对立的风格来评论。那么，在歌词的题材、内容表现上，是否存在着与作者音乐才能的有无相对应的因素呢？虽然我们无法给予这个疑问一个明确的解答，但本章依然尝试以词牌的使用状况以及士大夫们围绕词的发言为线索，对宋代士大夫的作词状况以及他们对词这一文学形式的认识作些许探讨。

## 一、宋人的作词形态

宋人是以怎样的形式来进行词的创作的呢？吴熊和氏在《唐宋词通论》（浙江古籍出版社，1985）中如此说道：

> 填词按谱，其含义当然首先是指按照音谱，但这必须以词人知音
> 识曲为条件。宋代柳永、周邦彦、姜夔等词人，都以善于音律著

---

① 这里所说的"乐才"，不仅仅指其在音乐上先天所有的才能，亦包括其后天努力而修成的部分。本稿以下将其译作"音乐才能"。

称。……可是就多数词人来说，却未必尽谙乐律，作词也难以尽依音谱。《词源·杂论》说："今词人才说音律，便以为难。"《乐府指迷》说："腔律岂必人人皆能按箫填谱。"又说："近世作词者不晓音律。"不晓音律，就只能舍音谱而取词谱，依前人所创词调的文字声律作词。……因此，"衰合众体、勒为一编"的词谱，宋代或许确实没有。但至少以词为谱，或以名家词代词谱的现象是很普遍的，而且愈到后来愈如此。

（第二章《词体》第一节《词的创作——按谱填词》"二、词谱"）

吴氏认为像柳永这样富有音乐才能的作者才能够按照乐谱来再现旋律，而不谙乐谱之人却只能模仿实际的歌词来作词。笔者亦赞同吴氏的这一说法。但是，宋人的作词状况却并不仅限于这两种。词的绝大部分都是对已有歌曲所进行的"替换歌词"之作。接下来，让我们来分析一下创作这种换词歌曲的几种方法。

首先，要替换歌词的歌曲是有曲谱的，进行替换歌词的人如果有阅读乐谱的能力，就有"按谱填词"的可能。这是必须具有一定的音乐才能方能够做到的。吴氏文中所说的前者就是属于这种情况。

其次，既没有音乐才能又不知道歌曲旋律。即使是在这种情况下，只要记住原有歌曲的歌词，或是对眼前所有歌词的句法进行忠实模仿的话，也是能够制作出"换词"歌曲的。这就是吴氏所说的后者。

但是，尚有第三种情况的存在。即替换歌词之人熟知原有歌曲的旋律与歌词内容。即使没有乐谱，根据记忆中的旋律也能创作"换词"之歌。即使一部分歌词与旋律并非完全符合，但大体上作为原有歌曲的"换词"之作是能够通行的，而创作这种换词歌曲的作者不需要很高的音乐才能。宋词创作中，这种形式难道不是最普遍的吗？苏轼的音乐才能不是很高，在其词不协音律的定评之外，亦有"东坡亦能歌"的辩护①。

---

① 例如，《苕溪渔隐丛话》后集卷三三中引用了晁补之的"东坡词，人谓多不协音律"，而另一方面，陆游认为："世言东坡不能歌，故所作乐府，词多不协。晁以道云：'绍圣初，与东坡别于汴上，东坡酒酣，自歌古阳关。'则公非不能歌，但豪放不喜裁剪以就声律耳。"（《老学庵笔记》卷五）

可以说，这并不是互相矛盾的。

通过以上的考察可以料想到，宋人词牌的使用状况应该能够反映出以上所说的作词状态。只是，小令的句法几乎与诗相同，即使不知道其旋律，没有通过乐谱再现其旋律的能力，通过参考已有的词来填写创作，对宋人来说应该是小事一桩。而区别于传统诗句法的复杂的慢词制作就不那么简单了。因此可以说，宋词之所以被称为宋词就是因为慢词的存在①。以下就以慢词为中心来看一下宋代主要词人的词牌使用情况。在此之前，首先以高喜田、寇琪《全宋词作者词调索引》（中华书局，1992）为据来看一下宋词中频繁使用的词牌，其结果如下②：

| | 词　牌 | 总　数 |
|---|---|---|
| 1 | 水调歌头 | 759 首 |
| 2 | 念奴娇 | 646 首 |
| 3 | 满江红 | 574 首 |
| 4 | 沁园春 | 453 首 |
| 5 | 贺新郎 | 448 首 |
| 6 | 满庭芳 | 367 首 |
| 7 | 水龙吟 | 327 首 |
| 8 | 木兰花慢 | 165 首 |
| 9 | 摸鱼儿 | 143 首 |
| 10 | 八声甘州 | 126 首 |

---

① 以下南宋赵以夫的发言显示了宋代对慢词的重视：

　　唐以诗鸣者千余家，词自《花间集》外不多见，而慢词尤不多。我朝太平盛时，柳耆卿、周美成羹为新谱，诸家又增益之，腔调备矣。（《虚斋乐府自序》，景刊宋金元明本词四十种《虚斋乐府》卷首）

② 通过字数来判定慢词，严格地说是不能的。但超过 80 字的作品，其句子的节拍、句法等大部分是不同于诗的，因此在此暂时将 80 字以上的作品都作为慢词来看。但是，像《白石道人歌曲》中将《鬲山溪》作"令"，《清波引》作"慢"那样，又有根据具体情况而作的判断。同调异名的词牌一律概括在代表性的词牌下面，对同一词牌中存在的小令与慢词作了尽可能地区分。本稿的统计中存在互见作品的重复计数，亦或许有计算上的错误，但大体上作为观察其整体倾向的数据还是具有一定的说明性的。

从《水调歌头》到《水龙吟》的前7位词牌，可以看作是宋人最频繁使用的代表性词牌（曲调），以下就称之为"频用词牌"。而小令的使用情况如下：

| | | |
|---|---|---|
| 1 | 浣溪沙 | 874首 |
| 2 | 鹧鸪天 | 704首 |
| 3 | 菩萨蛮 | 643首 |
| 4 | 蝶恋花 | 537首 |
| 5 | 临江仙 | 514首 |
| 6 | 西江月 | 511首 |
| 7 | 减字木兰花 | 459首 |
| 8 | 点绛唇 | 431首 |
| 9 | 清平乐 | 377首 |
| 10 | 玉楼春 | 366首 |

可以看到，除去《鹧鸪天》以外，其他的都是唐代以来的词牌。

## 二、北宋词牌的使用状况

柳永开拓了北宋时期慢词的隆盛状况。《全宋词》中柳永的慢词创作情况如下（"慢词占有率"为慢词在全部作品〈不计失调名与存目词〉中的百分比）：

| 作品总数 | 慢词总数 | 慢词占有率 | 慢词词牌 |
|---|---|---|---|
| 213首 | 124首 | 58% | 87种 |

而与柳永时代相近的张先、晏殊、欧阳修等慢词的创作情况如下：

| | 作品总数 | 慢词总数 | 慢词占有率 | 慢词词牌 |
|---|---|---|---|---|
| 张　先 | 165首 | 20首 | 12% | 19种 |
| 晏　殊 | 136首 | 3首 | 2% | 1种 |
| 欧阳修 | 241首 | 10首 | 4% | 9种 |

两者相比可以看出，惟有柳永能够自由自在地进行慢词创作。与柳永使用的 87 种曲调相比，即使是张先亦只使用过 19 种曲调。柳永为应举进京从而留连青楼，这 87 种曲调的大部分或许是在这一时期所掌握的，其中亦有可能包括他的自制曲调。与此相对，张、晏、欧三家可以说是在唐五代以来的小令世界中进行着词的创作。七种频用词牌中，柳、张、晏、欧四家也只有柳永有《满江红》4 首，张先有《满江红》1 首、《沁园春》1 首而已。这是因为在这一时期慢词的创作尚为罕见的缘故吧。

那么，在这四家以后的苏轼又是怎样的呢?[①]：

| 作品总数 | 慢词总数 | 慢词占有率 | 慢词词牌 |
| --- | --- | --- | --- |
| 346 首 | 43 首 | 12% | 20 种 |

苏轼受张先的影响而倾力于词作的事情是众所周知的，他的慢词创作状况也与张先类似。唯一不同的是，上面所说的七种频用词牌都为苏轼使用过。其中《水调歌头》4 首、《念奴娇》2 首、《满江红》5 首、《水龙吟》6 首、《沁园春》1 首、《满庭芳》6 首、《贺新郎》1 首。也就是说，仅这七种频用词牌就有 25 首，占其慢词总数的 58%。苏轼慢词仅占其作品总数的 12%，他并没有进行大量的慢词创作，而上面所举的频用词牌就占了近六成，这是以前主要词人们所没有的。这可以说是因为苏轼不谙音乐，所以不能使用更多种类的慢词曲调来填词的缘故吧。可是，在他使用过的 20 种词牌中，只要记住其中的七种频用词牌的曲调，不是也能像这样即兴填词的吗？据推测，《水调歌头》以下的 7 种词牌，在苏轼之前有可能已经作为频用词牌渗透到宋人中了。在这一点上，苏轼的门人黄庭坚也具有同样的特点。在黄庭坚的 186 首词中，慢词只有占 10% 的 18 首，所使用的慢词词牌亦不过 11 种。在 18 首慢词中，《水调歌头》2 首、《念奴娇》1 首、《沁园春》1 首、《满江红》6 首。也就

---

① 与苏轼同时代的著名词人晏几道的数据如下。其亦呈现出与其父亲晏殊同样的倾向：

| 全作品数 | 慢词总数 | 慢词占有率 | 慢词词牌数 |
| --- | --- | --- | --- |
| 260 首 | 6 首 | 2% | 4 种 |

是说，用这四种频用词牌的 10 首就占了其慢词总数的 56%。可以认为黄庭坚和苏轼一样，也不具备可以自由运用慢词的音乐才能。

　　能够自由使用多种慢词词牌进行创作的词人的出现，还必须要等到周邦彦的登场，柳永可以说是在周邦彦出现后才有了其继承人。只是，在苏轼以后的北宋后期，在一定程度上能够自由使用慢词的词人已经开始出现了。让我们来具体看一下晁端礼、晁补之、周邦彦这三人的数据：

| | 作品总数 | 慢词总数 | 慢词占有率 | 慢词词牌 |
|---|---|---|---|---|
| 晁端礼 | 140 首 | 52 首 | 37% | 33 种 |
| 晁补之 | 167 首 | 55 首 | 33% | 31 种 |
| 周邦彦 | 184 首 | 73 首 | 40% | 63 种 |

　　可以说，三家呈现出了慢词的占有率在全作品中具有三成以上的相同倾向。此外，慢词词牌的种类也超过了 30 种，周邦彦甚而达到了 60 种以上。而且，在频用词牌的使用上，晁端礼有《水调歌头》1 首、《满江红》1 首、《水龙吟》4 首、《沁园春》2 首、《满庭芳》5 首，共 5 种类 13 首；晁补之有《满江红》3 首、《水龙吟》4 首、《满庭芳》5 首，共 3 种类 12 首；周邦彦有《念奴娇》1 首、《满江红》1 首、《水龙吟》1 首、《满庭芳》4 首，共 4 种类 7 首。在其慢词中的占有比率亦分别为 25%、22%、10%，大大低于苏轼和黄庭坚。周邦彦大量地创作了各种词牌的慢词自不用说，晁端礼、晁补之与苏轼相比，亦可以称得上是能够自由运用慢词的词人了，这可以说是来自这三家丰富的音乐才能。

　　《能改斋漫录》卷一六中记录晁端礼"政和癸巳，大晟乐成。嘉瑞既至，蔡元长以晁端礼次膺荐于徽宗。诏乘驿赴阙。次膺至都，会禁中嘉莲生。……次膺效乐府体属辞以进，名《并蒂芙蓉》。上览之称善，除大晟府协律郎。不克受而卒"。他也是晁补之的族叔，从晁补之的词集《晁氏琴趣外篇》的作品中可以看到两者的亲密关系。进而，晁补之的从弟冲之虽在《全宋词》中仅有 16 首作品传世，但在曾敏行的《独醒杂志》卷四中有"政和间置大晟乐府，建立长属。时晁冲之叔用作梅词，以见蔡攸。攸持以白其父曰，今日于乐府中得一人。元长览之，即除大晟丞"的记载。由此可见，晁氏一族具有完备的音乐环境，可以认为补之亦与端礼、冲之一样精通音乐①，而周邦彦出任"提举大晟府"一事亦无须在此赘述。可以说，在进入北宋后期以后，像这样富有音乐才能的词人的作品对慢词的确立起了很大的作用②。但是，虽然这三家具有丰富的音乐才能，但这并不是给他们的词风带来共通性的理由。晁补之的词风基本上是对苏轼的继承③。具有音乐才能的词人属于婉约派，不具有音乐才能的词人属于豪放派，这一简单的划分图式是不成立的。

# 三、南宋词牌的使用状况

活跃在北宋末到南宋初期十二世纪中的词人们的慢词创作情况是如何变化的呢？在此列举有 150 首以上作品流传的主要词人（包括有 143 首作品的陆游）。曹勋的 11 首法曲不包括在内。"频用词牌占有率"指七种频用词牌的作品在慢词总数中的占有率：

---

① 《庆寿光》词的最初作者就是晁端礼。将词牌最初的作者断定为其曲调的创作者是值得慎重的，但从晁端礼作品的小题"叔祖母黄氏，年九十一岁。……命族孙端礼作庆寿光曲，以记一时之美"来看，《庆寿光》为自度曲。可知他亦能作曲。

② 北宋时期的著名词人还有秦观和贺铸。本文中没有言及，在此作简单的介绍：

|        | 全作品数 | 慢词总数 | 慢词占有率 | 慢词词牌数 |
|--------|---------|---------|-----------|-----------|
| 秦 观  | 86 首   | 24 首   | 28%       | 16 种     |
| 贺 铸  | 281 首  | 34 首   | 12%       | 29 种     |

与苏轼和张先相比，秦观的慢词占有率略有提高，但其使用的词牌也只不过 16 种而已，其音乐才能似不及晁端礼、晁补之二人。但秦观现存作品很少，作为比较的对象必须要慎重。贺铸所使用的词牌种类槽多，但其慢词在作品总数中仅占 12%，或许应该将他看作是以小令为中心的作家比较妥当一些。

③ 参照刘乃昌《晁氏琴趣外篇 晁叔用词·前言》（上海古籍出版社，1991）。

|  | 作品总数 | 慢词总数 | 慢词占有率 | 慢词词牌 | 频用词牌占有率 |
|---|---|---|---|---|---|
| 朱敦儒 | 246 首 | 39 首 | 16% | 20 种 | 54%（6 种 21 首） |
| 周紫芝 | 156 首 | 19 首 | 12% | 9 种 | 79%（6 种 15 首） |
| 蔡 伸 | 175 首 | 27 首 | 15% | 16 种 | 56%（5 种 15 首） |
| 张元幹 | 185 首 | 54 首 | 29% | 23 种 | 56%（7 种 30 首） |
| 王之道 | 186 首 | 40 首 | 22% | 22 种 | 48%（6 种 19 首） |
| 杨无咎 | 177 首 | 46 首 | 26% | 26 种 | 26%（4 种 12 首） |
| 曹 勋 | 171 首 | 77 首 | 45% | 52 种 | 29%（6 种 22 首） |
| 赵彦端 | 157 首 | 25 首 | 16% | 13 种 | 44%（5 种 11 首） |
| 陆 游 | 143 首 | 25 首 | 17% | 17 种 | 40%（5 种 10 首） |
| 张孝祥 | 223 首 | 38 首 | 17% | 11 种 | 73%（4 种 28 首） |
| 赵长卿 | 339 首 | 62 首 | 18% | 19 种 | 56%（5 种 35 首） |

从这里所举的十一家①的情况来看，虽然不能说无论是谁都能够创作大量的慢词，但慢词的创作数量超过 40 首的词人增加是很明确的。可是，慢词的占有率却并不是很高。前举的晁端礼、晁补之、周邦彦都超过了 30%，而在这里只有曹勋一人有同样的倾向。在慢词词牌的种类上，除了曹勋引人注目的 52 种之外，其他人都不满 30 种。这些情况，仅可以说是苏轼时期表现出来的慢词的发展倾向在这一时期渐渐地开始明了了起来。不过，这里最值得注目的是频用词牌的占有率。慢词占有率并不是很高，但其中频用词牌的占有率却总体上有所升高。朱敦儒、周紫芝、蔡伸、赵彦端、陆游、张孝祥、赵长卿七家虽然慢词是只占一成的低占有率，但其频用词牌的占有率却分别是 54%、79%、56%、44%、40%、73%、56%。其中有五家超过了 50%。也就是说，慢词创作虽然有

---

① 北宋末到南宋之间的主要女词人李清照，因其现存作品太少，没有进行列举。她的慢词使用状况如下：

| 全作品数 | 慢词总数 | 慢词占有率 | 慢词词牌数 |
|---|---|---|---|
| 47 首 | 9 首 | 19% | 9 种 |

所增加，从其多数集中在频用词牌这一点上，并不能说多数的词人变得通晓音乐了。慢词创作词人的大多数不过是根据周知的曲调在填词，可以说，到了这一时期频用词牌已经在宋人中完全确立下来了。而其中慢词占有率近 30% 并且频用词牌的占有率也超过 50% 的张元幹可以说是这一时期的典型代表。曹勋被认为具有很高的音乐才能①，应该说他是异于其他词人的存在。薛砺若氏在《宋词通论》② 中称他"为北宋末期一大慢词作家，自度曲亦极多"。但我们却并不能因此就将其他的十家词人一概而论称之为豪放派③。

下面来看一下宋人中流传作品最多的词人辛弃疾：

| 作品总数 | 慢词总数 | 慢词占有率 | 慢词词牌 | 频用词牌占有率 |
|---|---|---|---|---|
| 625 首 | 218 首 | 35% | 31 种 | 67%（7 种 147 首） |

辛弃疾的现存作品之多卓然超群，有 600 余首。其中慢词的占有率超过 30%，使用词牌也超过 30 种。从中可以看到辛弃疾具有相当水平的音乐才能，与曹勋有所相似。然而另一方面，其频用词牌的占有率近 70%，又与张元幹等呈现出同样的倾向。如果将其《最高楼》8 首、《洞仙歌》7 首、《汉宫春》6 首、《永遇乐》5 首、《木兰花慢》5 首之 5 种 31 首再计算在内的话，12 种词牌 178 首占了其慢词的 82%。从柳永到周邦彦的流派与由苏轼开山的流派，在辛弃疾这里颇有合二为一之气魄。辛弃疾称得上是宋代词人中最为彻底地发挥了自己的综合性词才的作者。

其次，我们来看一下进入十三世纪后主要词人们的慢词创作状况。

---

① 曹勋所具有的音乐素养或许来自其父曹组的熏陶。曹组"本与兄纬有声太学，亦能诗文。而以滑稽下俚之词行于世得名，良可惜也"（《直斋书录解题》卷一七《箕颍集》），以词人为人所知。

② 根据上海书店出版社版（据 1949 年开明书店版景印，1985）。

③ 杨无咎慢词占有率有 26%，其使用的词牌种类也有 26 种，仅次于曹勋。其频用词牌的占有率 26%，为最低。刘克庄在《杨补之词画》（《后村先生大全集》卷一〇七）中称其为"逃禅三绝"，可知其精于词与书画。从他所有的艺术才能上可以认为亦或具有一定的音乐才能。其词风亦如薛砺若氏所说的"他的词正如他的人品，极高洁清幽，不沾尘俗"那样，并没有豪壮的特征。

从中我们又可以看到怎样的景观呢？虽然姜夔现存的作品比较少，但为了比较上的便利特此列举：

| | 作品总数 | 慢词总数 | 慢词占有率 | 慢词词牌 | 频用词牌占有率 |
|---|---|---|---|---|---|
| 姜　夔 | 84 首 | 41 首 | 49% | 37 种 | 15%（4 种 6 首） |
| 史达祖 | 112 首 | 52 首 | 46% | 34 种 | 21%（3 种 11 首） |
| 魏了翁 | 189 首 | 93 首 | 49% | 13 种 | 80%（6 种 74 首） |
| 葛长庚 | 135 首 | 101 首 | 75% | 18 种 | 82%（7 种 83 首） |
| 刘克庄 | 264 首 | 198 首 | 73% | 20 种 | 77%（7 种 148 首） |
| 李曾伯 | 202 首 | 179 首 | 88% | 19 种 | 75%（7 种 135 首） |
| 吴文英 | 340 首 | 210 首 | 61% | 94 种 | 11%（6 种 23 首） |

　　这里所举的七家是活跃在十二世纪末到十三世纪后期的词人。首先从慢词的种类上来说，这些词人们明显地分成两组。即姜夔（37 种）、史达祖（34 种）、吴文英（94 种）三家为一组，魏了翁（13 种）、葛长庚（18 种）、刘克庄（20 种）、李曾伯（19 种）四家为一组。在前一组的频用词牌占有率上，姜夔 15%、史达祖 21%、吴文英 11%，都比较低，且都使用各种词牌，没有集中在频用词牌的创作上。可以认为他们是有一定的音乐才能的。其中，众所周知姜夔和吴文英有自度曲，其高度的音乐才能是广为人知的。关于史达祖，《月当厅》似乎是他的自度曲（参看《词谱》卷二九），其具体音乐才能的程度不得而知。与此相对，魏了翁以下四家的频用词牌占有率分别是：魏了翁 80%、葛长庚 82%、刘克庄 77%、李曾伯 75%。即使他们创作了很多慢词，也只能说他们只是对周知曲调进行填词而已①，这很难使人想象他们具有较高水平的音乐才能。当我们回到慢词的占有率这一点上来看的时候，就会发现，无论是否具有音乐才能，七家的占有率数据都是很高的，这只能说是慢词的创

---

① 其中刘克庄加上《汉宫春》10 首、《木兰花慢》8 首、《最高楼》7 首、《二郎神》5 首之 4 种 30 首的话，即为 11 种 179 首，占慢词总数的 93%。李曾伯加上《八声甘州》16首、《醉蓬莱》13 首之 2 种 29 首的话就是 9 种 164 首，占慢词总数的 92%。

作比以前普遍化了的结果。有 70% 以上的高占有率的葛长庚、刘克庄、李曾伯，还是很难想象他们具有丰富的音乐才能。可以说，慢词数量的多寡已经不能再作为衡量音乐才能的尺度了。

最后来看一下宋末元初主要词人们的情况：

|  | 作品总数 | 慢词总数 | 慢词占有率 | 慢词词牌 | 频用词牌占有率 |
|---|---|---|---|---|---|
| 陈 著 | 121 首 | 68 首 | 56% | 19 种 | 53%（6 种 36 首） |
| 刘辰翁 | 354 首 | 163 首 | 46% | 41 种 | 54%（7 种 88 首） |
| 周 密 | 152 首 | 81 首 | 53% | 50 种 | 10%（5 种 8 首） |
| 仇 远 | 120 首 | 39 首 | 33% | 31 种 | 13%（4 种 5 首） |
| 张 炎 | 302 首 | 170 首 | 56% | 60 种 | 11%（5 种 19 首） |

从这里列举的五家数据中可以看出与前揭姜夔以下词人们相同的倾向。这说明宋末元初词人们的创作状况并没有什么新的变化。假如将诗文没有流传（即使流传也不过是少之又少），但却又总是被作为词人评论的作者称之为词专家的话，上面的陈著就是南宋这一“非专家”的典型。周密、张炎、仇远三家无论是从慢词的制作情况还是现在的评价角度，都称得上是词的专家。可是，这其中刘辰翁创作了数量上可以与专家们相匹敌的多种慢词，这一现象是值得注目的。钱仲联氏称刘辰翁是“南宋辛派词人三刘之一”（《后村词笺注·前言》），与这一印象相反，可以认为其具有相当高的音乐才能。在南宋后期，“词专家都具有音乐才能，非专家就不具有音乐才能”这一构图也已经无法成立的现状是有必要确认的。

以上，就具有一定作品数量的宋代主要词人的慢词创作情况进行了调查。慢词比小令复杂，宋代士大夫习惯于慢词的创作应该是在进入十三世纪以后的事情。对他们而言，词终归是馀技，所以与诗相比，现在传世的词是微不足道的。而且，对于未谐音乐的非专家们来说，慢词的创作还是有一定的难度的。实际上即使是在慢词普及之后，更多的场合依然是在利用周知的曲调进行创作。然而，与逐渐成为朗诵文学的诗不同，载之以旋律来演唱的词对宋代士大夫来说，还是不由自主地想牛刀小试的文学形式。

# 四、宋人眼中的词

词是音乐相伴的歌辞文艺，与诗有着一定的差异。这一意识在宋代士大夫们中是共通的。例如，北宋的张耒在《倚声制曲三首》序文中这样说道：

> 予自童时即好作文字。每于他文尝为之，虽不能工，然犹能措词。至于倚声制曲，力欲为之，不能出一语。《传》称禆谌谋于国则否，谋于野则获。杜南阳以谓性质之蔽。夫诗曲类也，善为诗，不能制曲，岂谋野蔽耶。

（中华书局本《张耒集》34 页）

张耒称无论自己的诗文如何，惟有词是自己所力不能及的。在这里张耒丝毫没有言及自己的音乐素养，但"倚声制曲"一语，却透露出了按照旋律填词的难度。此外，从学于辛弃疾的爱国词人刘克庄也在《翁应星乐府序》中强调词应该是为人演唱的：

> 近世惟辛、陆二公有此气魄，君其慕蔺者欤。然长短句当使雪儿、啭春莺辈可歌，方是本色。范蜀公晚喜柳词，以为善形容太平。伊川见小晏"梦魂惯得无拘检，又踏杨花过谢桥"之句，笑曰："鬼语也。"噫。此老先生亦怜才耶。余谓君当参取柳、晏诸人，以和其声，不但词进而君亦自此官达矣。

（《四部丛刊》本《后村先生大全集》卷九七）

翁应星的词隐约有着辛弃疾、陆游的风格，刘克庄本身的词风虽也与此相似，却忠告翁氏"长短句当使雪儿、啭春莺辈可歌，方是本色"。宋末元初的戴表元也在《王德玉乐府倡答小序》中作如此回想：

> 往年客钱塘，与金仁翁、刘养源、处静辈商略乐府。往往花朝月夕，皆能自为而自歌之。余虽不能，辄从旁拊掌击节称善，亦一时之快也。聚散三十年，升沉工拙、是非贤否，悉所不问。独江湖交友过从之乐，时时未能去心耳。……元贞乙未孟春十日，剡源戴表元序。
>
> （《四库全书》本《剡源文集》卷九）

此序作于元之元贞乙未即一二九五年。文中"乐府"并非北曲而是指词一事是无可置疑的。戴表元回想了三十年前与金仁翁（名未详）、刘养源（刘澜）、处静（翁元龙）一起议论词。三人"皆能自为而自歌之"。"余虽不能，辄从旁拊掌击节称善、亦一时之快也"。三人是否通晓音乐不得而知，但这至少说明了他们在掌握了几支曲调后，按照曲子来填词并能演唱的事实。《全宋词》中收录了刘澜的慢词4首，翁元龙的慢词6首、小令14首。戴表元没有词作流传，或许是没有进行词的创作吧，不过他既能"从旁拊掌击节称善"，就说明他对词并没有持排斥态度。

宋代士大夫持有"词不如诗"的认识是无可争辩的。然而在另一方面，一边感叹作词的困难，一边又像戴表元那样为词的魅力所吸引的文人也不乏其人。下面所举的是南宋周紫芝在《书自作长短句后》中叙述自己词创作情景的内容：

> 余少年时间作长短句，殊不能工。常戏自评之，以谓视古今诸家乐府，盖貌兄弟而年父子也，犹不能无意于著鞭。今须发种种，则无复事矣。同舍郎叶南美屡丐于余，偶追录此数解，因以遗之。

南美老于文辞，以功名自喜，乃复须此。韩退之所谓如人之嗜昌歇，未易诘其所以然者哉。绍兴十一年清明后五日书。

（《四库全书》本《太仓稊米集》卷六六）

周紫芝追想自己少时有作而苦不工，但依然不能停止对词作的勤勉。而韩元吉在《焦尾集序》中如此说道：

近代歌词，杂以鄙俚，间出于市廛俗子，而士大夫有不可道者。惟国朝各辈数公所作，类出雅正，殆可以和心而近古。是犹古之琴瑟乎。或曰："歌词之作多本于情，其不及于男女之怨者少矣。"以为近古，何哉。夫诗之作，盖发乎情者，圣人取之，以其止于礼义也。《硕人》之诗，其言妇人形体态度，摹写略尽，使无孔子而经后世诸儒之手，则去之必矣。是未可与不达者议也。予时所作歌词，间亦为人传道，有未免于俗者，取而焚之，然犹不能尽弃焉，目为《焦尾集》，以其焚之余也。淳熙壬寅岁，居于南涧，因为之序。

（《四库全书》本《南涧甲乙稿》卷一四）

词应该"排俗追雅"的看法在南宋士大夫中日渐强烈，韩元吉亦不例外。因此他将自己作品中"有未免于俗者，取而焚之"的举动是当然的。但"犹不能尽弃焉"的感叹却又是他毫不做作的真诚之言。同样的感慨在陆游的文集中也可以看到：

雅正之乐微，乃有郑卫之音。郑卫虽变，然琴瑟笙磬犹在也。及变而为燕之筑、秦之缶、胡部之琵琶箜篌，则又郑卫之变矣。风雅颂之后为骚、为赋、为曲、为引、为行、为谣、为歌。千余年后，乃有倚声制辞起于唐之季世，则其变愈薄，可胜叹哉。予少时汩于世俗，颇有所为。晚而悔之，然渔歌菱唱，犹不能止。今绝笔已数年，念旧作终不可拚。因书其首，以识吾过。淳熙己酉炊熟日，放翁自序。

（《长短句序》，《四部丛刊》本《渭南文集》卷一四）

陆游此处的趣旨与韩元吉是相同的。可是，却最终作"渔歌菱唱，犹不能止"之言，并为自己作"念旧作终不可撑"的辩解。赵以夫在《虚斋乐府自序》中写道：

　　余平时不敢强辑，友朋间相勉属和，随辄弃去。……余笑曰："文章小技耳，况长短句哉。"今老矣，不能为也。因书其后，以志吾过。淳祐己酉中秋，芝山老人。

（《景刊宋金元明本词》四十种《虚斋乐府》卷首）

　　赵以夫有音乐才能并擅长于词。即使是他亦承认"文章小技耳，况长短句哉"①。但他好像说自己是因为少年轻狂而沉迷于词作似的，其"因书其后，以志吾过"的发言是值得注目的。前面揭示的陆游亦以同样口吻"因书其首，以识吾过"。宋人词集以"语业"或"绮语"的命名也是出于这一思想意识吧。王灼《碧鸡漫志》卷二中提到"陈无己（陈师道）所作数十首，号曰语业"，金元好问对此做了这样的议论：

　　浮屠家谓笔墨劝淫，当下犁舌之狱。自知是巧，不知是业。陈后山追悔少作，至以语业命题，吾子不知耶。

（《新轩乐府引》，《四部丛刊》本《遗山先生文集》卷三六）

元好问揭示"语业"是佛家思想的产物，这是陈师道在忏悔自己作词

---

① 赵以夫的现存作品数量极少，其慢词的使用状况如下：

| 全作品数 | 慢词总数 | 慢词占有率 | 慢词词牌数 | 频用词牌占有率 |
|---|---|---|---|---|
| 68 首 | 59 首 | 87% | 40 种 | 27% |

从中可以看出其具有很高的音乐才能，与此同时他也是官至吏部尚书的高级官僚。因此，这可以看作是宋代士大夫的平常发言。

"劝淫"的过错①。

宋代士大夫不仅仅能接触青楼的妓女们，一旦荣升官僚自然有很多在筵席上接触官妓的机会，他们为美妓所歌曲调而陶醉的情景是能够想象的。但像柳永这样沉迷青楼的词作者当然不是很多，士大夫们也并非能时时日日与歌姬耳鬓厮磨，而因为与歌姬的接触突然间变得通晓音律的情况也几乎是不可能发生的。置身于其中的终归是具有音乐才能的作者们，而未能置身于这种环境的典型例子就是王炎。《长短句序》（《四库全书》本《双溪类稿》卷一〇）中具体记录了这一情况。下面就分段来看一下其内容：

> 古诗自风雅以降，汉魏间乃是有乐府，而曲居其一。今之长短句，盖乐府曲之苗裔也。古律诗至晚唐衰矣。而长短句尤为清脆，如幺弦孤韵，使人属耳不厌也。

王炎以《诗经》开篇，进而引用刘禹锡《澈上人文集纪》中的语汇（"如幺弦孤韵，瞥如人耳，非大乐之音"）诉说"长短句尤为清脆"。

> 予于诗文，本不能工，而长短句不工尤甚。盖长短句宜歌而不宜诵，非朱唇皓齿，无以发其要妙之声。

这里王炎言及自己不工长短句，强调词"宜歌而不宜诵"，并且尤其以女声歌之方妙的体会。

> 予为举子时，早夜治程文，以幸中于有司。古律诗且未暇著意，况长短句乎。三十有二始得一第，未及升斗之粟而慈亲下世，以故

---

① 在陈师道之外，尚有杨炎正的《西樵语业》、张缉的《东泽绮语》。参照村上哲见《宋词研究·唐五代北宋篇》（创文社，1976）69页。村上氏亦以白居易的"口业"为例，指摘"语业""绮语"来自佛教思想。

家贫清苦。终身家无丝竹，室无姻侍，长短句之腔调，素所不解。终丧，得薄崇阳，逮今及五十年。而长短句所存者，不过五十余阕，其不工可知矣。

他回忆自己及第前后的清贫，以致不解腔调，从而透露出音乐修养的必要性。

今之为长短句者，字字言闺阃事故，语陋而意卑。或者又为豪壮语以矫之。夫古律诗且不以豪壮为贵。长短句命名曰曲，取其曲尽人情，惟婉转妩媚为善，豪壮语何贵焉。不溺于情欲，不荡而无法，可以言曲矣。此炎所未能也。

王炎在此表明词的本质在"婉约"而非"豪壮"。他的"不溺于情欲，不荡而无法"可以说代表了宋代士大夫普遍的看法。

曹公论鸡跖曰："食之无益，弃之可惜。①"此长短句五十余阕，亦鸡跖之类也。故衰而集之，因发其意于卷首云。嘉定十一年四月朔日，双溪王炎序。

最后，王炎引用了曹操的典故，作了"此长短句五十余阕，亦鸡跖之类"的定论。这可以说是与韩元吉、陆游的思想相重合的。

# 结　　语

可以说，矗立在宋词顶点的只不过是少数的具有音乐才能的专家，

---

① "鸡跖"为"鸡肋"之误。《后汉书·杨修传》云："修字德祖，好学有俊才，为丞相曹操主簿，用事曹氏。及操自平汉中，欲因讨刘备而不得进，欲守之又难为功，护军不知进止何依。操于是出教，唯曰'鸡肋'而已。外曹莫能晓，修独曰：'夫鸡肋，食之则无所得，弃之则如可惜。'公归计决矣。"

那些不谙音律的绝大多数非专家们只是集中在其山麓。对宋代士大夫们来说，词这一歌辞文艺所具有的魅力是难以抗拒的，甚至于道学的集大成者朱熹亦在《全宋词》中留下了 19 首词。其文集中收录了题为《雪梅二阕奉怀敬夫》的《忆秦娥》二首（敬夫即张栻），在其后收录了题为《题二阕后自是不复作矣》的七绝：

> 久恶繁哇混太和，云何今日自吟哦。
>
> 世间万事皆如此，两叶行将用斧柯。
>
> （《四部丛刊》本《晦庵先生朱文公文集》卷五）

原本令朱熹生厌的"繁哇"，忽然有一天竟然也在他自己的口中"吟哦"。这不正是宋代士大夫对词取舍两难的矛盾心理的吐露吗？

# 第三章 关于陈宓的词

## 序　言

在思考宋代的士大夫文学之际，不仅限于诗文，包括词在内的整体上的把握是很重要的。应该说唐圭璋《全宋词》和孔凡礼《全宋词补编》给我们提供了很大的便利和恩惠。但是两书并没有完全网罗现存宋词的全部。对于"《全宋词》未收之作品"，在笔者的管见范围内已经有几篇文章就此做过介绍和论述①。南宋陈宓的作品也是属于"《全宋词》未收作品"之一。本章就以介绍陈宓的词为媒介来论述宋词的性格②。

## 一、陈宓和他的文集

陈宓，字师复，兴化军莆田（今福建省莆田市）人，《宋史》卷四〇八中有其传。其父是孝宗乾道四年至六年的宰相陈俊卿。陈宓弱年游学朱熹门下，长成以后学于朱熹的高弟即其女婿黄榦③。其后借其父的恩荫历任泉州安南盐税、知安溪县等。嘉定七年（1214）作为监进奏院而

---

① 例如，施蛰存《宋金元词拾遗》（《词学》第 9 辑）、邓子勉《宋词辑佚五首》（《词学》第 12 辑）、倪志云《葛长庚佚词五首考述》（《词学》第 13 辑）。日本村上哲见《陶枕词考（《全宋词》补遗三首）》（奈良女子大学文学部《研究年报》第 28 号）。

② 本章基于 2005 年发表的旧稿。笔者获知陈宓词作的存在是在九十年代前期。鉴于单纯地对作品进行文面上的介绍不如将来更为详细调查后再公布于众的考虑，笔者没有对其进行介绍。时光荏苒，再次涉及陈宓的文集并得以成文时，已是 2004 年秋。笔者脱稿后方得知，《文教资料》1999 年第 2 期（南京师范大学古文献整理研究所）中李更、戴莹两氏所经手的《宋词拾遗》已经对陈宓的词作了收录。因此，在介绍陈宓词的这一点上，李、戴两氏比笔者具有优先权。但是，两氏仅对原文作了收录，并没有言及《安溪月湖念语》的存在。

③ 《宋史》本传中这样说道："少尝及登朱熹之门，熹器异之。长从黄榦游。"陈宓文集（后述）所附郑性之（1172—1255）的序文中，这样记载："盖公已知文公朱先生之学而读其书，遂受业于勉斋黄先生之门。与瓜山潘公（潘柄）切磋磨琢，朝夕不相舍，学遂大进。"

进驻中央官界，其后转任军器监簿。在这期间，陈宓上书弹劾时弊，招致宰相史弥远的不快。之后他被推荐为太府丞却未就任，出为知南康军，移知南剑州。随后被任命知漳州，在宁宗驾崩之后致仕归家。《宋史》本传中这样记述陈宓的为人：

> 宓天性刚毅，信道尤笃。……自言居官必如颜真卿，居家必如陶潜，而深爱诸葛亮身死家无余财，库无余帛，庶乎能蹈其语者。

在其死后的端平初追赠为直龙图阁。

陈宓文集的刊本不见流传。四川大学古籍整理研究所编《现存宋人别集版本目录》中仅刊载了三种抄本，都是题为《复斋先生龙图陈公文集》（以下简称《文集》）的二十三卷本。陈宓文集的流传也是极少的。笔者曾经亲见日本京都大学人文科学研究所所藏的日本静嘉堂文库藏抄本（拾遗一卷、附录一卷、卷首有淳祐八年郑性之的序文）的影照本（陈宓的词收录于卷五及卷一七）。其他南京图书馆所藏本和湖南师范大学藏本未得参阅。前页注②中所提到的以南京图书馆藏书为底本的《宋词拾遗》，被认为是与静嘉堂文库藏本同系统的文本，湖南师范大学的藏本或亦为同一系统的文本。

## 二、陈　宓　的　词

《文集》中所收陈宓的词共有13首。下面首先对其进行简单的介绍。题下（　）内显示《文集》的卷数，对于没有揭示词牌的作品加以补充并用〔　〕表明。

安溪月湖念语①（卷一九）

--------

① 安溪指泉州安溪县。陈宓嘉定三年（1210）知安溪县（清李清馥《闽中理学渊源考》卷二九），这被认为是其在任时期的作品。月湖是位于安溪县内的湖，《安溪月湖念语》是模仿欧阳修所作的描写颍州西湖的《采桑子》十首连作的小序《西湖念语》（《全宋词》第1册第120页）而创作的，是下面所举六首《和六一居士采桑子》词的序文。

潘安仁种河阳花，流芳籍甚，李元勋憩虞城柳①，清荫依然。可以长生簿书之劳，而无一日游息之暇。蓝溪古县，泉郡胜区。二顷碧湖，翠擎万盖，四围青嶂，红隐初妆。虽无高车结驷之游，剩有乘雁双兔之适。鸟鸣深径，韵甚丝簧，牛载小童，安于舆马。暇日邀朋共醉，暑风驰想先醒。乐固在心，景为有助。欲展娱宾之伎，请陈悦耳之词。

（1）和六一居士采桑子②（卷五）［欧阳修原词其一］

月湖依约西湖好，翠荇迤逦。徐步前堤。狎客轻鸥片片随。　　晚来风静平如镜，坐见云移。碾破寒漪。一叶扁舟自在飞。

（2）又（卷五）［欧阳修原词其三］

月湖依约西湖好，月正如弦。夜漏初传。雨岸清林隐鹭眠。　　荷花恰似新妆出，与月争妍③。霞佩轻连。来自华阳几洞天。

（3）又（卷五）［欧阳修原词其五］

月湖依约西湖好，五月初时。好景须追。折取新荷当酒卮。　　轻红嫩绿都堪爱，更傍斜晖。风正清微。肯放云衣一片飞。

（4）又（卷五）［欧阳修原词其七］

月湖依约西湖好，花阵齐时。玉指红旗。一一吴宫队伏随。　　小舡不与花争道，恰爱金卮。度密穿微。不觉黄昏又欲归。

（5）又（卷五）［欧阳修原词其十］

月湖依约西湖好，爱放丝纶④。怕点行云。梅里全晴雨一春。　　世间谁似农家苦，况是贫民。秧稻新新。已有攒眉望岁人。

---

① 李白的《虞城县令李公去思颂碑》（《全唐文》卷三五○）中有这样的记载："公名锡，字元勋。陇西成纪人也。……天宝四载，拜虞城令。……蠡丘馆东有三柳焉，公往来憩之，饮水则去。行路勿剪，比于甘棠。"
② 欧阳修所作是十首连作，而文集所见陈宓的词只有六首。此外从押韵来看，陈词并不是原词忠实的次韵作品。
③ 欧阳修的原词中"妍"字处用"鲜"字。
④ 欧阳修的原词中"纶"字处用"轮"字。

（6）又（卷五）［欧阳修原词其七］

月湖依约西湖好，风正微时。不用蒲葵①。无数熏炉上下随。　　莲蓬恰似茶瓯大，剜作琼厄。饮罢如遗②。一物都无拂袖归。

（7）和傅大坡③寒碧④满江红（卷五）

身侍西清，偷闲处、亭台新筑。园数亩、花红似锦，人清于竹。绕舍好山开卷画，抱桥一水供横玉。问海棠、今日几分开，人初浴。　　琴可语，棋堪覆。歌且缓，杯传速。算人生强健，底须华毂。胸次莫交尘一点，四时芳意长相续。看天机、怏怏自娱情，何时足。

（8）再和傅侍郎⑤满江红（卷五）

院落春浓，花深处、诗坛高筑。奇绝句、伯牙流水，清风孤竹。红药正翻香入袂，紫荷已作圆瑳玉。想骚人、日日赋清流，霜毫浴。　　唱与和，来还覆。酬共酢，淹仍速。算从前世路，羊肠车毂。腰下从教悬斗大，醉头似垂丝续⑥。问一山、风月几人知，看教足。

（9）和刘学录⑦词［鹧鸪天］（卷五）

冥鸿底为稻粱谋。取次江湖不外求。秋正好时明月满，飞鸣洲渚百无忧。　　槐在眼，桂簪头。传杯到晓未能休。功名付与诸郎

---

① 欧阳修的原词中"葵"字处用"旗"字。
② 欧阳修的原词中"微"字处用"遗"字。
③ 此处指傅伯成（1143—1226），字景初，号竹隐，谥忠简，晋江人。朱熹门人。《宋史》卷四一五有传。"大坡"为谏议大夫的别称。刘克庄《龙学竹（原作行）隐传公行状》（《四部丛刊》本《后村先生大全集》卷一六七）云："嘉定改元……除太府卿，充殿试详定官，寻除权户部侍郎……除左谏议大夫。"亦云："门人陈宓已志其圹，某复撮其言行之大者，以告太史氏，谨状。"傅伯成的文集今不传，故其原词不详。
④ 傅伯成的庭院。《文集》卷二中有题为《题傅侍郎寒碧十五韵》的连作。由《筼坞》《梅坡》《橘浦桥》《百花径》等十五首组成。
⑤ 《宋史》傅伯成传云："拜左谏议大夫，抗疏十有三，皆军国大事……左迁权吏部侍郎，以集英殿修撰知建宁府。"
⑥ 此句疑"醉头"下脱一字。
⑦ 此指刘弥邵（1165—1246），字寿翁，号习静，莆田人。刘克庄的叔父。刘克庄《习静叔父墓志铭》（《四部丛刊》本《后村先生大全集》卷一五一）云："少食于学，晚岁弃去，郡博士俞来致学俸，却不取。太守眉山杨栋，于学创尊德堂以舍之，先生不拒，亦不留。"以此看来似曾为兴化军学的"学录"。此外亦云："先生终岁杜门，罕与人接，惟质经于陈公师复（陈宓），评史于郑公子敬（郑寅），问易于蔡公伯静（蔡渊）……飧脱粟如太牢，处陋巷如华榱。"可知其为人及与陈宓交游之一端。刘弥邵之文集今不传，其原词不详。

辈，笑看骞腾万里秋。

（10）次韵①泛西湖晚值②风雨归赋雅歌 ［念奴娇］（卷五）

西湖佳丽，算风流未减、昆明凝碧（原注：汉昆明池、唐凝碧池）。客子扁舟横截度，棹拂荷珠清激。百折琉璃，千张云锦，都是群仙宅。迷青萦翠，暮山浑带烟色。　　烟外小艇歌长，鱼龙呼舞，风雨横西极。荷气吹香花绕坐，清比竹溪人逸。林际疏钟，城头悲角，回首催归急。凉坐蕲簟，华胥游更今夕。

（11）又（卷五）

玉波千顷，算从来只浸、上水岚碧。浓似仙家醍醐酽，销我清愁如激。千丈荷花，几株杨柳，妆点林逋宅。平日有限，人间何处真色。　　谁把马上天瓢，等闲倾动，爽气来无极。疑在广寒宫殿里，万袖霓裳飘逸。骚客偏醒，诗肠易惑，转自思归急。晴时重到，一尊知复何夕。

（12）寿傅忠简③词 ［水调歌头］（卷一七）

今岁一阳早，特地放江梅。不知何处，经岁相别始归来④。元是此花不老，收拾一团和气，只向寿杯开。不比桃兼李，春后半舆台⑤。　　耐寒意，凌晓色，照岩隈。有人对此，华发皓鬓两徘徊。未问和羹心事，且道精神冰雪，相似者为谁。拟把广平赋⑥，三唱送尊罍。

（13）寿国太夫人⑦词 ［西江月］（卷一七）

---

① 原词不详。疑或为傅伯成的次韵之作。
② 原作"植"，据意而改。
③ 此指傅伯成。在《文集》题目中将"傅伯成"写作"傅忠简"的例子很多。傅伯成之"忠简"的谥号为端平三年（1236）所赐，可以认为此为后来所改写。《文集》中此词之后有题为《寿傅忠简》的七言古诗。
④ 原作"经岁相别始归去来"，此句以七字句为通例，现将"去"字作衍字。
⑤ 此处据苏轼《再和杨公济梅花十绝》其二"天教桃李作舆台，故遣寒梅第一开"句。
⑥ 此指唐玄宗朝的名宰相宋璟的《梅花赋》。
⑦ 未详。《文集》中此词之后有题为《寿龚国太》的七律："三朝十国锡封频，八帙华龄岁律新。膝下平分千里月，门中浑作一家春。已将相业传诸子，更喜闻孙早有人。岁把壶山如壶斝，寿溪衮衮寿杯醇。"从内容上看似为同一人物，疑为陈宓后室龚氏一族，或指其外舅龚昷之父龚茂良的妻子。《中散大夫开国龚公圹铭》（《文集》卷二二）云："公讳晟，字仲旸。始祖居钱塘，七世祖入闽家莆田。绍兴二十九年十二月十九日生考讳茂良……女二人，长适朝奉大夫陈密（当作宓）。"

　　大国曾经几换①，新年八十仍三。弄孙今已戏朝衫。绿鬓朱颜未减。　　彩胜佳辰竞试，宝灯午夜初酣。画堂光景冠泉南。莫惜寿杯深蘸。

# 三、陈宓和宋词

　　上面所举的 13 首作品中，完全没有称得上词之本色的作品存在。这一结果是在情理之中的，因为陈宓在道学方面德高望重，这从《宋史》本传"宓天性刚毅，信道尤笃。……自言居官必如颜真卿，居家必如陶潜，而深爱诸葛亮身死家无余财，库无余帛，庶乎能蹈其语者"的记载中亦可以得到证实。刘克庄在他的《汤埜孙长短句跋》（《四部丛刊》本《后村先生大全集》卷一一一）中说：

　　　　坡（苏轼）、谷（黄庭坚）亟称少游（秦观），而伊川（程颐）以为亵渎，莘老（孙觉）以为放泼。半山（王安石）惜耆卿（柳永）谬用其心，而范蜀公（范镇）晚喜柳词，客至辄歌之。余谓坡、谷怜才者也。半山、伊川、莘老，卫道者也。……今诸公贵人，怜才者少，卫道者多。

陈宓或许亦应该是卫道者之流。所以他没有本色词作品传世也可以说是顺理成章的。

　　即使如此，陈宓生于宋代使其有参与词创作的机会，从而留下了这几篇作品。我们可以在《文集》卷一七中看到他如下题为《送孙生季蕃归浙水》的诗：

　　　　平生行止都无着，恰似孤云自在闲。

----

① "几"原作"机"。据《宋词拾遗》改。

四十余年倦江浙，二千里外择溪山（自注：近有泉州溪上结茅之约）。

穷愁元不上双鬓，秀句仅能窥一斑。

与子暂分非久别，西风时节赋刀镮。

所谓的"孙生季蕃"定是指孙惟信，即孙花翁。陈宓和当时有名的词人孙花翁曾有过交游，据此可知陈宓并非无缘于词①，只是他并没有深入词的创作。

在歌词内容上，《采桑子》的第五首值得注目。这是从小序《安溪月湖念语》中所料想不到的内容，也就是说，后阕的"世间谁似农家苦，况是贫民。秧稻新新。已有攒眉望岁人"不是向来词所应有的内容，而更接近可以被称为"社会词"的内容。这或许是陈宓出于知县的责任感而表现出来的吧。苏东坡以后，词的题材虽然显示出向诗靠近的倾向，但陈宓的作品依然是词中极为少见的内容。南宋最后的著名词人张炎在祭扫同为词人的陈允平的坟墓时，写下了小题为"拜西麓墓"的《解连环》词。这被认为是宋词题材诗化顶峰的象征②。陈宓的这一词可以称得上是这一过程中的里程碑之一吧。

进而，如果我们对陈宓词的词牌加以注目的话：

《采桑子》（小令）　　6 首

《满江红》（慢词）　　2 首

《鹧鸪天》（小令）　　1 首

---

① 孙惟信的词几乎不见流传，《全宋词》中仅收录 11 首。刘克庄有《孙花翁墓志铭》（《四部丛刊》本《后村先生大全集》卷一五〇）。

② 张炎其他还有小题为"王碧山，又号中仙，越人也。能文工词，琢语峭拔，有白石意度，今绝响矣。余悼之玉笥山。所谓长歌之哀，过于痛哭"的《琐窗寒》。类似此词的前例，据笔者管见，尚有北宋晁补之《满江红·次韵吊汶阳李诚之待制》、《离亭宴·次韵吊豫章黄鲁直》、《千秋岁·次韵吊高邮秦少游》以及南宋刘镇《江神子·吊方检详》。这些本来都应该是诗的题材，也或许可以把这些看作是受到苏轼悼亡词影响的结果吧。关于苏轼的悼亡词，请参照第五章。

《念奴娇》（慢词）　　　2首

《水调歌头》（慢词）　　1首

《西江月》（小令）　　　1首

就会发现仅有的13首词中就使用了六种词牌。其中"采桑子""鹧鸪天""西江月"是小令，而且是宋词中常用的词牌。看作者的慢词是否运用得得心应手是衡量词创作的熟练性的标准之一，而陈宓的三种慢词"满江红""念奴娇""水调歌头"与"水龙吟""沁园春""满庭芳""贺新郎"一起，是宋词中最为广泛使用的词牌。在既没有音乐才能又不是专门词作家的多数词人的作品中，这七种词牌的使用比例是很高的①。对陈宓来说，词最终还是没有走出余技的境地。

　　最后来看一下（7）（8）（9）这三首词。（7）（8）是对傅伯成的唱和，而（9）是对刘弥邵的唱和。傅、刘的文集都没有流传，而陈宓作品的存在却告诉了我们，这两人都曾经参与过词的创作。傅伯成早年学于朱熹门下，同陈宓一起见于《宋元学案》卷六九《沧州诸儒学案上》。刘弥邵属于林光朝的学统（《宋元学案》卷四七《艾轩学案》），从第37页注③所引刘克庄的墓志铭中可以看出，他与词的世界还是没有太深的关联。正如刘克庄所说的那样，"为洛学者皆崇性理而抑艺文，词尤艺文之下者也"②。不过，傅、刘毕竟是和陈宓同样呼吸着宋代的空气，对宋人来说，词在表面上虽为"艺文之下者"，但其作为韵文形式所富有的魅力依然是不可抵挡的。

---

① 关于宋词中频用的慢词词牌在第二章已经作了详细的论述。在现存朱熹的19首词中，小令《西江月》2首、《鹧鸪天》3首（其他《浣溪沙》1首、《菩萨蛮》2首、《好事近》1首、《南乡子》1首、《忆秦娥》2首）。慢词《满江红》1首、《水调歌头》5首、《念奴娇》1首。其小令与慢词的词牌与陈宓有着惊人的一致。

② 《黄孝迈长短句跋》（《四部丛刊》本《后村先生大全集》卷一〇六）。

# 第四章　柳永的词——关于其艳词的考察

## 序　　言

正如在第一章里提到的那样，是北宋词人柳永拉开了慢词隆盛的序幕。柳永以后，慢词就成了宋词中富有特征性的代表形式，而宋词的集大成者周邦彦也受到了柳永的影响。在这种意义上不得不说柳永是极其重要的词人。

本章主要是以柳永的艳词为题材，立足于唐五代艳词的特征和性格，杂以柳永与同时代的张先、晏殊、欧阳修三家作品的比较，来探索柳词的表现特征。

## 一、柳永与其评价

在《宋史》的传记中并没有关于柳永的记载，虽然至今不见有关他的详细传记，但他的身世概略也还是略为人知的①。

柳永生于宋太宗雍熙四年（987），是柳宜的第三子，少有文名，兄弟三人被称为"柳氏三绝"。柳永为应科举赴国都汴京。作为北宋政治经济中心的汴京，在五代的骚乱安定下来以后，处处呈现着安定繁荣的昌盛景象。柳永很快就为这歌舞升平的氛围所陶醉，日日留连花街柳巷，在还没有荣登仕途之前就作为青楼通俗词人而广为人知。或许是他的如此行径和那些艳词从中作梗，柳永在仕途上屡次落第，在其晚年的景祐四年（1034）才得以榜上提名。然而，柳永的仕途不遂人意，在经历了各处地方官的辗转之后的仁宗皇祐五年（1053），终结了自己怀才不遇的

① 有关柳永的传记，据唐圭璋《柳永事迹新证》（《文学研究》1957 年第 3 期）及村上哲见《柳耆卿家世阅历考》（《集刊东洋学》第 25 号，1971）的考察。

官吏生涯。

柳永的词集《乐章集》现有流传，收录作品计二百余首，其大部分是歌咏羁旅行役的作品和艳词①。对于柳永的评价向来是分为肯定论和否定论两派的。例如：

> 始有柳屯田永者，变旧声作新声，出《乐章集》，大得声称于世。虽协音律，而词语尘下。

> 世言柳耆卿曲俗，非也。如《八声甘州》云："渐霜风凄紧，关河冷落，残照当楼。"此真唐人语，不减高处矣。

前者是宋胡仔《苕溪渔隐丛话》后集卷三三所引的女流词人李清照的话语。她在肯定柳永作品"协音律"的同时，也对其措辞提出了非难。而另一方面的见解，就是后者宋吴曾《能改斋漫录》卷一六所引的晁无咎所说的，柳永词非俗，其《八声甘州》就不逊于唐人意境。如此看来，对柳永的评价好像的确是是非各半，然而值得注意的是，关于他的肯定论中势必有一个附加条件的存在，那就是"工羁旅行役②"这一句。从这里可以看出，即使是柳永的词，如果属于羁旅行役类还是得到了人们的首肯。前面所举晁无咎的议论亦是在"柳耆卿曲俗"这一前提下展开的，这可以说是消极性的肯定论。和此类羁旅行役的作品一起，占据了《乐章集》大部分的艳词，从一开始就被作为俗品而遭到摒弃，因此在词话中亦几乎看不到有关柳永艳词的议论。那么，柳永的艳词是否真的是"俗品"③，真的不值一评呢？

经过唐末温庭筠的提高和洗练而确立的词这一文学形式，在五代就

---

① 柳永作品的创作年代不明。但从作品内容及传记记录中可以认为其艳词为早期作品，羁旅行役词为晚年作品。有关这些内容村上氏已在前页注①的论文中有所论及。

② 宋陈振孙《直斋书录解题》卷二一。

③ 柳永词之所以被认为"俗"，一般认为是因为其作品中多用口语以及多以恋爱为主题的原因。小川环树先生如此说："即使词语是出自文言，但其缀合方法却现出强烈的民间故事、民间传说风格所有的浅显易懂的表达方式。"（《苏轼·下》，岩波书店，1962，第13页）

已经迎来了它的隆盛。这主要归功于以蜀地为中心的《花间集》的词人们，以及以南唐国主李璟、李煜父子和冯延巳为中心的词人们的活跃。这些唐五代词人们的作品主要收录在《花间集》《尊前集》以及冯延巳的《阳春集》中①。这些词集中的作品多为艳词，其题目主要以以下两种为主：其一是闺怨，其二是描写女性容貌姿态之魅力的作品②。柳永的艳词中，大部分是这两种作品。从这一点上可以说柳永的艳词是延承了唐五代的趋势，他的题材选择是传统性的，但是在作品的创作方法、创作态度等方面却呈现出柳永的独到之处。下面就将以前述两种题材的作品为中心来进行考察，首先让我们来看一下柳永的闺怨词。

## 二、唐五代的闺怨词

闺怨词是以女性与恋人离别后的悲哀和怨恨为主题的，柳永的闺怨作品亦然。因此我们将重点检讨他的表现手法。这之前，我们有必要梳理一下唐五代闺怨词的特征和性格③。此举温庭筠的《菩萨蛮》为例：

> 牡丹花谢莺声歇，绿杨满院中庭月。相忆梦难成，背窗灯半明。　　翠钿金压脸，寂寞香闺掩。人远泪阑干，燕飞春又残。

> （《花间集》卷一）

这是作为花间派的代表词人而著名的温庭筠的《菩萨蛮》十四首之一。前阕的前两句首先作了情景描写，继而笔锋转到了闺房内女主人公的存在上。后阕开篇就是女性的描写，读者的视线随着温词的描述而逐步向着女主人公拉近。美丽的发饰垂在脸际，暗念远人珠泪婆娑。最后

---

① 南唐后主李煜的作品据《南唐二主词》流传至今，其在词史上是属于特异词风的词人。在本文中除外不论。
② 以下，称此为“歌咏女性的作品”。
③ 《花间集》《阳春集》的文本分别使用李一氓《花间集校》、四印斋本《阳春集》。

一句在将读者的视线转移到总览全景的位置的同时，也酝酿出了笼罩作品全体的悲伤之情。除此之外，作品中的牡丹、莺声、翠钿等词语加上女性的姿态描写同时又产生了另一种非常浓艳的情绪。两种看上去截然相反的情绪融合交错，造成了一种独特的气氛。关于温庭筠这一独特的词风，日本村上哲见氏曾在《温飞卿的文学》（《中国文学报》第 5 册，1956）一文中这样论述①：

　　那里有的只是一种被构筑出来的细腻而又幽远的感觉上的境地，具体的情景场面都任由读者自由的想象。而这种陶醉性的气氛亦因为其没有具体形态而能够得以无限的扩展。

　　这是很确切的见解，但笔者还是想对村上氏所说的"无限的扩展"再加以诠释。在下面即将列举的歌咏女性的作品中，的确可以说这种梦幻妖艳的气氛有着无限地扩展力，但是必须注意到这些作品都是属于闺怨词的。在上面解释作品的过程中笔者使用了"读者的视线"这一语汇，这是因为作品所描写的宛如银幕上的影像。虽然"具体的情景场面任由读者的想象"，但是作品的情景却受到了银幕的限制。这里所指的银幕，换种说法，就是被闺怨词作为主题的女性的悲哀和怨恨。作品中主人公的悲哀怨恨是不会发散扩展的，而是被逐渐地收束凝聚，虽然说作品所酝酿的"陶醉性的气氛"在"无限的扩展"，却终归不能突破银幕的框子。也就是说，通过修辞性的雕琢而生发的那种妖艳的气氛，与抑郁低沉的女性的悲哀怨恨浑然融合，形成了村上氏所说的那种"陶醉性的气氛"。不仅限于温庭筠，这可以说是以他为中心的花间派词人作品的一种志向。

　　下面来看一下南唐冯延巳的《采桑子》：

_____

① 在村上氏的见解中，列举了与本文不同的两首作品《菩萨蛮》（玉楼明月长相忆）、《更漏子》（星斗稀）进行了说明。村上氏的见解亦可以适用于温词的其他作品。

小堂深静无人到，满院春风。惆怅墙东。一树樱桃带雨
红。　　愁心似醉兼如病，欲语还慵。日暮疏钟。双燕归栖画阁中。

（《阳春集》）

此作品没有前揭温庭筠《菩萨蛮》的浓艳情绪，花间派作品中女性的姿态总是交织着花草、小动物、家具和女性装饰品等的描写。与此相对，冯延巳的作品却是较多地偏重于对风景情景的描写。当然，冯延巳的作品中也有很多花间派风格的描写，而真正能够称得上他的作品特征的是即将在下面所要分析的。

以上面的《采桑子》为例，运用"惆怅墙东""愁心似醉兼如病，欲语还慵"这样的句子来描写女性的悲哀怨恨之手法在他的作品中很常见，这是冯延巳在表现方法上异于花间派的地方。而在闺怨词创作的态度上，两者是立足于同一基盘的。在此对唐五代闺怨词表现手法的特征总结如下：

**以温庭筠为中心的花间派：**

较多地使用能够产生浓艳情绪的语汇。闺怨所有的抑郁低沉的悲哀、怨恨情绪，与其浓艳性结合而产生的独特气氛是这一词派的志向，是极尽修辞的唯美性的表现。

**冯延巳：**

较多地使用风景情景的描写。运用直截明了的诗句进行女性悲哀怨恨的状态描写亦很多。与花间派相比，程度较浅的修辞、唯美的表现比较多一些。

当然，唐五代的词并不能凭这两种表现方法简单区别开来。花间派中有接近冯延巳风格的作品，而冯延巳的作品中亦存在花间派风格的。两者是相互交错融合的。

那么，唐五代时期异于上述闺怨词风格的词作又是怎样的呢？在为数极少的作品中，来看一下尹鹗的《菩萨蛮》词：

陇云暗合秋天白，俯窗独坐窥烟陌。楼际角重吹，黄昏方醉
归。　　荒唐难共语，明日还应去。上马出门时，金鞭莫与伊。

（《花间集》卷九）

这是一首描写妻子面对丈夫的放荡行径而无奈悲叹的作品。前阕所
描写的是清秋薄暮，角笛声声，在妻子的望眼欲穿中丈夫终于迟迟而归。
而后阕中，面对烂醉如泥不能共语的丈夫，妻子心中所想的是：

明日出门上马时，莫与金鞭不教去。

这不是闺怨词中所见的悲伤呀怨恨啊这种千篇一律的语汇，完全是
唐五代词中所没有的独具一格的表现。它不是抽象的存在，而是女性心
中意念的具体表现，我们权且称其为“心理的具体表现”。唐五代词中包
含这一表现的作品是极其稀少的，与《花间集》相比，《尊前集》中的
数量更多一些。例如以下的表现：

待得不成模样，虽叵耐，又寻思。怎生嗔得伊。

（欧阳炯《更漏子》，明顾梧芳刊本《尊前集》卷下）
梦中几度见儿夫，不忍骂伊薄幸。

（魏承班《满宫花》，同前）
当初不合尽饶伊，赢得如今长恨别。

（许岷《木兰花》，同前）
换我心为你心，始知相忆深。

（顾敻《诉衷情》，《花间集》卷七）

就像已经叙述过的那样，包含这些表现的作品，在唐五代中是极为
稀少的。唐五代闺怨词还是以花间派、冯延巳的表现为主流的。而唐五
代词中像这样的稀少表现，却经常出现在柳永的闺怨词中。但是因此就

直接判定这种表现和柳永有所关联就未免有操之过急之嫌，这是需要进一步检讨的问题。而在此所进行的对唐五代女性心理具体表现之存在的确认也还是很重要的。

## 三、柳永的闺怨词

有关柳永的生卒年，依照唐圭璋氏的推测分别是雍熙四年（987）和皇祐五年（1053）[1]。这一推测在现在可以说是难以动摇的。与柳永并列的北宋初期的代表词人张先、晏殊、欧阳修的生卒年分别是这样的：

> 张先：淳化元年（990）—元丰元年（1078）
>
> 晏殊：淳化二年（991）—至和二年（1055）
>
> 欧阳修：景德四年（1007）—熙宁五年（1072）

柳、张、晏、欧四家几乎属于同一时代。其中柳、张、晏三家的活动时段几乎重合，欧阳修比其他三家稍微晚一些。以下所要进行的是以前述的唐五代词作品为基础，通过与张、晏、欧三家作品的比较，对柳永的作品加以探讨[2]。首先来看他的《少年游》词：

> 帘垂深院冷萧萧。花外漏声遥。青灯未灭，红窗闲卧，魂梦去迢迢。　　薄情漫有归消息，鸳鸯被，半香消。试问伊家，阿谁心绪，禁得恁无憀。

> （《乐章集》卷中，林钟商）

这是柳永词中的短篇作品。寂寞深院，闺房孤灯，孑孓倩影，这

---

[1] 见第 42 页注[1]中唐氏论文。

[2] 以下柳永的作品据《彊村丛书》本《乐章集》。张先、晏殊、欧阳修作品据《全宋词》（存目词除外）。

是前阕的情景描写。后阕所描写的是女性徘徊梦境的情景。在"虚有归讯不见人，鸳被幽香独消"的前提下，"试问伊家"以下三句惹人心弦。"阿谁心绪，禁得恁无悰"正是前面所举尹鹗《菩萨蛮》中所见的女性心理的具体表现。女性对不归恋人满怀幽怨的内心活动，通过语汇以具体的形式呈现了出来。唐五代词中极为稀少的这一表现，在柳永闺怨词的半数以上中都有使用。尹鹗《菩萨蛮》的存在虽然证明了这种表现并非柳永的独创，但是，柳永作品中对此种表现的多用却无疑称得上是其一大特征。那么与柳永同时代的张、晏两人又是怎样的呢？

在张先现存的一百六十余首作品中，约有三十首的闺怨词。其中有近于九成的作品都是延承了唐五代词的主流表现。包含女性心理具体表现的作品仅有二三首而已。与柳永相比是为数极少的。可以说女性心理的具体表现算不上是张先闺怨词的特征，张先的闺怨词还是属于唐五代风格的传统作品。

关于晏殊的词，在现存的一百三十余首中，有约三十首的闺怨词存在，可是在他的作品中是找不到女性心理的具体表现的。如此看来，在时代重合的柳、张、晏三家中，可以说只有柳永通过继承尹鹗的表现方法，将女性心理的具体表现作为自己词作的特征吸收延续了下来。

然而，柳永《少年游》中女性心理的具体表现与尹鹗一样，只是被作为"结语"而使用，这就造成了这一表现在作品中的那种难以抹杀的孤立感。柳永闺怨词的独自性就表现在其作品中所运用的被推进深化了的女性心理的具体表现上。下面举的是其《定风波》词：

自春来，惨绿愁红，芳心是事可可。日上花梢，莺穿柳带，犹压香衾卧。暖酥消，腻云亸。终日厌厌倦梳裹。无那。恨薄情一去，音书无个。　早知恁么。悔当初、不把雕鞍锁。向鸡窗、只与蛮笺象管，拘束教吟课。镇相随，莫抛躲。针线闲拈伴伊坐。和我。

免使年少，光阴虚过。

（《乐章集》卷中，林钟商）

此例作品中，到"终日厌厌倦梳裹"为止的前阕的上半部分是一般的情景描写。女主人公春来厌厌慵梳妆，惟憔悴瘦。然而，"无那。恨薄情一去，音书无个"句以下是女主人公对自己内心活动的喃喃自语。此后的内容描写的是女性对过去的回想和她的满怀懊悔，这绝不是抽象的或象征的表现。后阕中的描写成功地把握住了女性的心理活动，是极为精湛高超的表现。此外，柳永没有采用花间派的断片式的场面构成方法，他在句与句之间进行了无间的连缀。这不同于在紧张凝缩的表现中注入思想感情的方法，而是在直接具体地倾诉着心中的意念，是一种直接的"诉说"。而此处《定风波》中的表现，在张先、晏殊以及唐五代词家中是决然不见的。那么，欧阳修的作品又是怎样的呢？

欧阳修的二百四十余首词中，闺怨词超过了六十首。其中包含有女性心理具体表现的作品比张、晏两人多，共有十余首。而《看花回》（《影刊宋金元明本词》本《醉翁琴趣外篇》卷一）一首与这里所举柳永的《定风波》是很相近的①。也许可以说，欧阳修亦具有对女性心理进行具体表现的强烈倾向。但这毕竟不过是在将其与张、晏二家进行比较时才得出的结果。百分之八十的欧词不具有这一表现，这一结果与柳永相比就显得寥寥无几。女性心理的具体表现在欧阳修的闺怨词中始终没有占据重要的地位。此外，欧阳修和柳永之间有着二十余年的时代间隔，如果顾虑到柳永的艳词大部分是其留连青楼时的初期作品，欧阳修作品中所表现出来的甚至可以说是受柳永影响之结果。柳永词在西夏地域亦

---

① 全篇如下：

　　晓色初透东窗，醉魂方觉。恋恋绣衾半拥，动万感脉脉，春思无托。追想少年，何处青楼贪欢乐。当媚景，恨191愁花，算伊全妄凤帏约。　　空泪滴、真珠暗落。又被谁、连宵留著。不晓高天甚意，既付与风流，却恁情薄。细把身心自解，只与猛拚却。又及至、见来了，怎生教人恶。

有歌咏①，其《定风波》亦曾受到晏殊的非难②，这些都充分说明了柳永词的流行盛况。这可以看作是欧阳修创作《看花回》这种作品的原因之一。虽然此皆为臆测，但是在注意到柳永与欧阳修之间的年代间隔以及柳永艳词的创作时期时，就不得不承认柳永所占据的先驱性的位置。

女性心理的具体表现与其明了的诉说语调是柳永词的最大特征。在唐五代及北宋初期中，能够以明确具体的形式从作品中对这一特征加以确认的词作者，可以说惟有柳永一家。下面所举的就是位于顶峰的能够最为突出表现柳永作品特征的《昼夜乐》词：

洞房记得初相遇。便只合，长相聚。何期小会幽欢，变作离情别绪。况值阑珊春色暮。对满目，乱花狂絮。直恐好风光，尽随伊归去。　　一场寂寞凭谁诉。算前言，总轻负。早知恁地难拚，悔不当初留住。其奈风流端正外，更别有，系人心处。一日不思量，也攒眉千度。

（《乐章集》卷上，中吕宫）

此作品开篇即是女性的幽幽诉说，可以说将柳永的表现手法体现得淋漓尽致，被恋人抛弃的女主人公的悲伤绵绵不断地流淌。其"其奈风流端正外，更别有，系人心处"的表现，巧妙而成功地捕捉到了女性的心理纹样。总的来说，他是一位擅长恋爱心理描写的词人。这些文学表现被认为是对他过去生活体验的最好证实。尤其是在考虑到柳永的经历时，不难想象这一作品及《定风波》中的表现不是来自单纯的妄想，而是他自身体验的忠实反映。这一事实以及上面所指出的运用诉说语调来具体描写女性心理的表现手法，都可以认为是与词人的创作态度有着密

---

① 叶梦得《避暑录话》所见："余仕丹徒，尝见一西夏归朝官，云，'凡有井水饮处，即能歌柳词'，言其传之广也。"

② 张舜民《画墁录》所见："柳三变既以词忤仁庙，吏部不放改官。三变不能堪，诣相府。晏公曰：'贤俊作曲子么？'三变曰：'只如相公亦作曲子。'公曰：'殊虽作曲子，不曾道；彩线慵拈伴伊坐。'柳遂退。"

切关联的。而有关创作态度上的问题，通过对以女性为主题的作品的检讨就变得更为明确了。因此，在下面的论述中，就以检讨包括闺怨词在内的歌咏女性的作品为中心，来考察词人的创作态度。

# 四、唐五代歌咏女性的作品

首先来考察一下唐五代的作品。最初所举的作品是温庭筠的《菩萨蛮》：

> 水晶帘里玻璃枕，暖香惹梦鸳鸯锦。江上柳如烟，雁飞残月天。　　藕丝秋色浅，人胜参差剪。双鬓隔香红，玉钗头上风。
>
> （《花间集》卷一）

作品首先对闺房内的情景进行了描写。玲珑剔透的水晶帘、玻璃枕、暖香缭绕的鸳鸯锦被里，女主人公尚在睡梦中。此作品中亦有在闺怨词中所见的向"江柳依稀，雁渡残月"的户外风景进行视线转换的手法①。后阕中再次转向闺房内，对女性姿态作了描写。作者所捕捉的是女主人公藕色的衣裳、发间参差的人胜（发饰）、两鬓所插的花钗以及头上摇曳的玉簪。

这一作品与闺怨词不同，没有女性悲哀怨恨的表现，这反而强调了前面所引的《菩萨蛮》中所有的浓艳情绪。水晶帘、玻璃枕、鸳鸯锦、藕丝衣裳，这些酝酿浓艳情绪的语汇遍布全篇。闺怨词的缀合断片描写的方法在这一作品中也没有发生什么变化。也就是说这一作品由闺房内的断片描写（前阕的前二句）、户外风景的断片描写（前阕的后二句）、女主人公的断片描写（后阕的四句）的三部分所构成，可以说它在作品的表现方法上与闺怨词是完全相同的。

---

① 亦有"江上"以下两句作梦境解之说，今不取。

歌咏女性的作品是不同于闺怨词的，它采取的是从作者自身的角度来对女性进行描写的方式。这样一来就产生了作者与描写对象的关联是如何体现在作品中的问题。换句话说，也就是词人的创作态度的问题。

就上面所举的《菩萨蛮》来说，全篇都是以女性姿态为中心的描写，丝毫没有触及作者与描写对象之间的关系，自然也没有言及作者对描写对象的情感之类的内面性的关联。这恰好意味着作者的创作意图不过是集中在对闺房内的美人如何进行巧妙的描写这一点上而已。从和凝的作品中也可以看到同样的创作意图。其《临江仙》词云：

> 披袍窣地红宫锦，莺语时啭轻音。碧罗冠子稳犀簪。凤凰双飐步摇金①。　　肌骨细匀红玉软，脸波微送春心。娇羞不肯入鸳衾。兰膏光里两情深。

> （《花间集》卷六）

作品的前阕是对女性姿态的描写，身披红锦，细语莺声，碧冠犀簪，凤钗金摇。后阕中以女性的容貌描写为主。冰肌玉肤，秋波春心，这些描写同温庭筠词一样，都有着浓艳的情绪性，可以说作者的意图就是通过作品来酝酿这种浓艳妖冶的氛围。最后"娇羞不肯入鸳衾，兰膏光里两情深"的两句，作者意在挑起读者脑海里更为妖艳的意象。当这两句由美艳歌姬脱口唱出时，其效果应是相当鲜明强烈的。

从上面的分析来看，可以说创作这些作品的作者的意图是放在如何酝酿那种浓艳的妖冶情绪上的。因此，女性只不过是单纯的素材之一，即使所歌咏的是一位女性，但那绝不是特定女性中的某一位。作者的眼光所捕捉的并不是眼前所有的活生生的女性自身，而是她作为女性所体现出来的那些美的因素。

---

① 亦有此句非指钗，为女性所穿靴之描写之说。（华连圃《花间集注》）

闺怨词亦同然。词人们所注目的不是主人公的悲哀怨恨，换句话说，活生生的女性的感情波动并不是词人们的目标。花间派、冯延巳等也是与此共通的。女性对于远离而去的恋人的情感并不是他们所要表现的对象，如何表现在哀怨中产生的那种情绪（氛围）才是他们的最终意图。而柳永作为词人的创作态度或是意图却与此有着截然不同的区别。

# 五、柳永歌咏女性的作品

> 世间尤物意中人。轻细好腰身。香帏睡起，发妆酒酽①，红脸杏花春。　　娇多爱把齐纨扇，和笑掩朱唇。心性温柔，品流详雅，不称在风尘。
>
> （《少年游》，《乐章集》卷中，林钟商）

柳永的这一作品，在对女性容貌姿态的描写上，可以说是与唐五代作品相同的。从"轻细好腰身"到"和笑掩朱唇"的描写，确实与前面所举的温庭筠、和凝作品没有什么变化。可是"世间尤物意中人""心性温柔，品流详雅，不称在风尘"之句引人注目。因为这无疑是作者对女性的评价，是作者对女性情感的吐露。这充分表明了作者和描写对象之间的关联，这与单纯地将女性作为美的描写素材的唐五代作品是截然不同的，这意味着词人赋予了描写对象与自己同等的人格。此外，唐五代作品所设定的女性是不特定的，而这里所表现的女性是一位特定的人物描写对象。词人的这一姿态也就必然地会引导他创作出下面的《玉女摇仙佩》这样的词作：

> 飞琼伴侣，偶别珠宫，未返神仙行缀。取次梳妆，寻常言语，

---

① "发妆"指酒醉后脸发红。宋释惠洪《长春花》有"人间花亦有仙骨，卯酒发妆呼不醒"句（《石门文字禅》卷一六），欧阳修《惜芳时》中有"发妆酒冷重温过"句（《醉翁琴趣外篇》卷二）。

有得几多姝丽。拟把名花比。恐旁人笑我，谈何容易。细思算、奇葩艳卉，惟是深红浅白而已。争如这多情，占得人间，千娇百媚。　　须信画堂绣阁，皓月清风，忍把光阴轻弃。自古及今，佳人才子，少得当年双美。且恁相偎倚。未消得、怜我多才多艺。愿奶奶、兰心蕙性，枕前言下，表余深意。为盟誓。今生断不孤鸳被。

（《乐章集》卷上，正宫）

这一作品的前阕也对女性的美丽进行了描写，但却没有涉及女性自身，以及有关她的装饰品等。对柳永来说，这一女性的美丽是理所当然的，没有必要去作详细的描写，只有对她那无以言喻的美表示一味的赞美。这就让读者预见了后阕中柳永对女性爱恋之情的表白。其表现的方法也是那种明了的诉说语调，而不是凝缩的文学表现。后阕中"且恁相偎倚"之后的内容是对女性爱恋之情的率直表现，这种表现是绝对不会出自唐五代词人们的口中的。试再看一例。柳永的《凤衔杯》词：

有美瑶卿能染翰。千里寄、小诗长简。想初裂苔笺，旋挥翠管红窗畔。渐玉箸、银钩满。　　锦囊收，犀轴卷。常珍重、小斋吟玩。更宝若珠玑，置之怀袖时时看。似频见、千娇面。

（《乐章集》卷上，大石调）

瑶卿应是妓女芳名。作品中完全没有女性容貌姿态的描写，全篇尽是由瑶卿寄来的书翰而引发的作者的遐想。展翰如见玉人临案执笔（想初裂苔笺，旋挥翠管红窗畔。渐玉箸、银钩满）、珍重收藏反复吟咏（锦囊收，犀轴卷。常珍重、小斋吟玩）、爱如珍宝入怀频视（更宝若珠玑，置之怀袖时时看）、娇面如现眼前（似频见、千娇面）。这都是率直的恋爱感情的表现。像词人这样直率地吐露对描写对象女性的恋情，不仅在唐五代中是看不到的，同时代的张、晏、欧三家中也是没有前例的。张、欧的作品中，属于作者对女性吐露心情的词作虽有一二，但是在全体歌咏女性作品中所占的比例是极少的。而柳永词中这样的作品几乎占了全部作品的七成比例，其中大胆率直地吐露感情的作品占了近其三成。对柳永来说，歌咏女性的作品并不是单纯地构筑女性美丽的场所，而是表现自己对活生生的人间女性的感情的场所，女性并不是单纯的文学素材。包括闺怨词在内，柳永的描写对象不是人物的外表，而是人物的内心。

# 结　语

柳永是在"游里"即民间展开作词活动的词人，所以他具有与文人官僚词人们所不一样的性格。词这一文学形式原本是歌辞文艺，所以称柳永是具有流行歌曲作词家性格的词人或许更为贴切恰当吧①。如果说流行歌曲是反映当时民众心情的作品的话，在柳永的艳词中不是也能够主动地反映出他从当时的民间生活体验中所汲取的民众心情吗？也正因为如此，他的词才得以在民间广泛流传。《定风波》（自春来）就可以作为这样的例子。柳永作品中，女性对恋人的自言自语中所有的不是抑郁低沉的情绪，而是一种健康有力、明朗向上的精神。这亦可以说是民众强大的精神反映。在当时民间中像柳永这样的词人应该是很多的，而唯独

---

① 尤其是《木兰花》的四首连作为妓女的宣传歌曲。从这里亦可以看出柳永的性格。

《木兰花》其一　　（《乐章集》卷中，林钟商）
　　心娘自小能歌舞。举意动容皆济楚。解教天上念奴羞，不怕掌中飞燕妒。
玲珑绣扇花藏语。宛转香茵云衬步。王孙若拟赠千金，只在画楼东畔住。
　　其二
　　佳娘捧板花钿簇。唱出新声群艳伏。金鹅扇掩调累累，文杏梁高尘簌簌。
鸾吟凤啸清相续。管裂弦焦争可逐。何当夜召入连昌，飞上九天歌一曲。
　　其三
　　虫娘举措皆温润。每到婆娑偏恃俊。香檀敲缓玉纤迟，画鼓声催莲步紧。
贪为顾盼夸风韵。往往曲终情未尽。坐中年少暗销魂，争问青鸾家远近。
　　其四
　　酥娘一搦腰肢袅。回雪萦尘皆尽妙。几多狎客看无厌，一辈舞童功不到。
星眸顾指精神峭。罗袖迎风身段小。而今长大懒婆娑，只要千金酬一笑。

柳永的词得以流传的原因，难道不是因为他的词作反映了民众的心情吗①？对柳永《乐章集》流传到今天的意义，不是只有通过羁旅行役的作品才能有所揭示，他的艳词亦对此有着同样的贡献。

最后，些许言及有关柳永的"诉说"手法，即其明了的具体表现手法。词本来是为人演唱的歌辞文艺。柳永对这一点似乎很在意。歌辞所采取的具体而直截的"诉说"方式就说明了歌词并没有固执地主张其自身作为"诗"的独立性，而是以"为人演唱"为目的，在尊重歌曲旋律的基础上来进行作词的。也就是说，柳永是在实际的乐谱上填写歌词的。那么柳永的词作为一种明了具体的"诉说"而丧失了诗的凝缩表现所有的内在情调时，作品的情绪又是由什么来支持的呢？那就是歌曲的音乐旋律。柳永的词是不是因为其对旋律的附和而使其情调得到了补偿呢？可以推断出，与花间派的作品（特别是温词）给读者带来的独特的陶醉气氛相比，柳永作品所带来的享受对旋律的依存度是很高的。从这点上说，柳永的精通乐律对他的艳词来说是一种幸运，词与音乐旋律的融合在他这里该是得心应手的。可是，词最终还是失去了它的音乐旋律，虽然这一说法仍然属于臆说之域，正因为如此，词失去音乐旋律之事实对柳永来说是一大不幸。可以说，词本来只有附之于音乐旋律，才能保全其作为歌辞文艺的本质。失去音乐旋律给柳永的词带来的损失，是远远大于其他词人们的，他的痛楚应该比其他词人们来得更为真切。

---

① 柳永词在民间的广泛流传，亦可从很多以他为主人公的俗文学作品中得到了解。这些俗文学作品可以说表明了民众对柳永的理解，亦是思考柳永作为词人的性格的重要资料。以下例举几篇有关他的俗文学资料：

　　《花衢实录》（《新编醉翁谈录》）
　　《柳耆卿诗酒玩江楼记》（《清平山堂话本》）
　　《众名妓春风吊柳七》（《古今小说》）

# 第五章　苏东坡的悼亡词

## 序　言

苏轼，号东坡，是宋代代表性的文人官僚，在文学艺术等多方面都发挥了卓越的才能。正如在第一章所论及的那样，在词的创作上，苏轼的存在也是很重要的。在他的作品中，有这样的一首：

**江城子**　乙卯正月二十日夜记梦

　　十年生死两茫茫。不思量。自难忘。千里孤坟，无处话凄凉。纵使相逢应不识，尘满面，鬓如霜。　　夜来幽梦忽还乡。小轩窗。正梳妆。相顾无言，惟有泪千行。料得年年肠断处，明月夜，短松冈。

（《东坡乐府笺》卷一）

这是一首明显地抒发对死别的女性感情的作品，小题中的"乙卯"指的是北宋熙宁八年（1075），苏轼时任山东密州知州。恰好是在十年前的治平二年（1065），苏轼与妻子王氏（通义君）死别。翌年，王氏归葬于两人的故乡四川的眉州①。这些都与"十年生死两茫茫""千里孤坟"句相应。因此，这首《江城子》是怀咏亡妻之作，即是一首悼亡词。

"悼亡"即哀悼亡妻，始于三世纪晋潘岳哀悼亡妻杨氏的《悼亡

---

① 《苏轼文集》卷一五（中华书局，1986）所收《亡妻王氏墓志铭》云：

　　治平二年五月丁亥，赵郡苏轼之妻王氏，卒于京师。六月甲午，殡于京城之西，其明年六月壬午，葬于眉之东北彭山县安镇乡可龙里先君先夫人墓之西北八步。

诗》。潘岳以后，以梁沈约的《悼亡》、江淹的《悼室人》、北周庾信的《伤往》、唐代韦应物的《伤逝》、元稹的《遣悲怀》等为代表形成了悼亡诗的传统①。然而，苏轼的悼亡在形式上不是传统的诗，而是词。对于这点该如何解释呢？这一向被认为，苏轼之所以选择了词这一形式，是因为词能更充分地表现他当时的感情②。换种说法，作为寄托哀悼亡妻感情的文学形式，词比诗更为合适一些。甚至有人说，宋人已经将悼亡这一主题从诗转移到了词上③。的确，词这一韵文形式的本质是植根于以男女恋情为主的纯粹的抒情上的，从"对妻子爱情的表现"这一点上来看，悼亡似乎也可以看作是位于词的本色领域之内的。但是，有关悼亡这一主题，却是不能够与此相提并论的。对苏轼用词的形式来吟咏悼亡的现象，应该有其他更合理的解释，它是与揭示词这一歌辞文艺的性格有着一定的联系的。

# 一、悼亡诗和悼亡词

继承潘岳悼亡诗传统的宋代诗人，应该首举梅尧臣（1002—1060）。梅尧臣是苏轼科举及第时的考官之一，对苏轼的答卷给予了很高的评价。而当时担任主考官的是梅尧臣的友人欧阳修。欧阳修和梅尧臣都是被苏轼尊为师长的存在。

梅尧臣在庆历四年（1044）四十三岁的时候，与相濡以沫十七年的妻子谢氏死别。此后，他创作了以《悼亡三首》为代表的为数不少的悼亡诗④。梅尧臣是北宋的代表性诗人，但他并非没有参与过词的创作。在

① 有关从潘岳到元稹的悼亡诗的传统，请参看入谷仙介《关于悼亡诗——从潘岳到元稹》（《入矢教授小川教授退休纪念中国文学语学论集》，1974）以及本书第十章附论《诗人与其妻子——中唐士大夫意识的断面之一》。
② 例如，村上哲见《诗与词之间——以苏东坡为例》（《东方学》第35辑，1968，后收录于《宋词研究·唐五代北宋篇》），野口一雄《东坡词题注小考》（《中哲文学会报》第3号，1978）。
③ 佐藤保《宋诗中的女性像及女性观》（《中国文学的女性像》，汲古书院，1982）。
④ 关于梅尧臣悼亡诗的专论，请参看森山秀二《梅尧臣的悼亡诗》（《汉学研究》第26号，1988）、林雪云《关于梅尧臣的悼亡诗》（《中国言语文化研究》第8号，2008）。

《全宋词》中就收录了他的两首词，而这两首并非是悼亡词。虽然残存的两首不足以说明问题，但可以推测梅尧臣是没有利用词的形式来进行悼亡内容的创作的。

与梅尧臣相比，欧阳修没有进行悼亡词创作的事实是更加明显的。欧阳修在明道二年（1033）二十七岁时与妻子胥氏死别①，并因此写下了题为《绿竹堂独饮》的悼亡诗②。另一方面，作为北宋著名词人之一，欧阳修留下了超过二百首的词。这一数量在宋代词人中是颇为引人瞩目的，但是，我们从他的词作中却找不到悼亡词。欧阳修始终没有选择词，而是通过传统的诗的形式来吟咏悼亡。

接下来再看一下曾巩（1019—1083）。曾巩与妻子的死别是在他四十四岁时的嘉祐七年（1062）③，他也留下了悼亡诗。曾巩的悼亡诗并不广为人知，此处略举其一《秋夜》诗④（《元丰类稿》卷四）：

秋露随节至，霄零在幽篁。
灏气入我牖，萧然衾簟凉。
念往不能寐，枕书嗟漏长。
平生肺腑友，一诀余空床。

---

① 参看《胥氏夫人墓志铭》（《四部丛刊·居士外集》卷一二）。

② 全篇如下：

夏篁解箨阴加樛，卧斋公退无喧嚣。清和况复值佳月，翠树好鸟鸣咬咬。芳樽有酒美可酌，胡为欲饮先长谣。人生暂别客秦楚，尚欲泣泪相攀邀。况兹一诀乃永已，独使幽梦恨蓬蒿。忆予驱马别家去，去时柳陌东风高。楚乡留滞一千里，归来落尽李与桃。残花不共一日看，东风送哭声嗷嗷。洛池不见青春色，白杨但有风萧萧。……吾闻庄生善齐物，平日吐论奇牙聱。忧从中来不自遣，强叩瓦缶何谤谤。伊人达者尚乃尔，情之所钟况吾曹。愁填胸中若山积，虽欲强饮如沃焦。乃判自古英壮气，不有此恨如何消。又闻浮屠说生死，灭没谓若梦幻泡。前有万古后万世，其中一世独蚼蟧。安得独洒一榻泪，欲助河水增滔滔。古来此事无可奈，不如饮此樽中醪。（《居士外集》卷一）

③ 参看《祭亡妻晁氏文》（《四部丛刊》本《元丰类稿》卷三八）、《又祭亡妻晁氏文》（同前）及《亡妻宜兴县君文柔晁氏墓志铭》（卷四六）。

④ 其他可以看作是悼亡诗的作品有《合酱作》（卷四）、《郧口》（卷五）。后者有作者自注“昔与宜兴君同过此”。

况有鹊巢德，顾方共糟糠。

偕老遽不可，辅贤真淼茫。

家事成濩落，娇儿亦彷徨。

晤言岂可接，虚貌在中堂。

清泪昏我眼，沉忧回我肠。

诚知百无益，恩义故难忘。

曾巩并非没有染指词的创作，其流传至今的词仅有一首，并非悼亡。此外，强至（1022—1076）亦有题为《辛卯七夕悼往》的悼亡诗①。所存词惟有一首，亦非悼亡。刘攽（1023—1089）亦与妻子死别②，写下了诗《伤逝二首》③，并没有词传世。

以上所举的五人皆属于苏轼的前辈，且都有悼亡诗传世，而无悼亡词。对于他们，可以认为其存在着悼亡这一主题是应该以诗的形式来表现的认识。换言之，词比诗更适合于表现悼亡这一主题的认识在当时是不具有普遍性的，上面五人的作品中没有一首悼亡词存在的事实恰好是最好的证明。特别是欧阳修，他甚至有以赋的形式创作的悼

--------

① 本文如下：

    忆共佳人曝绣衣，余香如昨旧欢非。鹊桥虽别年年在，犹胜娇魂去不归。
（《四库全书》本《祠部集》卷一二）

此外《赏春》（卷七）自注云："予近丧偶。"在题为《箧中得调官时杨氏所寄书慨然追感》的七律中，作者如此感慨：

    笑语无踪莫更寻，每怀平昔恨犹深。况看满幅相思字，曾诉幽闺独自心。因想音容如在目，不知涕泪已盈襟。恨销除是彩笺灭，弗比遗香苦易沈。

这也是悼念亡妻杨氏的悼亡诗。详请参看清强汝询《祠部公年谱》（《求益斋文集》卷八）。

② 参看《祭亡妻颍阳县君韩氏文》（《四库全书》本《彭城集》卷四〇）。

③ 以下举其第一首：

    去水不可还，逝者日已疏。悲忧若沈痾，百药无能除。英英韶华子，天天昔同车。令德其芬芬，佩玉联琼琚。舟移悼藏鳖，天祝嗟愁予。蕙兰秀不实，徒见荆棘墟。含凄抚众稚，吊影还室庐。高天杳茫茫，日月空居诸。（《彭城集》卷六）

亡作品《述梦赋》①，但在二百余首词中却找不到一首悼亡之作，这近乎不可思议。用词的形式来吟咏悼亡，苏轼是第一人，可以说是以当时的普遍认识为基础的一种飞跃。

那么，在苏轼的悼亡词之后，情况又是怎样的呢？诗是否将悼亡这一主题转让给了词呢？贺铸（1052—1125）就有这样的《半死桐·思越人》词：

> 重过阊门万事非。同来何事不同归。梧桐半死清霜后，头白鸳鸯失伴飞。　　原上草，露初晞。旧栖新垄两依依。空床卧听南窗雨，谁复挑灯夜补衣。

根据钟振振氏的考察，这是贺铸于建中靖国元年（1101）在苏州怀念亡妻赵氏的作品，即为悼亡词②。贺铸没有创作过悼亡诗吗？在其诗集《庆湖遗老集》中找不到悼亡诗的内容。可是，贺铸的诗集分前后集共二十卷，收录元符二年（1099）以后作品的后集很早就散佚了，现在所传惟有前集③。正如钟氏所说，此词为建中靖国元年之作，如果赵氏之死在其时的话，那么后集中就有悼亡诗存在的可能性，所以不能断言贺铸的悼亡诗是不存在的。但是，他的悼亡词的存在却是不容置疑的事实。其他的词人们又是怎样的呢？在笔者的管见之内，北宋的主要词人中惟贺

---

① 全篇如下：

夫君去我而何之乎，时节逝兮如波。昔共处兮堂上，忽独弃兮山阿。呜呼，人美久生，生不可久，死其奈何。死不可复，惟可以哭。病予喉使不得哭兮，况欲施乎其他。愤既不得以声而俱发兮，独饮恨而悲歌。歌不成兮断绝，泪疾下兮滂沱。行求兮不可过，坐思兮不知处，可见惟梦兮，奈寐少而寤多。或十寐而一见兮，又若有而若无。乍若去而若来，忽若亲而若疏。杳兮倏兮，犹胜于不见兮，愿此梦之须臾。尺蠖怜予兮为之不动，飞蝇闵予兮为之无声。冀驻君兮可久，恍予梦之先惊。梦一断兮魂立断，空堂耿耿兮华灯。世之言曰死者渐也，今之来兮是也非也。又曰觉之所得者为实，梦之所得者为想。苟一慊乎予心，又何较乎真妄。绿发兮思君而白，丰肌兮以君而瘠。君之意兮不可忘，何憔悴而云惜。愿日之疾兮，愿月之迟。夜长于昼兮，无有四时。虽音容之远矣，于恍惚以求之。（《居士外集》卷八）

② 参看《东山词》（钟振振校注，上海古籍出版社，1989）第25页。

③ 参看《四库全书总目提要》。

铸有此作存在①。在北宋中，诗并没有将悼亡这一主题转让给词。反过来，东坡之后的作者作品中也有悼亡诗的存在。比如，与贺铸同时代的张耒（1054—1114）文集中有题为《悼亡九首》《悼逝》的悼亡诗②。张耒是苏门四学士之一，词虽少亦有六首流传，但都非悼亡之作，可以认为张耒亦没有参与悼亡词的创作。

　　以上，无论是苏轼的前人还是后人，我们并没有从中看到诗将悼亡这一题材转让给词的迹象③。在普遍的认识中，悼亡是应该通过诗来表现的。苏轼是在这样的氛围中认为词比诗更适合于悼亡这一主题吗？恐怕并不是这样的。可以认为，苏轼亦认为悼亡应该通过诗来表现，他运用词这一形式来吟咏悼亡，并非是由当时社会上对词及悼亡的普遍认识而造成的。

# 二、东坡和悼亡词

　　在普遍情况下，中国诗人在率直地对妓女以外的女性表示爱恋的文学作品的创作上是极为消极的。即使歌咏的对象是妓女，其受赞誉程度也是有限

---

①　北宋惠洪《冷斋夜话》卷三中有关于李元膺创作悼亡词的记事：

　　　　许彦周曰："李元膺作南京教官，丧妻。作长短句曰：'去年相逢深院宇。海棠下、曾歌金缕。歌罢花如面，翠罗衫上，点点红无数。　　今岁重寻携手处。物是人非春莫。回首青门路。乱红飞絮，相逐东风去。'李元膺寻亦卒。"

可是，这一内容本身存在一定的疑问。从词的内容来看，并不像是吟咏去世的女性。因为它看上去像是对唐崔护有名的七绝诗《题都城南庄》的改写。即使它是在吟咏去世的女性，与其说吟咏的对象是作者的妻子，倒不如说是以妓女为对象的。此外，李元膺是与蔡京同世代的人。

②　《悼亡九首》为七绝连作，《悼逝》为五言古诗。俱收于《张右史文集》卷三六（《四部丛刊》本）。如下所引为《悼逝》：

　　　　结发为夫妇，少年共饥寒。我迂趋世拙，十载困微官。男儿不终穷，会展凌风翰。相期脱崎岖，一笑охраняемый去艰难。秋风摧芳蕙，既去不可还。滴我眼中血，悲哉摧肺肝。儿稚立我前，求母夜不眠。我虽欲告之，哽咽不能言。积金虽至斗，纡朱走华轩。失我同心人，抚事皆悲酸。积日而成时，积时更成年。山海会崩竭，音容永茫然。

根据清邵祖焘的《张文潜先生年谱》（《宋人年谱丛刊》所收），张耒与妻子死别是在元丰五年（1082）他二十九岁的时候。有关其妻子姓名等不详。

③　关于包括南宋在内的宋代悼亡作品，请参看本书第十章《丈夫与妻子之间——以宋代文人为例》。即使是在南宋，也可以说诗并没有将悼亡这一主题转让给词。

的，而唯一称得上例外的就是有关结发妻子的悼亡诗①。悼亡是一个特别的富有个人性的，比较沉重的题材。对社会而言也是一个比较凝重的话题。对于背负着儒家伦理观念的士大夫来说，无论他对亡妻的真实感情如何，悼亡所表达的感情往往要比对妓女侍妾等的公然表白凝重。将这一主题寄托在由宴席歌谣发展而来，频频歌咏对妓女的恋情的词这一形式上，对士大夫来说应该是有一定的抗拒的。在悼亡主题上，北宋词没有能够取代诗，东坡之前亦看不到悼亡词，可以认为都是因这一抵抗意识的存在。或许可以说，悼亡亦是难以为词所采用的题材。那么，该如何诠释苏轼的悼亡词呢？这里有必要检讨一下《江城子》创作前后东坡对词的认识以及他的词作的状况。首先，东坡对词的基本认识可以从下面的记录中得见一二：

> 又惠新词，句句警拔，诗人之雄，非小词也。
>
> （《与陈季常书》，《苏轼文集》卷五三）
>
> 比虽不作诗，小词不碍，辄作一首。今录呈，为一笑。
>
> （《与陈大夫书》，同前卷五六）

这里所提示的是从元丰三年（1080）到元丰七年苏轼黄州时代的书简中的一节。值得注意的是，在苏轼的言辞中，与诗相比，词是附带着形容词"小"字的存在。黄州是东坡的贬放地，其原因是众所周知的笔祸事件，书简中的"比虽不作诗"就是东坡所表现出来的对此事的心有余悸吧。然而，"小词不碍"一句，却说明了在当时的意识中，诗容易被看作是公开场合的发言，而词则不尽然②。下面的资料更能说明东坡对词

---

① 本文中所说的悼亡诗（悼亡词），限定于以正妻为对象的作品。以妓女侍妾等为对象的作品亦可称为悼亡，但本文中将此排除。在公开的场合，妓女和侍妾等的存在与正妻的存在是有着不可逾越的一线之隔的。将哀悼妓女侍妾等的作品包含于潘岳以来的悼亡诗的传统中的做法是缺少妥当性的。柳永的《离别难》（花谢水流倏忽）、晁端礼的《满庭芳》（浅约鸦黄）、晁补之的《青玉案·伤娉婷》（彩云易散琉璃脆）等都是哀悼死去的女性，但其对象则为官妓或是家妓等，不将这些列入悼亡诗是本文的立场。

② 在《东坡乌台诗案》（函海本）中列举了东坡的诗文。其中亦举了二三首词的内容，但都没有指出其具体的用句。而本文中所举的东坡的《沁园春》从内容上几乎可以作为乌台诗案的证据，但在《诗案》中却没有收录。

的认识：

> 张子野诗笔老妙，歌词乃其余技耳。……若此之类，皆可以追配古人。而世俗但称其歌词。昔周昉画人物，皆入神品，而世俗但知有周昉士女。皆所谓未见好德如好色者欤。元祐五年四月二十一日。

（《题张子野诗集后》，同前卷六八）

元祐五年是 1090 年，张子野即张先，是影响苏轼词作风格的知名词人，这是苏轼为张先的诗集所作的。苏轼在其中指出，世人惟称张先词好，而不知其词不过是诗的余技。接下来苏轼引用了《论语》中的"未见好德如好色者"的话，向人们展示了"德＝诗""色＝词"的相应图式，从而公然向世人表明了自己的认识，即词是低于诗的文学。那么，在创作《江城子》的密州时代，苏轼的词是怎样的呢？

苏轼积极地参与词的创作是在熙宁四年（1071）出任杭州副知事以后。杭州是张先的隐居地，苏轼就是在这里受到了张先的熏陶①。但他在杭州时期创作的只是一些简单的小令，也就是说，这只能说是他的习作时期。而真正的长篇形式的慢词创作，以及其独特风格的形成则是从熙宁七年（1074）他移任密州知事到黄州流放这段时期。小题为"赴密州早行马上寄子由"的《沁园春》词，是寄给苏辙的作品，其中包含了苏轼对当时王安石变法的不满②。用词的形式表现狩猎的情景③、对农村进

---

① 有关张先以及苏轼的词，请参看村上哲见《宋词研究・唐五代北宋篇》。
② 其后阕如下（《东坡乐府笺》卷一）：

> 当时共客长安。似二陆初来俱少年。有笔头千字，胸中万卷，致君尧舜，此事何难。用舍由时，行藏在我，袖手何妨闲处看。身长健，但优游卒岁，且斗尊前。

③ 指题为"密州出猎"的《江城子》（《东坡乐府笺》卷一）：

> 老夫聊发少年狂。左牵黄。右擎苍。锦帽貂裘，千骑卷平冈。为报倾城随太守，亲射虎，看孙郎。　酒酣胸胆尚开张。鬓微霜。又何妨。持节云中，何日遣冯唐。会挽雕弓如满月，西北望，射天狼。

行素描①、缅怀三国时代的赤壁之战等②，向来只有诗才吟咏的题材都被苏轼采纳到了词中。也就是说，苏轼扩大了词的世界，并欲将词与诗相重合。他的这种意图从下面的记录中也可以了解到：

> 近却颇作小词，虽无柳七郎风味，亦自是一家。呵呵。数日前，猎于郊外，所获颇多，作得一阕。令东州壮士抵掌顿足而歌之，吹笛击鼓以为节，颇壮观也。写呈取笑。
>
> （《与鲜于子骏书》，《苏轼文集》卷五三）

这是密州时期，苏轼在创作狩猎词时寄给友人的书简。从中可以看到苏轼所怀的对词的抱负。柳七郎即柳永，是词的本色的代表作者。东坡将自己与柳相比，且自称"自是一家"。这表明了他对自己词风的自负。虽然不同于柳永词的本色风格，但亦是独具一格的"词"作品③。

从密州到黄州的这一时期，是苏轼有意识地试图成为"词之革新者"的时期。在密州时期，将对亡妻的思念托之于词而不是传统形式的诗这一事实必须放在这样的背景中去把握理解。苏轼并非认为词比诗更适合于表现悼亡，而是通过这一作品向人们展示了即便是属于诗的传统的悼亡主题，亦可以用词这一新的韵文形式来表现。从这种意义上说，《江城子》是悼亡诗歌历史上划时期的作品。

---

① 小题为"徐门石潭谢雨道上作五首"的《浣溪纱》连作（《东坡乐府笺》卷一），为元丰元年（1078）在徐州所作。下引其第四首：

> 簌簌衣巾落枣花。村南村北响缲车。牛衣古柳卖黄瓜。　　酒困路长惟欲睡，日高人渴漫思茶。敲门试问野人家。

② 指黄州时期题为"赤壁怀古"的《念奴娇》。原文参看第六章71页注①。

③ 在熙宁九年（1076）密州时期有《答李邦直》诗（《苏文忠公诗合注》卷一四）。李邦直即李清臣，当时在徐州为京东路提刑。东坡诗的末尾是这样的："闻子有贤妇，华堂咏《螽斯》。曷不倒囊橐，卖剑买蛾眉。不用教丝竹，唱我新歌词。"虽说诗整体上具有调侃李清臣的风格，但从最后的两句上，还是能看到当时苏轼对自己词作所抱有的自信。

## 三、东坡《江城子》与梅尧臣的悼亡诗

关于东坡的悼亡词《江城子》，我们首先应该意识到梅尧臣悼亡诗的存在。正如《江城子》小题"乙卯正月二十日夜记梦"所记述的那样，苏轼所吟咏的是在梦中与亡妻相见的情景。像这样将梦中邂逅亡妻的情景作为诗的题材，据说开始于唐代的韦应物①。而在梅尧臣的一系列悼亡诗中，吟咏梦境的作品如《来梦》《梦感》等就有十一首之多②。试举《戊子正月二十六日夜梦》诗如下：

> 自我再婚来，二年不入梦。
>
> 昨宵见颜色，中夕生悲痛。
>
> 暗灯露微明，寂寂照梁栋。
>
> 无端打窗雪，更被狂风送。
>
> （《宛陵集》卷三一）

诗题中的"戊子"指庆历八年（1048），即梅妻谢氏辞世四年后，梅尧臣与后妻刁氏再婚二年后的作品。诗所吟咏的是作者再婚后偶然梦到前妻谢氏时的感伤。其诗题"戊子正月二十六日夜梦"与苏轼《江城子》小题"乙卯正月二十日夜记梦"极为相似。不仅是这样，苏轼在前妻王氏（通义君）辞世三年后的熙宁元年（1068）娶了通义君的表妹王氏同安君为后妻。在他创作《江城子》时，后妻同安君自然陪伴在他的身旁③。不光是词的小题与诗题相似，苏轼与梅尧臣所经历的状况

---

①　参看第 59 页注①入谷氏论文。

②　参看第 59 页注④所举森山氏、林氏论文。

③　在创作《江城子》的熙宁八年（1075）同年所作的题为《小儿》的诗（《苏文忠公诗合注》卷一三）云："小儿不识愁，起坐牵我衣。我欲嗔小儿，老妻劝儿痴。儿痴君更甚，不乐愁何为。还坐愧此言，洗盏当我前。大胜刘伶妇，区区为酒钱。"在此诗中让东坡感怀的贤明老妻就是后妻同安君。

也是极为相似的。在失去通义君后的第十年，也就是娶了同安君的第七年的"乙卯正月二十日夜"，或许与梅尧臣一样，苏轼也是偶然在梦中目睹了从来都没有在梦境中出现过的前妻的身影。当时他的脑海中所萦绕的或许就是梅尧臣的这首题为"戊子正月二十六日夜梦"的悼亡诗。之所以如此说，是因为梅尧臣不仅是著名的诗人，同时亦是苏轼的师长①。就笔者管见，苏轼的文章中虽没有直接言及梅尧臣的悼亡诗，但可以认为苏轼是知道梅尧臣的这一系列悼亡诗的存在的。梅尧臣诗中"自我再婚来，二年不入梦。昨宵见颜色，中夕生悲痛"四句，不亦是苏轼心情的写照吗？

就像已经言及的那样，欧阳修亦存在梦见亡妻的《述梦赋》。欧阳修受梅尧臣所托，为梅妻谢氏书写了墓志铭。其中以梅尧臣口述的方式记录了谢氏生前的贤明。这与苏轼为妻子通义君所写的墓志铭的一节很相似②。这似乎也表明了在悼亡这一点上，苏轼与梅尧臣的关联。

---

① 东坡在科举及第后寄给梅尧臣的书简中云：

> 轼七八岁时，始知读书。闻今天下有欧阳公者，其为人如古孟轲、韩愈之徒。而又有梅公者从之游，而与之上下其议论。其后益壮，始能读其文词，想见其为人，意其飘然脱去世俗之乐而自乐其乐也。方学为对偶声律之文，求斗升之禄，自度无以进见于诸公之间。来京师逾年，未尝窥其门。今年春，天下之士群至于礼部，执事与欧阳公实亲试之，诚不自意，获在第二。……而向之十余年间，闻其名而不得见者，一朝为知己。退而思之，人不可以苟富贵，亦不可以徒贫贱，有大贤焉而为其徒，则亦足恃矣。……执事名满天下，而位不过五品，其容色温然而不怒，其文章宽厚敦朴而无怨言，此必有所乐乎斯道也。轼愿与闻焉。
>
> （《上梅直讲书》，《苏轼文集》卷四八）

在梅尧臣诗的题跋中，亦有如此云：

> 吾虽后辈，犹及与之周旋，览其亲书诗，如见其抵掌谈笑也。
>
> （《题梅圣俞诗后》，同前卷六八）
> 先君与圣俞游时，余与子由年甚少，世未有知者，圣俞极称之。
>
> （《书圣俞赠欧阳阀诗后》，同前卷六八）

② 该部分原文如下：

> 吾尝与士大夫语，谢氏多从户屏窃听之，间则尽能商榷其人才能贤否及时事之得失，皆有条理。
>
> （《南阳县君谢氏墓志铭》，《居士集》卷三六）
> 轼与客言于外，君立屏间听之，退必反复其言曰："某人也言辄持两端，惟子意之所向。子何用与是人言。"
>
> （《亡妻王氏墓志铭》，《苏轼文集》卷一五）

清水茂氏已经对此进行了指摘。参看《唐宋八家文》（下）（朝日新闻社，《中国古典选》）。

词本来是没有小题的，因其为歌谣，所以它具有一定的普遍性，亦没有必要将它的内容限定在特定的个人或事件中去理解。因此可以认为，苏轼在创作《江城子》的时候，并不想将悼亡这一特殊的个人性的题材融入歌谣的普遍性中去，所以才添加了"乙卯云云"的小题①。也就是说，词适合于吟咏他当时的哀悼之情，但是他却不愿意将自己对王氏的情感置之于词这一歌辞文艺所有的普遍性中去，因此才附加了小题。如果从苏轼与梅尧臣的悼亡诗的关联来考虑的话，或许苏轼是试图以添加小题的手段，来提示《江城子》这一以词的形式而成立的"悼亡诗"吧。为了防止流于歌谣的普遍性而附加表明创作时间的小题的举动，恰好说明了苏轼尝试用新的韵文形式来吟咏悼亡的积极意图②。

那么，苏轼为什么没有使用例如"悼亡""伤逝"等这样明确表示哀悼亡妻的小题呢？在悼亡诗中，"悼亡""伤逝"等这样直接的题目适合于妻子辞世不久的时期内创作的作品。潘岳是这样，梅尧臣也是这样③。若丧偶的悲痛随着时间的流逝而逐渐淡薄，一旦当它沉淀下来就很

① 参看第 59 页注②野口氏论文。

② 在第 59 页注①入谷仙介氏的论文中，入谷氏认为元稹的悼亡诗没有使用潘岳以来的五言古诗，而是采用了七言律诗这一"刚刚确立不久的、更能体现唐代性的诗形"的事实，恰是元稹对悼亡诗诗形意图的表现，是一种"破天荒式的尝试"。从这种意义上说，苏轼对悼亡词的意图的表现与元稹是有一定的相似性的。

③ 潘岳的"悼亡"是在妻子死后的翌年所作（高桥和已《潘岳论》，《中国文学报》第 7 册），梅尧臣的"悼亡"是在妻子辞世的当年所作（参照第 59 页注④所举论文）。韦应物的悼亡诗十九首连作，其最初所作的是《伤逝》。第 59 页注①入谷氏的论文中如此论述：

> 从这十九首中不仅能够发现视点的变化，随着时间的推移而带来的感情密度的变化也是有所对应的。对逝者的哀悼之情，自然是在距离死后越近的时间，其密度就越高，随着时间的流逝而逐渐淡薄是人之常情。十九首的排列顺序以《伤逝》为顶点，其感情的浓度逐渐地呈现下坡路的趋势。

马骥氏在《新发现的唐韦应物夫妇及子韦庆复夫妇墓志考》（《纪念西安碑林九百二十周年华诞国际学术研讨会论文集》，文物出版社，2008）一文中指出，韦应物的妻子元苹死于大历十一年（776）九月。就笔者管见，从《伤逝》到《秋夜二首》的十七首作品，是在从妻子死后到翌年秋天的一年中随着时间的推移而创作的。这或许是对潘岳《悼亡》三首的构成的模仿。《感梦》一首未知其详，恐是《秋夜二首》之后的作品吧。最后的《同德精舍旧居伤怀》，疑是在其妻子没世一年以后，在回到同德精舍旧居时的所作。有关韦应物的悼亡诗，请参看深泽一幸《韦应物的悼亡诗》（《飙风》第 5 号）。

难再成为诗的题目。苏轼创作《江城子》是在通义君死后十年，自己和同安君再婚七年后的事情。作品中苏轼的悲伤，正是那种已经沉淀在流逝的时光中的哀痛①。

结　　语

对于词这一以"软文学"为本色的韵文形式来说，或许其最不容易吸收的就是悼亡这一主题，而苏轼却通过《江城子》向世人表明了用词来表现这一主题的可能性。它即是苏轼在密州时期对词作意图的表现之一，也是他意欲向潘岳以来的悼亡诗传统中导入新形式的表现。苏轼对妻子通义君的满怀深情也并没有因为这些而有丝毫逊色，千古绝唱《江城子》本身就是最好的证明。

---

① 以上，是从诗人（词人）苏轼的角度来论述的，如果再在此基础上增加其作为"活生生的生活者"这一观点来看的话，"乙卯正月二十夜记梦"的小题，亦有他顾及继室同安君的存在所作的努力。苏轼对同安君的心情已经在第 67 页注③中言及。比起小题，词本文或许更能体现这一点。梅尧臣的《戊午正月二十六日夜梦》的初句"自我再婚来"与《江城子》相比较，一目了然地表明了梦中所见的是前妻。而梅尧臣在与继室刁氏再婚后虽然也创作了题为《新婚》（《宛陵先生集》卷二八）的作品，但在其中，"前日为新婚，今喜复悲昔"，"惯呼犹口误，似往颇心积"等句却明显表明了对前妻谢氏的思念。特别是表现对谢氏心情的"惯呼犹口误"一句动人心弦。但是作为活生生的生活者，就难免会遭到对后妻刁氏的存在太熟视无睹的非难，梅尧臣显然是太倾斜于对前妻谢氏的感情上的吐露了。与此相对，或许可以说，苏轼的《江城子》则是成立在诗人与生活者之间的绝妙的均衡中的作品。

# 第六章 "羽扇纶巾"——周瑜与诸葛亮

## 序　言

> 乌林赤壁江东注，千载曹刘争战处。
>
> 黄州迁客雪堂成，水落山高天薄暮。
>
> 扁舟一叶沂流光，洞箫吹月鹤横江。
>
> 自从两赋留传后，世人不复谈周郎。

这是明丘浚（景泰五年进士）的《赤壁图》诗（《重编琼台会稿》卷二）。从中我们可以看出，苏东坡的《赤壁赋》给后世带来的极大影响。而一提到赤壁，人们必然会意识到他在流放黄州时所作的"赤壁怀古"词《念奴娇》。其中后阕有这样的句子[1]：

> 遥想公瑾当年，小乔初嫁了，雄姿英发。羽扇纶巾，谈笑间、强虏灰飞烟灭。

这里的"羽扇纶巾"自然指的是周瑜（字公瑾）。可是，也有人认为指的是诸葛亮（以下简称孔明），这两种见解曾进行了很长一段时间的论争[2]。

---

[1] 《念奴娇》全文如下。苏轼的《赤壁赋》《后赤壁赋》省略不录。以下在没有特殊说明的情况下，诗文使用《四库全书》本或《四部丛刊》本，宋词使用《全宋词》。

　　大江东去，浪淘尽、千古风流人物。故垒西边，人道是、三国周郎赤壁。乱石崩云，惊涛裂岸，卷起千堆雪。江山如画，一时多少豪杰。　　遥想公瑾当年，小乔初嫁了，雄姿英发。羽扇纶巾，谈笑间、强虏灰飞烟灭。故国神游，多情应笑我，早生华发。人间如梦，一尊还酹江月。

[2] 唐圭璋《论苏轼"念奴娇"词里的"羽扇纶巾"》（《语文教学》1956年12期）一文是孔明之解的嚆矢。有关这一题目的论文为数很多，如果再加上对东坡词、宋词选集中的解释那就更是数不胜数。在此，笔者有必要声明自己并没有尽数把握这些资料。唐氏在论文中，依据《太平御览》等书所引用的裴启《语林》中的内容，定论孔明是以"葛巾""羽扇"指挥三军的（南宋傅幹《注坡词》中也将其作为《蜀志》内容而引用）。"葛巾"与"纶巾"之间是尚需一定检讨的，在此不作涉及。

但近年来在中国国内出版的注释类书籍中，大都采用所指为周瑜的见解。产生孔明之说的原因，是因为读者存在着从中发掘与小说《三国志演义》相关联的民间文学的影响的意识吧①。在《三国志演义》中，孔明确实是以"羽扇纶巾"的形象登场的，然而在士大夫之间，周瑜几乎是赤壁之战的代名词。这一基本性的认识，通过上面丘浚的诗也是可以想象到的②。本章以宋代苏东坡之后的诗词为中心，来探讨从宋代到明代人们对赤壁之战的认识和把握，以及对东坡《念奴娇》中"羽扇纶巾"的理解，并对其在元明时代的情况也加以涉猎。

## 一、宋人与赤壁之战

在《三国志》等史书中，赤壁之战的最大功劳者自然是周瑜，在以后的诗作中也是这样的。例如唐李白的《赤壁歌送别》、杜牧的《赤壁》、胡曾的《咏史诗》等，其中所言及的都是周瑜，而不是孔明③。进入宋代以后，这一状况亦没有多大的改变。例如北宋前期王周的《赤壁》诗（《全宋诗》第3册，1762页）：

> 帐前研案决大议，赤壁火船烧战旗。
> 若使曹瞒忠汉室，周郎焉敢破王师。

---

① 偏袒蜀汉的讲谈、戏曲在宋代就已经存在的事实是众所周知的。相关详细内容请参看金文京《三国志演义的世界》（东方书店，1993）74—80页。
② 丘浚还有小题为"和东坡韵题赤壁图"的《酹江月》（即念奴娇）词（《重编琼台会稿》卷六）。其中亦是言及周瑜而不是孔明。
③ 以下三首均据《全唐诗》：

> 二龙征战决雌雄，赤壁楼船扫地空。烈火张天照云海，周瑜于此破曹公。
> （李白《赤壁歌送别》）
> 折戟沉沙铁未销，自将磨洗认前朝。东风不与周郎便，铜雀春深锁二乔。
> （杜牧《赤壁》）
> 烈火西焚魏帝旗，周郎开国虎争时。交兵不假挥长剑，已挫英雄百万师。
> （胡曾《咏史诗·赤壁》）

此诗中并没有涉及孔明。东坡与赤壁关联的作品中亦没有涉及孔明，其《赤壁赋》中的"此非孟德困于周郎者乎"是众所周知的。《记赤壁》（中华书局排印本《苏轼文集》卷七一）中"黄州守居之数百步为赤壁，或言即周瑜破曹公处，不知果是否"，此处亦直指周瑜。在其《与范子丰书》（《苏轼文集》卷五〇）中记述了在赤壁游玩，"坐念孟德、公瑾，如昨日耳"。由此看来，东坡的《念奴娇》中是指孔明的解释是牵强附会的。在东坡以后以"赤壁"为题的作品中，也是将赤壁的战功归于周瑜的。以下列举其主要的作品：

（1）几年青史说周郎，赤壁乌林在武昌。

（南宋袁说友《过赤壁》，《东塘集》卷七）

（2）可怜当日周公瑾，憔悴黄州一秃翁。①

（金元好问《赤壁图》，《遗山先生文集》卷三）

（3）赤壁风涛千载后，只教勋业属周郎。

（元刘秉忠《赤壁故事》，《藏春集》卷四）

（4）漫有坡仙重赋咏，至今形胜属周郎。

（元贡性之《赤壁矶》，《南湖集》卷下）

（5）奸雄将军气盖世，败卒零落惭周郎。

（明方孝孺《赤壁》，《逊志斋集》卷二四）

（6）缅怀公瑾真英雄，破敌于此成奇功。

（明李昌祺《题东坡游赤壁图》，《运甓漫稿》卷二）

通过上面的六例，可以确认即使年代有所变迁，"赤壁＝周瑜"的认识是没有变化的。其中（2）~（4）的内容明显地受到了苏东坡的影响。东坡《念奴娇》中的"羽扇纶巾"应该如何进行诠释呢？

————————

① 元好问在《题闲闲书赤壁赋后》（《遗山先生文集》卷四〇）中云："夏口之战，古今喜称道之。东坡赤壁词，殆戏以周郎自况也。"

## 二、宋人对"羽扇纶巾"的解释

南宋的赵以夫在他的《汉宫春》词中这样描述:

应自笑,周郎少日,风流羽扇纶巾。

由词的小题"次方时父元夕见寄"中可以得知,这并不是直接吟咏赤壁的作品。但本作品明显是对东坡《念奴娇》词的承延,并且"羽扇纶巾"当然亦指周瑜①。再看一下南宋戴复古的《赤壁》诗(《石屏诗集》卷四):

千载周公瑾,如其在目前。
英风挥羽扇,烈火破楼船。
白鸟沧波上,黄州赤壁边。
长江酹明月,更忆老坡仙。

此处亦是一目了然,轻挥羽扇,勇破曹军的是周瑜。接下来看一下明初林鸿的五言古诗《赤壁》(《鸣盛集》卷一):

周郎拂白羽,谈笑有良筹。
冯夷鼓骇浪,天吴扇雄飙。
烈焰荡万垒,飞灰丧千艘。

---

① 笔者以前曾经列举了以此词为代表的宋词来说明"羽扇纶巾"做周瑜解的理由(角川书店,《宋代诗词》271页,1988)。其后,土屋文子氏发表了《"羽扇纶巾"与诸葛亮》(《早稻田大学大学院文学研究科纪要》别册,第18集,《文学·艺术篇》)一文。土屋氏的考察是以小说《三国志演义》为出发点的,与小论的视点是不一样的。

这里"拂白羽""丧千艘"的亦是周瑜。

从上面这些例子中，东坡的"羽扇纶巾"所代表的是周瑜的事实应该得到首肯。南宋杨万里的《寄题周元吉湖北漕司志功堂》诗中亦可以看到苏东坡作品的影响：

> 周郎昨赞元戎幕，夜眺秦川登剑阁。
> 函关不用一丸泥，谈笑生风扫河洛。
> ……
> 又挥白羽岸纶巾，却去武昌寻赤壁。
> 一览亭前山月明，志功堂下大江横。
> 前称公瑾后元吉，君家世有千人英。
> 公瑾小乔在何许，元吉小蛮花解语。
>
> （《四部丛刊》本《诚斋集》卷二三）

元吉，为周颉字，绍兴十五年进士出身，从右司郎中移转湖北转运判官。从"前称公瑾后元吉，君家世有千人英"句中可以得知，作品根据周颉的姓，将他比作周瑜。"周郎""谈笑""挥白羽""岸纶巾""小乔"等语汇的使用，充分说明了这一作品所受到的东坡《念奴娇》的影响。

## 三、"羽扇纶巾"诸葛亮说的渊源

赤壁之战的有功之臣＝周瑜、东坡《念奴娇》的"羽扇纶巾"＝周瑜，可以认为，这一理解在士大夫之间，至少是到明代为止基本是没有变化的。但是，"羽扇纶巾"＝孔明这一认识也并不是不存在的。首先来看一下南宋刘克庄的《沁园春·五和，韵狭不可复和，偶读孔明传，戏成》词：

> 昔卧龙公，北走曹瞒，西克刘璋。看沙头八阵，百神呵护，渭

滨一表，三代文章。……但纶巾指授，关河震动，灵旗征讨，夷汉宾将。

从作品中的"沙头八阵""渭滨一表""但纶巾指授，关河震动，灵旗征讨，夷汉宾将"中可以了解到，这都是赤壁之战后刘备入蜀以后的实事。作为蜀国丞相的孔明，或许被认为是戴着纶巾的。南宋鲁詧的《观武侯阵图》诗如此吟咏：

> 西川汉鼎倚纶巾，翠石累累作阵新。
>
> 一夜扫云惊虎旅，九天飞雨泣龙鳞。
>
> 当年已落中原胆，今日犹怜故国身。
>
> 曾踏斜阳看旧垒，英雄千古只伊人。

（《全宋诗》第 33 册，21255 页）

此处的"纶巾"所指为孔明是不容置疑的。从诗题以及"西川汉鼎"中可以看到，此亦是指入蜀以后的事情。而南宋李石的《武侯祠》诗就明确地显示了孔明与"羽扇纶巾"的关联：

> 风弄波涛鼓角喧，蜀江犹有阵图存。
>
> 纶巾羽扇人何在，眼看群儿戏棘门。

（《方舟集》卷五）

在这首诗中，从"风弄波涛鼓角喧，蜀江犹有阵图存"二句中可以得知，这里的"羽扇纶巾"并不是直接联系孔明与赤壁之战的。像这样，最晚亦是在南宋，只要不局限于赤壁，孔明亦开始以"羽扇纶巾"的形象为人所接受了。在当时，武侯祠像自是无需多言，可以想见孔明的肖像亦是经常为人们所描绘的，而这时的孔明或许就已经是以"羽扇纶巾"

的装束出现在画家们的笔下了吧①。元明时代的一部分诗文对这一推测进行了证实：

> 羽扇飘飘，纶巾萧萧。
> 渭原星坠，梁父寂寥。
>
> （元张宪《诸葛武侯像》，《玉笥集》卷五）
>
> 炎祚日微，三分鼎列。
> 羽扇纶巾，天挺豪杰。
>
> （明郑真《诸葛孔明画像赞》其二，《荥阳外史集》卷五〇②）

此外，明永乐中人唐文凤《跋诸葛武侯像赞》（《梧冈集》卷七）中的一节，对当时的孔明像做了详细具体的描述：

> 予闻苏长公称武侯《出师表》，与《说命》相表里③。自三代以后，岿然王佐才，惟武侯一人而已。侯之平生出处大节，诸先生论之详矣。后学岂能容喙于其间哉。今观此像丰姿神俊，意气闲雅，手把如意，肘支圆枕，纶巾垂带，氅衣披袂，欹坐匡床，脱履露足，注目凝想，而游心于祁山褒邪之远，犹若指麾三军时也。

虽然像这样表明孔明与"羽扇纶巾"关联的例子有所存在，但比起

---

① 清朝著名学者赵翼在《石刻诸葛忠武侯像歌》（《瓯北集》卷三八）中称孔明是"纶巾羽扇人"。但根据其序文，其石刻是根据唐阎立本原画的模写而创作的。如果真是这样的话，那就应该说，从很早以前人们就以"羽扇纶巾"的形象来描绘孔明了。关于"纶巾"，在《新唐书·地理志四》中有"襄州襄阳郡，望。土贡：纶巾、漆器"云云的记载。这里纶巾被载为襄阳的名产。《三国志·诸葛亮传》注中引用了《汉晋春秋》的内容："亮家于南阳之邓县，在襄阳城西二十里，号曰隆中。"孔明与襄阳是有一定的关联的。而将孔明与纶巾相连结的原因之一，或许就在这里吧。尚待博雅之士的详细赐教。

② 郑真是明初人。

③ 《乐全先生文集叙》（《苏轼文集》卷一〇）中有"至《出师表》简而尽，直而不肆，大哉言乎，与《伊训》《说命》相表里，非秦汉以来以事君为悦者所能至也"的内容。

周瑜与"羽扇纶巾"的用例来是微不足道的。而且值得注意的是，在初期阶段，孔明与赤壁是毫无关联的。

## 四、"羽扇纶巾"诸葛亮说的成立

在十四世纪前半活跃的元代诗人萨都剌有题为《回风坡吊孔明先生》的诗：

> 大江东流日夜白，已矣英雄不堪说。
> 朔风挟雨过江来，犹向矶头溅腥血。
> 汉家神气四海摇，奸雄贼子相贪饕。
> 二龙雌雄尚未决，将军战骨如山高。
> 先生谋略满怀抱，坐视腥膻不为扫。
> 若非蜀主三顾贤，终只如龙卧南亩。
> 仰天一出摧奸锋，纶巾羽扇生清风。
> 许君义气肝胆裂，兵枢尽在掌握中。
> 赤壁楼船满江夏，伏剑登坛唯叱咤。
> 忠心耿耿天必从，烈火回风山亦赭。
> 可怜一炬功未成，将星已坠西南营。
> 力吹汉水灰未醒，呜呼天命何不平。
> 伫立矶头盼吴越，感慨令人生白发。
> 先生虽死遗表存，大义晶晶明日月。

（《雁门集》卷四）

从"仰天一出摧奸锋"到"兵枢尽在掌握中"的四句，描述了孔明受刘备的三顾之礼而出山，接下来从"赤壁楼船满江夏"到"烈火回风山亦赭"的四句是赤壁之战的描写。"纶巾羽扇生清风"说的是孔明的飒爽英姿，虽然不是直接关联赤壁之战的"羽扇纶巾"，但从下句中可以看出，在萨都剌的脑海里赤壁之战中的孔明是"羽扇纶巾"装束的。至此，孔明就以"羽扇纶巾"的装束出现在赤壁之战中了。实际上，在萨都剌的这首诗中反映了当时在民间所流布的、以后成长为《三国志演义》原型的讲谈、戏曲等内容。三国时期争夺霸权的故事在《三国志演义》出现之前，就已经在元代刊行的《三国志平话》中初见雏形。其中已有了孔明筑坛祈风的情节。这与"伏剑登坛唯叱咤"句是相通的①。萨都剌虽是出身于山西雁门的诗人，但是他曾经在南方做过商人，也许这一作品与他的从商经历是有关联的。金文京氏曾指出，《三国志演义》的成立是与元代随着以山西为中心的从北向南的人口和物质的移动而变迁的文化相关联的②。在萨都剌半个世纪后的明代，方孝孺在《江山万里图》（《逊志斋集》卷二四）中说"烟焰旌旗魏武兵，纶巾羽扇周郎策"，而在他的《蜀相像》（《逊志斋集》卷二四）中却又说"羽扇纶巾一卧龙，誓匡宝祚剪奸雄"。在这里周瑜＝"羽扇纶巾"、孔明＝"羽扇纶巾"的两种图式已经混同在同一个人的作品中了。也就是说，到了明初，赤壁中的孔明＝"羽扇纶巾"的认识似乎已经是确立下来了③。

# 五、从《三国志平话》到《三国志演义》

对孔明的美化在《三国志平话》中就已经开始了。比如说，在赤壁

---

① 史书中唯言有强风。此外，在清萨龙光（上海古籍出版社排印本《雁门集》，1982，176 页）注中言及"回风坡"即是九江的"回风矶"，但内容与武昌的"祭风台"有关联。

② 参看第 72 页注①揭示的金氏所著书 140—142 页。金氏尚有从这一观点出发论及《刘知远诸宫调》以及明成化年间刊行的《新编刘知远还乡白兔记》的形成过程的论文《刘知远物语》（《东方学》，第 62 辑，1981）。

③ 元冯子振的《鹦鹉曲·赤壁怀古》（《朝野新声太平乐府》卷一。亦见《全金元词》《全元散曲》）曲中亦将东坡的"羽扇纶巾"做孔明之解。根据序文此曲当为大德六年（1302）的作品。全文揭示如下：

  茅庐诸葛亲曾住。早赚出抱膝梁父。笑谈间汉鼎三分，不记得南阳耕雨。［么］叹西风卷尽豪华，往事大江东去。彻如今话说渔樵，算也是英雄了处。

将东坡的"羽扇纶巾"做孔明之解的，不仅限于萨都剌，似乎早在十四世纪初期就已开始了。

之战后，周瑜在与孔明的斗智斗勇中惨败气愤而死的情节就体现了这一倾向。然而，"羽扇纶巾"在这里还没有与孔明发生关联，孔明＝"羽扇纶巾"的图式代替周瑜＝"羽扇纶巾"的图式还必须要等到《三国志演义》的出现。

在《三国志演义》中孔明是以"羽扇纶巾"的装束登场的，并且这并不是开始于作为通行本而为人们所知的清初刊行的毛宗岗本。《三国志演义》现存的最古版本是有着嘉靖元年（1522）序文的嘉靖本。例如，《诸葛亮傍略四郡》（卷一一）一节中有这样的描写：

> 中间一辆四轮车，车中端坐一人，头戴纶巾，身披鹤氅，手执羽扇，用扇招邢道荣曰："吾乃南阳诸葛孔明也。"①

这里孔明的风貌已经是"羽扇纶巾"了。就这样，一到了《三国志演义》，周瑜的"羽扇纶巾"就完全被孔明夺走了。另外，受《三国志平话》的影响，在演义中无论是智谋还是胸襟，周瑜都被当作孔明的配角来描写，其被人为贬低的程度比《平话》更甚②。昔日三国时代中赫赫有名的赤壁之战英雄周瑜，最终也无法抵抗时代的潮流降在了孔明的旗下。或许就是从那以后，孔明的"羽扇纶巾"就固定了下来。《三国志演义》的内容是很有魅力的，正是由于这魅力的存在使它不知不觉地渗入士大夫的教养中。特别是在毛宗岗本出版的清朝，可以想象士大夫们已经无法逃脱《三国志演义》的影响了。

生活在毛宗岗本刊行时期的诗人查慎行在《赤壁》诗（《敬业堂诗集》卷四）中这样说：

---

① 比嘉靖本稍晚的有嘉靖二十七年（1548）序文的叶逢春本的《诸葛亮傍掠四郡》（卷五）中，从"头戴"至"羽扇"部分内容相同。

② 例如，在赤壁之战中"借箭"的内容，按照《三国志·吴主传》注中所引的《魏略》，这是在赤壁之战后，孙权与曹操在濡须口对峙时所使用过的策略。而在《三国志平话》中却已经成了周瑜的计策。《演义》中又进一步将其改在了孔明的名下。

一战三分定，英雄洵有神。

古今才不偶，天地局长新。

故垒秋吹角，荒江晚问津。

祭风台下路，惆怅是归人。

从其中的"祭风台下路"句中可以明显看到《三国志演义》的影响。查慎行的诗题为"赤壁"，但其内容却是有关孔明的。"古今才不偶"句所指的应该是孔明①。古人尚且如此，现代的我们也就更难以避免对东坡《念奴娇》中"羽扇纶巾"产生误解了。

# 结　语

以上对东坡的"羽扇纶巾"主角从周瑜转变到孔明的过程作了素描，其中明代以来的《三国志演义》的影响是很大的。然而值得注意的是，在嘉靖本（卷一一）和叶逢春本（卷五）的《曹操败走华容道》一节中有这样的一段内容：

此时正是三江水战，赤壁鏖兵，着枪中箭，火焚水溺，军马死者，不计其数。有赋曰："……时也天气严寒，江声吼冻。夜月上而星斗昏，东风起兮天地动。展黄盖之神威，助周郎之妙用。……公瑾周郎，谈笑独挥其麈尾，德谋程普，往来尽仗乎龙泉。……孔明回还夏口兮风正狂，孟德败走华容兮火未灭。数既难逃，天已剖决。鼎分三国之山河，名播一时之豪杰。"②

---

① 但是，从明代后期到清朝，赤壁的关联作品已经不是笔者的能力所能及的，对其的调查也是极其粗略的。金文京氏在第72页注①所揭示的书中例举了王士禛的《落凤坡吊庞士元》诗来说明《三国志演义》所带来的影响。

② 引用依据嘉靖本。叶逢春本虽有细小的差异，内容基本相同。

"有赋曰"以下的"公瑾周郎，谈笑独挥麈尾"句中，虽然是"麈尾"
而非"羽扇"，但还是能明显地看出它依据的是东坡《念奴娇》。最后的
"名播一时之豪杰"也与《念奴娇》前阕末的"一时多少豪杰"相通。
也就是说，这里显示了对东坡《念奴娇》的"羽扇纶巾"所指的是周瑜
一事的理解。在两种嘉靖刊本中，"羽扇纶巾"分别表示周瑜和孔明的现
象杂然存在，而在毛宗岗本中"有赋曰"以下的部分被删除了。这可以
说是为了将"羽扇纶巾"归属于孔明而进行的篡改。同时也说明了，嘉
靖本和叶逢春本这两种嘉靖刊本似乎仍然是民间三国故事与士大夫文学
杂然存在的过渡性的版本。

# 第七章　关于寿词——生日与除夕

# 序　言

在中国，庆贺生日的习惯起自何时呢？关于这个问题，清朝的顾炎武云：

> 生日之礼，古人所无。《颜氏家训》曰……是此礼起于齐梁之间。逮唐宋以后，自天子至于庶人，无不崇饰，此日开筵召客，赋诗称寿。[1]

由此看来，庆贺生日的风俗始于六朝时期。可是，正如南宋的赵彦卫在《云麓漫钞》卷二所写的那样：

> 明皇始置千秋节。自是列帝或置或不置，自五季始立为定制。臣下化之，多为歌词以颂赞之。厥后又有献遗，故不得不置酒以复之。

唐玄宗之后，皇帝的诞辰就经常得到隆重的庆贺[2]。相对而言，唐代的士大夫们频繁地举行生日宴会的记录却无处可见。这一情况到了宋代以后就发生了显著的变化。南宋魏了翁在《跋彭忠肃公（彭龟年）真

---

[1] 据黄汝成《日知录集释》卷一三《生日》条。
[2] 《新唐书·礼乐志一二》中有这样的内容：

> 千秋节者，玄宗以八月五日生，因以其日名节，而君臣共为荒乐，当时流俗多传其事以为盛。其后巨盗起，陷两京，自此天下用兵不息，而离宫苑囿，遂以荒堙。独其余声遗曲传人间，闻者为之悲凉感动。盖其事适足为戒，而不足考法，故不复著其详。自肃宗以后，皆以生日为节。而德宗不立节，然止于群臣称觞上寿而已。

迹后》① 中云：

> 盖人主生日为乐始于唐，士大夫生日之盛，则始于近世。

到了宋代，士大夫之间庆贺生日是很普遍的，赠送生日礼物的习惯也确立了下来。例如，欧阳修在《与吴正献公（吴充）书》（第七通）中云：

> 某顿首启。某田野之人，自宜屏缩。而况机政方繁，犹蒙曲记其生日，贶之厚礼。仰佩眷意之笃，感惧交并。

此外，从苏轼题为《乐全先生（张方平）生日以铁拄杖为寿二首》《生日蒙刘景文（刘季孙）以古画松鹤为寿，且贶佳篇，次韵为谢》的诗作中也可以简单地了解到这一情况。

以这一情况为背景，庆贺生日的词（以下简称"寿词"）在宋代得到了广泛的创作。国内的刘彩霞氏很早就言及了这一事实。她在《20 世纪 80 年代以来宋代寿词研究综述》（《咸阳师范学院学报》2008 年第 1 期）一文中，对寿词的研究史作了简略的总结。另一方面，日本青山宏氏的论文《关于宋代自寿词》（《沼尻博士退休记念中国学论集》汲古书院，1990）是日本有关寿词的唯一研究，其主要对自寿词加以关注。青山氏所说的自寿词，是指吟咏自己生日的作品，这并不是单纯地限于庆祝自己的生日，同时也是对自己以往人生的回顾。也就是说，为他人而作的寿词与为自己而作的寿词，其性格是迥然相异的。中国有关自寿词的专论有吴冬红《宋代自寿词的悲伤意蕴》（《广西社会科学》2007 年第 12 期）、韩立平《南宋自寿词的人生体悟》（《西南农业大学学报（社会科学版）》2007 年第 6 期）。

宋代盛行寿词的创作，并不是因为只有词才可以用来庆贺生日。寿

---

① 以下所引用的宋代诗文，在没有特殊注明的情况下俱引自《全宋诗》及《全宋文》。

词的内容大多大同小异，要想在其中寻找阅读文学作品的感动是不会有
什么收获的。而在寿词当中，虽然自寿词有着它独特的光彩，但这并不
是词特有的现象，宋代的士大夫们也有进行自寿诗的创作。对于宋代的
寿词、自寿词，不应该单是把它放在词这一狭窄的领域中来思考，而应
将它与诗一起放在宋代文学或是宋代士大夫文化这一广阔的视野中进行
考察。需要说明的是，鉴于上述诸氏对寿词和自寿词的定义不是十分的
明确，拙论中将庆贺他人生日所作的作品（排除生日以外创作的庆贺长
寿的作品）以及对此的赠答次韵称为寿词①，将自己生日前后自发创作
的吟咏长寿的喜悦以及人生感慨的作品称为自寿词。笔者将在此基础上
来进行论述。

# 一、寿诗与寿词

首先，让我们再来回顾一下南宋魏了翁的《跋彭忠肃公真迹后》：

> 盖人主生日为乐始于唐，士大夫生日之盛，则始于近世。故前
> 辈诗集，唯少陵示宗武生日，与东坡为同气之亲，或知己偶有所赋，
> 而他集罕有。

魏了翁认为，皇帝庆贺诞辰是从唐代开始的，而士大夫们庆贺生日
则是在"近世"以后才昌盛了起来，广泛创作庆贺生日的诗也是"近
世"以后的事情②。这里所谓的"近世"自然包括苏轼以后的北宋，在

---

① 赠答、次韵的作品虽然也是在吟咏自己的生日，但它是由他人作品触发的感慨，因其不
是自发性的创作，所以在此不将其作为自寿词或自寿诗来看待。
② 唐代并不是完全没有庆贺生日的记录。《太平广记》卷三六的《神仙三六·李清》一条
中有这样的内容：

> 李清，北海人也。代传染业。清少学道，多延齐鲁之术士道流，必诚敬接奉之。
> 终无所遇，而勤求之意弥切。家富于财，素为州里之豪甿。子孙及内外姻族，近百
> 数家，皆能游手射利于益都。每清生日，则争先馈遗，凡积百余万。    （转下页）

此可以理解为其意识上是较注重于南宋以后的时期。魏了翁在此所举的唐代唯一的例子是杜甫的《宗武生日》①，那么在唐代其他庆贺生日的诗，也就是寿诗就不存在吗？为了庆贺皇帝的诞辰而献上诗作的情况是不难想象的，在唐代也存在李峤《中宗降诞日长宁公主满月侍宴应制》等这样的例子，然而除去为皇帝、贵人所作的礼仪性的寿诗，士大夫之间的寿诗在唐代的确非常罕见。但是，杜甫之外的例子也并不是不存在。包何有题为《相里使君第七男生日》的诗，李郢有题为《为妻作生日寄意》的诗。由此可见，寿诗在唐代早已开始了它的创作。

寿诗进入宋代以后的创作突发性地增多，仅凭诗题就可以断定其为寿诗的作品就超过 1 300 首，仅是北宋就已有相当数量的寿诗存在。现在，就将笔者管见的北宋寿诗的作者及作品数量列举如下：

| | | | |
|---|---|---|---|
| 李　昉：1首 | 魏　野：3首 | 晏　殊：1首 | 宋　庠：3首 |
| 宋　祁：1首 | 梅尧臣：2首 | 文彦博：7首 | 韩　琦：1首 |
| 赵　抃：9首 | 邵　雍：2首 | 蔡　襄：1首 | 金君卿：3首 |
| 韩　维：5首 | 黄　庶：1首 | 王安石：2首 | 陈　辅：1首 |
| 郑　獬：1首 | 强　至：22首 | 刘　攽：2首 | 范纯仁：2首 |
| 徐　积：1首 | 杨　杰：1首 | 沈　辽：1首 | 韦　骧：8首 |
| 王安礼：1首 | 苏　轼：11首 | 朱长文：11首 | 苏　辙：15首 |
| 范祖禹：2首 | 彭汝砺：5首 | 释道潜：1首 | 孔平仲：2首 |
| 李之仪：1首 | 毕仲游：1首 | 刘　弇：12首 | 王　绅：1首 |
| 秦　观：2首 | 陈师道：3首 | 张　耒：6首 | 李　廌：1首 |

（接上页）李清是唐初期的人，由此可知那时已经有了赠送生日礼品之事。此外《酉阳杂俎》续集卷四《贬误》（中华书局本）中有这样的内容：

太和末，因弟生日，观杂戏。

或许我们应该这样来理解：庆祝生日是在宋代作为一种习惯在士大夫中间确立下来的。
① 唐诗据《全唐诗》。

邹　浩：2 首　　毛　滂：5 首　　李　新：3 首　　洪　朋：2 首

饶　节：2 首　　李昭玘：1 首　　慕容彦逢：2 首　　赵鼎臣：1 首

唐　庚：6 首　　释德洪：66 首　　廖　刚：7 首　　苏　过：19 首

许景衡：4 首　　韩　驹：42 首

以上产生在北宋时期的寿诗有 54 家 318 首。其中最多的是对高官或自己的上司所作的礼仪性的寿诗。像魏野的《寇相公（寇准）生辰因有寄献》、梅尧臣的《赠许待制（许元）岁旦生日》、范祖禹的《文潞公（文彦博）生日》等。另外，朱长文的《祖母生日》、邹浩的《母氏安康郡太君生日三十韵》是献给长辈的作品，苏轼的《子由生日》和苏辙的《次韵子瞻寄贺生日》是兄弟间的唱和。再者，在北宋尚属罕见的为友人、妻子而作的寿诗也是存在的，例如陈师道的《贺关彦长（关景仁）生日》、张耒的《七月十五日希古（常安民）生日，以诗为寿》和《内生日》诗。魏了翁的发言看上去好像北宋只有苏轼创作过寿诗，而事实并非如此，可以说从北宋时起，士大夫们早已普遍开始了寿诗创作。

另一方面，寿词又是从什么时候开始创作的呢？据笔者管见，北宋时期的寿词并不是很多。其最早的例子就是柳永，他的《御街行》正如其小题"圣寿"所表明的那样，是庆祝皇帝诞辰的。晏殊的《木兰花》（杏梁归燕双回首）恐怕也是一样。作为为士大夫庆贺生日的寿词，韦骧的《醉蓬莱·廷评庆寿》或许是最早的作品①。而今日所见北宋寿词的大体情况就是下面所列举的 10 家 23 首作品：

韦　骧：《醉蓬莱·廷评庆寿》

王　观：《减字木兰花·寿女婿》

---

① 庆贺天子诞辰的作品亦为"寿词"，但它所具有的特殊性是无法避免的。因此，本稿中将庆贺皇帝、皇后的诗词排除在考察对象之外。此外，下面所涉及的宋词俱以《全宋词》以及《全宋词补辑》为据。

苏　轼：《蝶恋花·同安生日放鱼，取金光明经救鱼事》

苏　辙：《渔家傲·和门人祝寿》

黄庭坚：《鼓笛慢·黔守曹伯达供备生日》

　　　　《洞仙歌·泸守王补之生日》

　　　　《忆帝京·黔州张倅生日》

米　芾：《诉衷情·献汲公相国寿》

晁补之：《一丛花·十二叔节推以无咎生日于此声中为辞，依韵和答》

　　　　《一丛花·再呈十二叔》

　　　　《鹧鸪天·杜四侍郎郡君十二姑生日》

　　　　《凤箫吟·永嘉郡君生日》

　　　　《上林春·韩相生日》

谢　逸：《西江月·代人上许守生日》

　　　　《玉楼春·王守生日（横塘晕浅琉璃莹）》

　　　　《玉楼春·王守生日（青钱点水圆荷绿）》

毛　滂：《绛都春·太师生辰》

　　　　《清平乐·太师相公生辰》

　　　　《小重山·家人生日》

　　　　《点绛唇·家人生日（柏叶春醅）》

　　　　《点绛唇·家人生日（何处君家）》

廖　刚：《望江南二首·贺毛检讨生辰》

　　与寿诗相比，北宋时期的寿词数量还是很少的。也就是说，可以认为寿词是顺理成章地由唐代以来寿诗衍生而来的。附带说明一下，晏殊、苏轼、苏辙、毛滂这4家对寿诗、寿词两者都有所创作。

　　南宋以后，寿诗、寿词的数量都极速地增加，仅通过《全宋诗》的诗题检索就可以得到约1 000首作品。虽然前述诸氏对寿词有所论述，但对数量的认识却是因论者而异。前揭青山氏的论文中说南宋的寿词约有1 500首。通过这些大略的数字，也足以说明南宋时期寿诗与寿词的盛行。

如果我们再进一步考虑到残存的作品数量，就不得不说寿词的创作数量是远远多于寿诗的。到了宋代，祝寿的宴会作为一种习惯在士大夫间确立下来以后，词因为能够载以旋律，慷慨而歌，从而顺理成章地被认为是最符合祝寿宴会的文学形式。《词源·杂论》中例举了寿词，《乐府指迷》中之所以列有《寿曲》之条①，都是由此而来的吧。如果要列举寿诗和寿词的多产作者，我们就会得到下面的结果：

【寿诗】

| | | | |
|---|---|---|---|
| 魏了翁：97 首 | 项安世：75 首 | 周紫芝：63 首 | 仲　并：48 首 |
| 方　回：35 首 | 刘克庄：31 首 | 曹　勋：30 首 | 杨　简：28 首 |
| 周必大：26 首 | 王十朋：23 首 | 张元幹：20 首 | 陈　棣：20 首 |

【寿词】

| | | | |
|---|---|---|---|
| 魏了翁：96 首 | 刘辰翁：81 首 | 刘克庄：53 首 | 陈　著：44 首 |
| 李曾伯：40 首 | 辛弃疾：36 首 | 韩　淲：28 首 | 王之道：23 首 |
| 郭应祥：23 首 | 张孝祥：23 首 | 吴文英：20 首 | |

在这里需要注意的是，寿词的多产作者几乎都不是词的专家。11家中称得上是词专家（参照本书第二章）的只有辛弃疾、吴文英。这也正向我们表明了寿词是寿诗的衍生品这一事实。苏轼以后出现的"词的诗化"这一倾向（参照本书第一章第三节）同样表现在了寿词这一领域上。

---

① 《词源·杂论》（《词源注·乐府指迷笺释》，人民文学出版社，1963）曰：

　　难莫难于寿词。倘尽言富贵则尘俗，尽言功名则谀佞，尽言神仙则迂阔虚诞。当总此三者而为之，无俗忌之辞，不失其寿可也。松椿龟鹤，有所不免，却要融化字面、语意新奇。

《乐府指迷·寿曲》（同前）曰：

　　寿曲最难作。切宜戒寿酒、寿香、老人星、千春百岁之类。须打破旧曲规模，只形容当人事业才能，隐然有祝颂之意方好。

# 二、自寿诗与自寿词

接下来我们来概观一下自寿诗和自寿词。唐代以来，寿诗本来是为他人生日创作的，并不是庆贺自己生日的作品，而寿词也是在这一延长线上出现的。这称得上是帝王祝寿诗向士大夫阶层文化的渗透。由此，通过士大夫们在自己生日时创作诗词的事实，可以预想到寿诗、寿词所发生的质的转换。关于自寿诗和自寿词的关系，南宋周紫芝（1082—1155）在《水调歌头》小题中的发言值得注目：

> 十月六日于仆为始生之日，戏作此词为林下一笑。世固未有自作生日词者，盖自竹坡老人始也。

周紫芝说为自己作寿词，也就是创作自寿词在自己之前是没有的。实际上这是一种误解①。毋庸置疑，周紫芝的自寿词是继承自寿诗而来的，这与前述的寿诗与寿词的关系是相同的。据笔者的调查，宋代的自

---

① 周紫芝以前的自寿词如下：

**米芾《鹧鸪天·漫寿》**
云液无声白似银。红霞一抹百花新。觞多莫厌频频劝。一片花飞减却春。
蜂翅乱，蝶眉颦。花间啼鸟劝游人。人生无事须行乐，富贵何时且健身。

**又《浪淘沙·祝寿》**
祝寿庆生中。德日维新。期颐眉寿寿长春。五福三灵禄永永，长寿仙人。
退算等庄椿。□德康宁。年年欢会笑欣欣。岁岁仰依□寿域，彭祖广成。

**毛滂《浪淘沙·生日》**
深院绣帘垂。前日春归。画桥杨柳弄烟霏。池面东风先解冻，龟上涟漪。
酒溦玉东西。香暖狻猊。远山郁秀入双眉。待看碧桃花烂漫，春日迟迟。

**朱敦儒《如梦令》**
好笑山翁年纪。不觉七十有四。生日近元宵，占早烧灯欢会。欢会。欢会。坐上人人千岁。

**又《洞仙歌》**
今年生日，庆一百省岁。喜趁烧灯作欢会。问先生有甚，阴德神丹，霜雪里、鹤在青松相似。　　总无奇异处，只是天然，冷澹寻常旧家计。探袖弄明珠，满眼儿孙，一壶酒、□向花间长醉。且落魄、装个老人星，共野叟行歌，太平时世。

寿诗有 39 家 102 首、自寿词有 43 家 135 首①。考虑到诗词作品现存数量的多寡，可以说自寿词的创作比自寿诗的创作更为盛行，这也和寿诗与寿词的关系呈现相同的趋势。

首先我们来看一下自寿诗。宋代最早的自寿诗是邵雍（1011—1077）的《生日吟》，现传二首。其中的一首云：

> 三万五千日，伊予享此身。
>
> 当时才作物，此际始为人。
>
> 久负阴阳力，终亏父母恩。
>
> 一杯为寿酒，床下列儿孙。

这首诗中吟咏了对父母恩情的感怀和子孙绕膝的喜悦，并没有对以往的回顾。回顾以往人生、感慨胸怀的自寿诗起自苏辙（1039—1112）的《癸未生日》诗：

---

① 自寿诗和自寿词的作者及其作品数量列举如下：

【自寿诗】

| | | | |
|---|---|---|---|
| 邵 雍：2 首 | 苏 辙：5 首 | 张 耒：1 首 | 毛 滂：1 首（以上北宋）|
| 李 光：1 首 | 石 懋：1 首 | 张 嵲：1 首 | 欧阳澈：2 首　吴 芾：5 首 |
| 王十朋：2 首 | 喻良能：1 首 | 姜特立：2 首 | 刘应时：1 首　陆 游：2 首 |
| 杨冠卿：1 首 | 王 炎：3 首 | 曾 丰：1 首 | 蔡 渊：1 首　韩 淲：1 首 |
| 释居简：1 首 | 洪咨夔：1 首 | 陈梦庚：1 首 | 林希逸：2 首　叶 茵：6 首 |
| 高斯得：1 首 | 王 湛：1 首 | 施 枢：1 首 | 卫宗武：1 首　贾似道：1 首 |
| 陈 著：2 首 | 刘 黻：1 首 | 方 回：28 首 | 杨公远：10 首　俞德邻：1 首 |
| 文天祥：5 首 | 孙 嵩：2 首 | 赵 文：1 首 | 黄 庚：1 首　赵必瓛：1 首 |

【自寿词】（除去无名氏四首）

| | | | |
|---|---|---|---|
| 米 芾：2 首 | 毛 滂：1 首（以上北宋）| | |
| 朱敦儒：2 首 | 周紫芝：2 首 | 张 纲：5 首 | 赵 鼎：1 首 |
| 向子諲：2 首 | 王之望：1 首 | 韩元吉：3 首 | 赵彦端：1 首 |
| 程大昌：8 首 | 管 鉴：1 首 | 姜特立：5 首 | 沈 瀛：2 首 |
| 廖行之：1 首 | 王 炎：1 首 | 辛弃疾：3 首 | 赵善括：2 首 |
| 黄人杰：1 首 | 马子严：1 首 | 陈 亮：1 首 | 张 镃：1 首 |
| 刘仙伦：1 首 | 郭应祥：7 首 | 程 珌：7 首 | 郑 域：1 首 |
| 叶秀发：1 首 | 李 刘：1 首 | 李仲光：1 首 | 孙惟信：1 首 |
| 吴 泳：4 首 | 刘克庄：26 首 | 冯取洽：1 首 | 吴 潜：1 首 |
| 李曾伯：13 首 | 方 岳：10 首 | 李昂英：2 首 | 陈人杰：2 首 |
| 何梦桂：3 首 | 刘辰翁：3 首 | 王 奕：1 首 | 熊 禾：1 首 |
| 吴编修：1 首 | | | |

我生本无生，安有六十五。

生来逐世法，妄谓得此数。

随流登中朝，失脚堕南土。

人言我当喜，亦言我当惧。

我心终颓然，喜惧不入故。

归来二顷田，且复种禾黍。

或疑颍川好，又使汝南去。

汝南亦何为，均是食粟处。

儿言生日至，可就瞿昙语。

平生不为恶，今日安所诉。

老聃西入胡，孔子东归鲁。

我命不在天，世人汝何预。

癸未是崇宁二年（1103），也就是在苏轼去世后的第二年。这是苏辙身在汝南时的作品。当时苏辙已六十五岁，作品中充满了他对坎坷人生及现在境遇的无限感慨。

其后有张耒的《生日赠潘郎》、毛滂的《生日》，进入南宋之后以李光的《乙丑生朝》、石懋的《生日》为代表的自寿诗开始大量创作①。以下，

---

① 原文如下：

　　**张耒《生日赠潘郎》**
　　春雨萧萧江上城，论花与子酒同倾。
　　恨君未到淮阳市，一见姚黄慰此生。
　　**毛滂《生日》**
　　要作人间浩荡春，便应三日对东君。
　　万牛早汗十围木，百谷终甘一寸云。
　　天下公侯端有种，日边鸿雁不离群。
　　宝炉善颂区区尔，何似君陈德似薰。
　　**李光《乙丑生朝》**
　　今朝生日岂须论，老去难酬父母恩。
　　惟有海南香一瓣，直教薰炙遍乾坤。
　　**石懋《生日》**
　　只应门阀悬弧际，正是乾坤和气中。
　　寿语珠联千轴富，贺樽鲸吸百川空。

试举南宋吴芾（1104—1183）的一首自寿诗《生朝有感》：

> 每恨生朝天一涯，今年却喜得还家。
>
> 渐看寒谷回春律，愈使衰翁感岁华。
>
> 客至宁辞倾竹叶，老来能醉几梅花。
>
> 余生只愿长如此，浮利浮名未足夸。

吴芾作为与秦桧势不两立的刚直之士而广为人知。这是他晚年告老回乡之后的作品，包含了他回乡的喜悦和对人生暮年的感慨。

自寿诗的内容亦存在着单纯的颂歌和对长生不老的向往，但更多的是暮年诗人对年老身健的喜悦和感慨，以及对以往人生及现在境遇的感叹。其内容可以归结为"垂暮之叹"一语。试看下面的二首：

**刘应时《生日》**

屏迹衡门下，衰迟愧始生。

儿曹于此夕，杯酒致欢情。

来日苦无几，余生累渐轻。

乐亲惟养志，外物本非荣。

**陈著《癸未生日书于本堂》**

与云俱卷十年强，百短难医独命长。

自有青天看晚节，不将白发换时妆。

田园活计雨声好，湖海醒心山气香。

得一日闲胜一岁，老来免得别思量。

关于自寿词，其内容与自寿诗具有同样的倾向，年老身健的喜悦和对以往人生的感慨等内容基本上没有什么变化。试看下面的几例：

**张纲《凤栖梧·癸未生日》**

老去光阴惊掣电。生长元丰，试数今谁健。多谢天公怜岁晚。

清时乞得身闲散。　　忆昔生朝叨睿眷。台馈颁恩，内酒当筵劝。今日衰残欢意鲜。举杯目断尧天远。

### 王炎《玉楼春·丙子十月生》

往年糊口谋升斗。朱墨尘埃黏两袖。黄粱梦断始归来，依旧琴书当左右。　　而今藏取持螯手。林下独居闲散又。问之何以得长年，寡欲少思安老朽。

### 刘克庄《水龙吟·丙辰生日》

儿童不识樗翁，挽衣借问年今几。少如彦国，大如君实，披襟高比。德业天渊，有些似处，须眉而已。愿老身无事，小车乘兴，名园内、行窝里。　　做取出关周史。莫做他、下山园绮。从人谤道，是浮丘伯，是庚桑子。背伛肩高，幅巾藜杖，敞袍穿履。向画图上面，十分似个，见端门底。

### 李曾伯《八声甘州·癸丑生朝》

对西风、先自念莼鲈，又还月生西。叹平生霜露，而今都在，两鬓丝丝。当年门垂蓬矢，壮岁竟奚为。磊落中心事，只有天知。　　多谢君恩深厚，费丁宁温诏，犹责驱驰。看弓刀何事，终是愧毛锥。愿今年、四郊无警，向酒边、多作数篇诗。山林下，相将见一，舍我其谁。


寿诗、寿词比较容易为庆贺的气氛所支配，尤其是寿词，这一倾向是很强的。因此，寿词在阅读上没有太大的趣味。颂歌容易陷入千篇一律的歌功颂德（如何努力摆脱这一趋势也正是作者们的匠心所在），哀歌反而能够以多姿多彩的变化来打动人们。可是另一方面，生日也是畅想自己以往人生、吟咏其体会感慨的机会。最初承担这一使命的是诗这一文学形式，宋代以后作为生日颂歌的主要媒介的词，进而也继承了自寿诗的功能。如前述的那样，自寿诗、自寿词所吟咏的感慨集中收敛在暮年这一时间段上，那么在作品中言及自己的年龄也就无可厚非了。现举自寿诗和自寿词各一例：

**洪咨夔《生日口占》**

霜露刚氏道，侵寻五十翁。

相逢多郢瘦，自笑亦龙钟。

黍瓮新醅绿，丹炉宿火红。

斗杓明建子，芸荔又春风。

**辛弃疾《临江仙·壬戌岁生日书怀》**

六十三年无限事，从头悔恨难追。已知六十二年非。只应今日是，后日又寻思。　　少是多非惟有酒，何须过后方知。从今休似去年时。病中留客饮，醉里和人诗。

　　洪咨夔和辛弃疾也都是因生日而对自身的垂暮有所觉悟，从而在作品中提到了自己的年龄。但值得留意的是，当时的年龄是以虚岁来计算的。年龄的增长不是以生日为准，而是以新年元旦来计算的。也就是说，人们对自己年龄增长感受最深的时候，应该在除夕或者其翌日元旦。唐代以来吟咏除夕感慨的作品很多，这与在自寿诗、自寿词中融入自己的年龄是否有一定的关联呢？

# 三、除夕与年龄

　　除夕代表着漫长冬天的结束，是期待新春到来的日子。彻夜不眠来"守岁"的习俗是人们所熟知的，下面陆游的七绝诗《除夜》就确切地表达了守岁时的氛围和感觉：

守岁全家夜不眠，杯盘狼藉向灯前。

相看更觉光阴速，笑语逡巡即隔年。

　　过了除夕就是新年，无论是谁都要增加一岁。也就是说，从另一方面来看除夕也是诱发人们思索以往人生，感慨光阴流逝的日子。王安石就曾对此发出"万事纷纷只偶然，老来容易得新年"（《柘冈》）的感叹。而年龄增长正是光阴流逝的具体表现形式。

众所周知，在除夕的诗中融入年龄的创作在杜甫时就已经开始了：

> 守岁阿戎家，椒盘已颂花。
> 盍簪喧枥马，列炬散林鸦。
> 四十明朝过，飞腾暮景斜。
> 谁能更拘束，烂醉是生涯。

这首题为《杜位宅守岁》的作品，是杜甫在族弟杜位家中守岁时创作的。根据诗中"四十明朝过"的句子，可知这是在天宝十载（751）杜甫四十岁那年最后一天的作品。就像《礼记·曲礼上》"人生十年曰幼，学……四十曰强，而仕"所说的那样，四十岁是踏足仕途的年龄。杜甫的诗中有对四十岁这一年即将逝去的感叹，却不是直接吟咏人生垂老的。在除夕的诗中融入年龄，感慨垂老的作品等到白居易的笔下才出现。下面七例就是这一内容：

> 行年三十九，岁暮日斜时。
>
> （《隐几》）
>
> 明朝四十九，应转悟前非。
>
> （《除夜》）
>
> 老校于君合先退，明年半百又加三。
>
> （《除夜寄微之》）
>
> 火销灯尽天明后，便是平头六十人。
>
> （《除夜》）
>
> 遍数故交亲，何人得六旬。
>
> （《岁夜咏怀兼寄思黯》）

三百六旬今夜尽，六十四年明日催。

（《除夜言怀兼赠张常侍》）

七十期渐近，万缘心已忘。

（《三年除夜》）

另外，元稹在对白居易《除夜寄微之》诗的唱和作品《除夜酬乐天》中这样说道："莫道明朝始添岁，今年春在岁前三。"白居易在《七年元日对酒五首》其二中吟咏了对元日的感慨，并涉及了自己的年龄：

众老忧添岁，余衰喜入春。
年开第七秩，屈指几多人。

可是，在唐代这样的例子并不是很多，实际上可以说只有白居易一人，但到了宋代以后就有所增加，在笔者的考察之内就有 34 家 46 例。下面就列举其中的几例①：

人生七十古来稀，今日愚年已及期。

（富弼《岁在癸丑年始七十正旦日书事》其一）

---

① 其他的例子只列举其诗题如下：

王禹偁：《除夜》　宋祁：《除夕作》　赵抃：《除夜泊临江县言怀》《己未岁除言怀示诸弟侄子孙二首》其一　邵雍：《依韵和张元伯职方岁除》　杨蟠：《除夕次东坡守岁韵》　韩维：《和景仁除夜》　强至：《庚子岁除挈下作》　冯山：《除夕》《丁卯除夜》　郭祥正：《醉歌谢太平李倅自明除夜惠酒》　苏轼：《除夜病中赠段屯田》　苏辙：《除夜》《除夜二首》其二《益昌除夕感怀》　吕南公：《岁除感旧》　陈师道：《除夜》　葛胜仲：《次韵工部兄除夕见寄三首》其二《除夕郊居书怀》　周紫芝：《客有以仆托病谢客者甲戌除夜作》　胡寅：《岁除示汝霖三绝》其一　王十朋：《癸未守岁》　王灼：《次韵李士举丈除夕》其三　陆游：《丁酉除夕》　许及之：《岁除日见白发》　虞俦：《除夜书怀》　程公许：《甲午岁除即事二首初被聘召之命末章感遇述怀》其一　释善珍：《除夕》　叶茵：《次守岁韵》　潘牥：《除夜》　吴锡畴：《除夜》其二　陈杰：《守岁》　方回：《岁除日陈正之刘彦质来奕》《乙未岁除二首》　蒲寿宬：《阿助守岁诵杜工部四十明朝是之句请足成》　黄庚：《除夜即事》

行年六十六，明日又添年。

（邵雍《岁除吟》）

六十明朝是，今年此夜除。

（郭祥正《癸酉除夜呈邻舍刘秀才》）

白发苍颜五十三，家人强遣试春衫。

（苏轼《和子由除夜元日省宿致斋三首》其二）

明日未应添白发，怕人问处是增年。

（姜特立《六十七守岁》）

六圣涵濡作幸民，明朝七十八年身。

（陆游《除夕》）

行年六十是明朝，不暇自怜聊自嘲。

（范成大《甲辰除夜吟》）

四十余番送岁回，百年身世半摧颓。

更将四十余番送，岁定相辞不复来。

（曾丰《戊申除夕送岁》）

残腊先班隔岁春，匆匆五十九年人。

（方回《除夕前一日记事》）

那么，宋词中除夕和元日又是如何被吟咏的呢？仅就小题的标示就可以得到 26 家 39 例①。其中的大部分就如下面杨无咎的《双雁儿·除

---

① 以下列举词牌和小题：

晁补之：《失调名》（残腊初雪霁）　　毛滂：《玉楼春·己卯岁元日》　　朱敦儒：《卜算子·除夕》　周紫芝：《浪淘沙·己未除夜》《感皇恩·除夜作》　　蔡伸：《一剪梅·甲辰除夜》《减字木兰花·癸亥元日，秀守刘卿任有词。时余适至秀，因用其韵二首，时初用乐》　王之道：《点绛唇·和张文伯除夜雪》　杨无咎：《双雁儿·除夕》《双雁儿》（休惊明日岁华新）　史浩：《瑞鹤仙·元日朝回》《喜迁莺·守岁》《临江仙·除夜》《感皇恩·除夜》　李处全：《水调歌头·除夕》《玉楼春·守岁》《南乡子·除夕又作》　赵长卿：《满庭芳·元日》《水调歌头·元日客宁都》　王炎：《清平乐·嘉定壬申除夜》　赵师侠：《鹧鸪天·丁巳除夕》　卢炳：《瑞鹧鸪·除夜，依递旅主人，寒雨不止，夜酌》　郭应祥：《鹊桥仙·丙寅除夕立春，骨肉团聚，是夕大雪》　魏了翁：《虞美人·和瞻叔兄除夕》　韩疁：《高阳台·除夜》　孙惟信：《水龙吟·除夕》　赵以夫：《探春慢·四明除夜》　方岳：《浣溪沙·守岁》　薛泳：《青玉案·守岁》　吴文英：《花犯　中吕商·谢黄复庵除夜寄古梅枝》《祝英台近·除夜立春》《思佳客·癸卯除夜》　章谦亨：《步蟾宫·守岁》　杨缵：《一枝春·除夕》　陈人杰：《沁园春·守岁》　刘辰翁：《摸鱼儿·守岁》《促拍丑奴儿·辛巳除夕》　胡浩然：《东风齐着力·除夕》《送入我门来·除夕》

夕》词那样，重点是将除夕和元日作为例行节日来吟咏的；

> 穷阴急景暗推迁。减绿鬓，损朱颜。利名牵役几时闲。又还惊，一岁圆。　劝君今夕不须眠。且满满，泛觥船。大家沉醉对芳筵。愿新年，胜旧年。

周紫芝在《浪淘沙·己未除夜》中这样写道：

> 江上送年归。还似年时。屠苏休恨到君迟。觅得醉乡无事处，莫放愁知。　红炧一灯垂。应笑人衰。鹤长凫短怨他谁。明日江楼春到也，且醉南枝。

郭应祥在《鹊桥仙·丙寅除夕立春，骨肉团聚。是夕大雪》写道：

> 立春除夕，并为一日，此事今年创见。席间三世共团栾，随分有、笙歌满院。　一名喜雪，二名饯岁，三则是名春宴。从教一岁大家添，但只要、明年强健。

像这样对于垂老和年龄增长有所意识的作品还是很少的。具体言及年龄的作品只有下面刘辰翁的二首：

> **《促拍丑奴儿·辛巳除夕》**
> 送岁可无诗。得团栾、忍不开眉。不记去年今夕梦，江东怀抱，江西信息，舍北妻儿。　五十廞廖炊。待五十、富贵成痴。百年苦乐乘除看，今年一半，明年一半，更似儿时。

> **《摸鱼儿·守岁》**
> 是疑他、春来倏忽，是疑岁别人去。古今守岁无言说，长是酒阑情绪。堪恨处。曾亲见都人，户户银花树。星河未曙。听朝马笼

街，火城簇仗，御笔已题露。　　人间事，空忆桃符旧句。三茅钟

自朝暮。严城夜禁故如鬼，况敢凭陵大噱。冬冬鼓。但画角声残，

已是新人故。休思前度。叹五十加三，明朝领取，闲看五星聚。

从吟咏除夕和元日的词作中，我们可以看到其着重表现出来的仍是作为由宴席歌谣所产生的歌辞艺术特征。

# 四、生日与年龄

据笔者考察，在自寿诗和自寿词中言及年龄的例子，包括已经列举的二例，自寿诗有 13 家 27 首，自寿词有 19 家 32 首。但是在北宋没有自寿词的例作，自寿诗也只有苏辙的二例。这与到了南宋以后，自寿诗和自寿词的盛行形成了对照①。

---

① 现不分诗词将所有的诗题或是小题列举如下：

　　苏辙：《癸未生日》《丁亥生日》　　朱敦儒：《如梦令》（好笑山翁年纪）
周紫芝：《水调歌头·十月六日于仆为始生之日，戏作此词为林下一笑。世固未有
自作生日词者，盖自竹坡老人始也》　　王之望：《醉花阴·生日》　　吴芾：《生朝
有感》《生日》　　程大昌：《感皇恩》（七十在前头）《感皇恩·生朝》《万年
欢·丙午生日》　　姜特立：《东坡除夜三十九，遂引乐天行年三十九，岁暮日斜
时之句赋诗，余亦于生朝有感》　　辛弃疾：《临江仙·壬戌岁生日书怀》　　黄
人杰：《祝英台·自寿》　　刘仙伦：《醉蓬莱·寿七十一（九月十八）》　　蔡
渊：《初度谩成》　　郭应祥：《临江仙·丙寅生日自作》《鹧鸪天·己巳生日自
作》　　程珌：《水调歌头·戊戌自寿》　　洪咨夔：《生日口占》　　孙惟信：
《失调名·四十九岁自寿》　　吴泳：《沁园春·生日自述》《摸鱼儿·生日自述》
《沁园春·生日和蓬莱仙降词》《满江红·洪都生日不张乐，自述》　　叶茵：《生
日口占》　　刘克庄：《汉宫春·癸亥生日》　　高斯得：《生日自嘲》　　李曾
伯：《瑞鹤仙·戊申初度自韵》《满江红·丙辰生初自赋》《贺新郎·丁巳初度自
赋》《沁园春·己未初度》　　方岳：《贺新凉·戊申生日》《最高楼·壬寅生日》
《满江红·壬子生日》《水调歌头·癸丑生日》　　李昂英：《贺新郎·丙辰自寿，
游景泰小隐作》《水龙吟·癸丑江西持究自寿》　　卫宗武：《七十生朝制坡
帽》　　陈著：《余生日冈中示诸儿》　　方回：《生日戏歌》《生日病中》《丁亥
生日纪事五首》其一《生日病腹疾书事》《癸巳生日二首》其二《乙未生日二首》
其一《丙申生日七十自赋二首》《生日又二首》其二《生日后三朝又书》　　杨
公远：《生朝（己巳）》《生朝》《生朝二首（乙酉）》其一《初度》　　何梦桂：
《大江东去·自寿》　　刘辰翁：《摸鱼儿·辛巳自寿年五十》　　赵文：《生日客
朱溪，主人云：今年乃青山真生日也。感其语作诗自寿》　　熊禾：《沁园春·自
寿》　　黄庚：《生朝自述》　　吴编修：《贺新凉·自寿》

那么，在自寿诗和自寿词中，年龄是如何被吟咏的呢？最简单的形式就如前面列举的洪咨夔、辛弃疾的作品那样，仅限于对年龄的提及。王之望的《醉花阴·生日》词也是这样吟咏的：

> 孤门此日犹能记。叹居诸难系。弹指片声中，不觉流年，五十还加二。　　儿童寿酒邀翁醉。笑欣欣相戏。休画老人星，白发苍髯，怎解如翁似。

于除夕所作的诗词中言及年龄是因为除夕是年龄的增长点。但是，自寿诗和自寿词中是否也将生日作为计龄的增长点呢？从上面的例作来看还不是很确定。所以接下来我们来看一下陈著和卫宗武的作品：

> 吾今七十有七岁，多事多忧多病余。
>
> （陈著《余生日闷中示诸儿》）
>
> 皓首今为七十老，黄花更有几番秋。
>
> （卫宗武《七十生朝制坡帽》）

"今七十有七岁"、"今为七十老"句中的"今"自然是指生日这天。这就是说，并不是因为今天的生日才使自己的年龄成为七十七岁或七十岁，而是"时值生日，念及自己的年龄，今年已经是七十七岁/七十岁"。年龄增长一岁最终还是在元日这一天，这种意识在自寿诗、自寿词中也没有发生改变。

> 南北间关万死身，今年六十九年人。
>
> （方回《乙未生日二首》其一）
>
> 老子今年，五十又还五。
>
> （黄人杰《祝英台·自寿》）

老子今年，忽七旬加七，饱阅炎凉。

（刘克庄《汉宫春·癸亥生日》）

上面的三首例作，"今年六十九年""老子今年，五十又五""老子今年，忽七旬加七"句中使用的是"今年"一语而非"今"字。通过这些例子，可以说，年龄的增长从元日开始计算，这种意识没有发生改变，这比先前列举的使用"今"字的例子更加明了。因此，北宋唯一的苏辙的"来年今日中，正行七十程"（《丁亥生日》）的句子，也可以理解为感慨"到了明年的生日，自己已经是迈入七十岁的老人"。

但是，下面所要列举的几个例子却是值得注意的。首先是姜特立的题为《东坡除夜三十九遂引乐天行年三十九岁暮日斜时之句赋诗，余亦于生朝有感》的诗：

昔人三十九，已叹日斜时。

吾今七十六，屈指一倍之。

岂唯桑榆晚，正自入崦嵫。

灰中炭暗尽，岂不心自知。

且饮生朝酒，更赋梅山诗。

诗题中提到的苏轼引用白居易的诗句而作的诗，就是在第 97 页注①中对诗题进行了列举的密州时期的五言长篇古诗《除夜病中赠段屯田》。它是这样开篇的：

龙钟三十九，劳生已强半。

岁暮日斜时，还为昔人叹。

今年一线在，那复堪把玩。

其自注云："乐天诗云：'行年三十九，岁暮日斜时。'"① 这是熙宁七年，苏轼在自己三十九岁那一年岁暮所发的感慨，姜特立亦说"余亦于生朝有感"。对姜特立来说，生日和除夕同样能够引发自己对年龄增长的意识。或许可以认为生日正在逐渐成为第二个年龄增长的计算点。接下来看一下宋末元初杨公远的作品：

> 浮生四十自今朝，一味清闲宿分招。

（《生朝》）

> 初度今朝四二年，头颅堪笑尚依然。

（《生朝（己巳）》）

在这两例中杨公远说自己"四十自今朝""今朝四二年"。年龄和"今朝"一语并列使用，与前面的陈著、卫宗武的作品极为相似，"初度今朝四二年"句看上去好像没有明确地区分生日（初度今朝）与年龄（四二）的计算起点。而下面的《初度·丙戌》诗，却向我们表明了不仅是除夕，杨公远似乎同样也将生日作为了年龄的增长点：

> 行止由来不自如，八年初度寓僧庐。
> 半生闲逸云无定，两鬓萧骚雪尚疏。
> 岂愿身荣如卫鹤，只惭技拙类黔驴。
> 今朝六十从头起，数到稀年更有余。

---

① 白居易的原文如下：

> 《隐几》
> 身适忘四支，心适忘是非。
> 既适又忘适，不知吾是谁。
> 百体如槁木，兀然无所知。
> 方寸如死灰，寂然无所思。
> 今日复明日，身心忽两遗。
> 行年三十九，岁暮日斜时。
> 四十心不动，吾今其庶几。

"今朝六十从头起"一句，如果按字面意思来理解的话，就是"自己的六十年代始自今日"。也就是说，生日的今天恰好是六十一岁。不过，如果杨公远的生日是元日的话，这种理解是没有什么不合适的。前揭的《生朝》尾联中有"多谢梅花为我寿，年年先放小溪桥"之语，梅花开放的时候正好是他的生日，其为元日的可能性是不能排除的，这还有待博识者指教。但是，无论如何，即使是一种无意识的存在，也还是可以认为，元日和生日这两天已经成了人生和年龄的起点。如果需要更进一步的例子的话，有郭应祥小题为"乙丑自寿"的《柳梢青》词①：

> 遁斋居士。今年今日，又添一岁。鬓雪心灰，十分老懒，十分憔悴。　　休言富贵长年，那个是、生涯活计。著饮一瓯，纹枰一局，沉烟一穗。

郭应祥字承禧，号遁斋，词中的"今年今日，又添一岁"无论如何都只有"生日这天又增一岁"这一种理解。只是我们无法确定郭应祥的生日，其于元日出生的可能性也还是存在的。此亦有待博识者指教。

在生日于士大夫们的生活中占有一定重要性的宋代，特别是南宋时期，可以认为生日和计算年龄的起点在无意识之中重合了起来。士大夫是存在于社会中的，而年龄（此指虚岁）是作为社会存在的人生里程碑之一。难道不可以说宋代的士大夫们也将自己的生日作为人生的另一个里程碑来认识的吗？庆贺生日的盛行和自寿诗词的出现，不也是指示宋代历史转折点的坐标之一吗？

---

① 有"丙寅（1206）生日自作"小题的《临江仙》中有"老子开年年五十"句，可以知道郭应祥的生年应该是在绍兴二十七年（1157）。因此其《柳梢青》是开禧元年（1205）他四十九岁时的作品。

# 结　语

　　寿词在词史中是一个引人注目的题目，但绝不应该只将它限定在词中来考虑。至此所论述的内容应该可以说是能够窥斑见豹的。南宋的吴芾有一首《生朝有感》诗：

　　　　每岁逢生日，予心喜复悲。

　　　　新年六十六，能得几多时。

　　吴芾每逢自己的生日都是亦喜亦悲。这恐怕与《生朝偶成》中所说的"今晨是生朝，今夕是除夜"那样，其生日是除夕这天的缘故吧①。对于清晨迎来生日，翌日马上就增长了一岁的他来说，生日这天的印象应该是极其深刻的。

　　清朝的吴乔《围炉诗话》卷四（《清诗话续编》，上海古籍出版社）中这样批判道："今世最尚寿诗，不分显晦愚智，莫不堕此冒索。"宋代以后寿诗的创作依然盛行，但这种创作并没有促成按实岁计算年龄的社会认知。如果要把这种现象作为中国前近代社会的停滞来理解的话，恐怕就是言过其实了，应该从别的角度来探讨。

---

①　吴芾生于崇宁三年（1104），据陈垣《二十四史朔闰表》以及洪金富《辽宋夏金元五朝日历》（中研院历史语言研究所，2004），这一年的十二月为大月。因此，吴芾的生日为十二月三十日。

# 第八章　诗语"春归"考

## 前　　言

　　洗芳林、夜来风雨。匆匆还送春去。方才送得春归了，那又送
君南浦。君听取。怕此际、春归也过吴中路。君行到处。便快折湖
边，千条翠柳，为我系春住。　　　春还住。休索吟春伴侣。残花今
已尘土。姑苏台下烟波远，西子近来何许。能唤否。又恐怕、残春
到了无凭据。烦君妙语。更为我将春，连花带柳，写入翠笺句。

（王沂孙《摸鱼儿》）

　　这首采用送别的题材吟咏惜春之情的《摸鱼儿》词是宋末元初的词
人王沂孙的作品（见其《花外集》）。以伤春、惜春之情为主题或背景
的创作在宋词中是很盛行的。惜春就是惋惜春天的终结，宋词中使用了
各种表示春天结束的语汇，其中最普遍的就是"主语（春）+动词"的
复合型语汇，例如像"春暮"、"春尽"之类①。上面王沂孙的词中就使
用了这类语汇中的最典型的"春归"、"春去"。从这一意义上说，王沂
孙的这首词称得上是宋词中吟咏惜春的代表作之一。

　　"春归"一语包含着"归去""归来"这两种不同的方向性。而宋词
中以"归去"之意使用的作品占绝大多数。那么，"春归去"的用法是
从什么时候开始的呢？它与其他的"春暮""春尽"等类似语汇又是怎
样的关系呢？本章中主要以考察"春归"的用法变迁，来揭示"春归"
"春去"等成为宋词代表性语汇的经纬。

---

① "春"之外，以"春色""春风""春事"或"三春""青春"等为主语的语汇，小论
　中一概称作"春+动词"的复合型语汇。

# 一、唐诗以前的"春归"

自古以来，四季的春夏秋冬就已经广泛地出现在诗歌中了。可是，清楚地意识到春夏季节之间的变换，并使用"春+动词"的复合型语汇对其进行表现的手法，却并不是从很早以前就有的。依笔者的考察，这一类型语汇的使用在魏晋时期开始出现，到南朝时期，已呈现出使用数量上升的趋势。首先来看一下下面列举的诗句①：

(1) 三春已暮花从风，空留可怜谁与同。

（梁武帝《东飞伯劳歌》② ）

(2) 春晚绿野秀，岩高白云屯。

（宋谢灵运《入彭蠡湖口》）

(3) 岁月如流迈，春尽秋已至。

（乐府清商曲辞《子夜变歌》）

(4) 梅花柳色春难遍，情来春去在须臾。

（陈江总《新入姬人应令》）

(5) 春度人不归，望花尽成叶。

（梁萧子显《春闺思》）

(6) 适见载青幡，三春已复倾。

（乐府清商曲辞《子夜四时歌·夏歌》）

(7) 春事日已歇，池塘旷幽寻。

（宋谢灵运《读书斋》）

(8) 三春迭云谢，首夏含朱明。

（晋释支遁《四月八日赞佛诗》）

---

① 用例的检索根据逯钦立辑《先秦汉魏晋南北朝诗》。
② 《玉台新咏》卷九及《乐府诗集》卷六八都被作为乐府古辞。

上面所举例句中所见的"春暮""春晚""春尽""春去""春度""春倾""春歇""春谢"的用例是非常少的。因《诗经》中已有"暮春"一语①，所以人们一般认为"春暮"的用例应该会很多，但实际上即使是在六朝时期也未满十例。"春晚"以下各语汇也呈现同样的结果。这类语汇作为诗语而被广泛使用的现象终归还是要等到唐代。

然而，"春归"一语在六朝并不是没有用例的。就笔者管见，六朝的梁代就已经出现了"春归"的用例：

（9）怅春归之未几，惊此岁之云半。

（梁沈约《晨征听晓鸿》）

（10）冰轻寒尽，泉长春归。

（梁简文帝《和赠逸民应诏》）

（11）年还乐应满，春归思复生。

（同上《春日》）

（12）枝中水上春并归，长杨扫地桃花飞。

（同上《江南曲》）

（13）水逐桃花去，春随杨柳归。

（梁费昶《和萧记室春旦有所思》）

（14）雁还高柳北，春归洛水南。

（梁姚翻《同郭侍郎采桑》）

（15）柳黄知节变，草绿识春归。

（隋王胄《枣下何纂纂》）

上面七例是唐诗以前的"春归"用例，都是"春天归来"之意。不能否认笔者调查中的遗漏，但是仍然能够看出，对六朝诗人来说，春天是"归来"的季节，而不是"归去"的。此外，如梁元帝《春

---

① "嗟嗟保介，维莫之春"（《周颂·臣工》）。

日》中的"春还春节美，春日春风过"中使用的与"归"字相类似的
"还"字，依然是"返回来"之意。反过来说，（1）—（8）的例句中
看不到其他的类似"归""还"语意的现象，亦可以说是这一结论的
旁证。

　　"归"是指回到原来的地方。也就是认为春天本来应该回归到诗人们
所在之处，换句话说，春天这一生机盎然的季节，它的到来使诗人们欢
呼雀跃。这一种意识、心情是诗人们把"春归"诠释为"春天归来"之
意而使用的前提。对六朝诗人们来说，亮丽明艳、让人欢欣鼓舞的春天
是必然会年年归来的①。当然在六朝诗中并不是没有伤春、惜春的作品，
但诗人对春天将要终结的感慨，似乎还不是那么的深刻普遍。

# 二、唐诗中的"春归"

　　六朝时期作为"春天归来"之意而使用的"春归"一语，在唐诗中
又是怎样的呢②？首先来看一下初盛唐时期的"春归"用例：

　　（1）莺啼知岁隔，条变识春归。

（卢照邻《折杨柳》）

　　（2）春归龙塞北，骑指雁门垂。

（同上《和吴侍御被使燕然》）

　　（3）秋至含霜动，春归应律鸣。

（宋之问《咏钟》）

　　（4）园楼春正归，入苑弄芳菲。

（李峤《春日游苑喜雨应诏》）

---

①　《楚辞·招隐士》中"王孙游兮不归，春草生兮萋萋"一句可以说是在"春归来王孙亦
　　当归来"的前提下所吟咏的内容。如果是这样的话，以"春天归来"之意而使用的
　　"春归"或许与这一名句是有关联的。这一内容承蒙清水茂氏所赐教。
②　以下唐诗的用例皆根据《全唐诗》。

(5) 心是伤归望，春归异往年。

（杜审言《春日怀归》）

(6) 长乐喜春归，披香瑞雪霏

（李适《游禁苑幸临渭亭遇雪应制》）

(7) 春华归柳树，俯景落蕖枝。

（周彦晖《晦日重宴》）

(8) 晓光随马度，春色伴人归。

（刘希夷《入塞》）

(9) 主家山第早春归，御辇春游绕翠微。

（沈佺期《奉和春初幸太平公主南庄应制》）

(10) 赏洽情方远，春归景未赊。

（张锡《晦日宴高文学林亭》）

(11) 客愁当暗满，春色向明归。

（丁仙芝《京中守岁》）

(12) 寒尽岁阴催，春归物华证。

（孙逖《和左司张员外……逢立春日赠韦侍御等诸公》）

(13) 寒尽函关路，春归洛水边。

（徐安贞《送吕向补阙西岳勒碑》）

(14) 玉树春归日，金宫乐事多。

（李白《宫中行乐词》其四）

(15) 寒雪梅中尽，春风柳上归。

（同上《宫中行乐词》其七）

(16) 长安春色归，先入青门道。

（同上《寓言》其三）

(17) 长安雪后似春归，积素凝华连曙晖。

（岑参《和祠部王员外雪后早朝即事》）

(18) 正怜日破浪花出，更复春从沙际归。

（杜甫《阆水歌》）

（19）乱后居难定，春归客未还。

（同上《入宅三首》其二）

（20）腊破思端绮，春归待一金。

（同上《白帝楼》）

上面所举诸例的"归"字都是"归来"之意。也就是说，初盛唐时期依然继承着六朝时期的用法，"春天是归来的季节"的认识依然占据着主流地位①。

中唐特别是在进入元和时期后情况发生了很大的变化，出现了为数很多的以"春天归去"之意使用的"春归"例子。当然，像刘禹锡《岁杪将发楚州呈乐天》诗"楚泽雪初霁，楚城春欲归"，卢仝《酬愿公雪中见寄》诗"春鸠报春归，苦寒生暗风"所吟咏的那样，"春天归来"的用法是依然存在的，但是"春天归去"的用法很快就取得了与"春天归来"用法同等的地位。例如：

（21）日日人空老，年年春更归。

（王涯《送春词》）

（22）昨来楼上迎春处，今日登楼又送归。

（刘禹锡《送春词》）

（23）草树知春不久归，百般红紫斗芳菲。

（韩愈《游城南十六首·晚春》）

（24）送春归，三月尽日日暮时。

（白居易《送春归》）

（25）酒醒闻客别，年长送春归。

（姚合《暮春书事》）

---

① 只是，下面的例子或许是以"春天归去"之意而使用的：

客心千里倦，春事一朝归。（王勃《羁春》）
上阳柳色唤春归，临渭桃花拂水飞。（张说《奉和圣制初入秦川路寒食应制》）

这可以说是最早的例子。但是，因其是孤立的，所以对以下小论的论旨是没有影响的。

晚唐中"春天归去"之意的"春归"的使用情况与中唐是一样的。例如：

(26) 枕前闻雁去，楼上送春归。

（杜牧《为人题赠二首》其二）

(27) 沅江寂寂春归尽，水绿苹香人自愁。

（李群玉《南庄春晚二首》其二）

(28) 一叶落时空下泪，三春归尽复何情。

（高蟾《落花》）

从上面的例子中可以了解到，"春天归去"之意的"春归"作为诗人们共有的诗语，其地位在中晚唐时期已经确立下来了。并且，诗语"春归"经过五代后为宋人所继承。在对宋代"春归"用法进行论述之前，有必要来检讨一下唐诗中其他表现春天结束的"春+动词"的复合型诗语。

## 三、唐诗中春天结束的表现

在初唐时期，表示春天结束的"春+动词"的复合型诗语有"春去""春晚""春尽""春暮""春阑""春罢""春度"。其中"春阑"以下各有一例，其他用例的数量见下表①：

---

① 诗人姓名和作品根据平冈武夫等编辑的《唐代的诗篇》（京都大学人文科学研究所）的作品号码来表示。此外，在《全唐诗》中对有一卷以上作品收集的诗人进行了调查。初盛唐时期的诗人全部进行了调查，诗题中的用例亦包括在内。虽然难免有所遗漏，但对调查结果应该是没有大的影响。
春去：李义府（02552）、宋之问（03277）、骆宾王（04148　04252）、张说（04518　04519）、张柬之（05158）
春晚：刘洎（02485）、韦承庆（02909）、李峤（03566）、卢藏用（04898）、吴少微（04941）
春尽：张九龄（03008）、刘希夷（04313）、张说（04667）
春暮：陈子良（02681）、张说（04718）、吴少微（04941）
在"春晚"和"春暮"中重复出现的吴少微的用例是"春色转晚暮"句。

**表（1）**

| 春— | 去 | 晚 | 尽 | 暮 |
|------|----|----|----|----|
|      | 7  | 5  | 3  | 3  |

这些诗语在六朝时期就已经出现了，可以说初唐时的这些用例只是继承了六朝时期的用法。

盛唐时期中有"春尽""春晚""春暮""春老""春去""春阑""春过""春残"的用例。其中使用频率较高的诗语如下表①：

**表（2）**

| 春— | 尽 | 晚 | 暮 | 老 | 去 |
|------|----|----|----|----|----|
|      | 10 | 7  | 4  | 4  | 3  |

这其中的"春老"是新出现的主要的语汇。但总体上，初盛唐时期中的用例还是很少的。两阶段综合起来的使用数量如下表：

**表（3）**

| 春— | 尽 | 晚 | 去 | 暮 | 老 |
|------|----|----|----|----|----|
|      | 13 | 12 | 10 | 7  | 4  |

由此可见，以"春+动词"的复合型诗语来表现春天结束的用例是很少的。这与伤春、惜春诗是在中唐以后才大量出现的事实有着一定的关系②。既然伤春、惜春的作品不是很多，吟咏春天结束的作品自然也就很少，所以这类诗语并不多见的现象也就顺理成章了。

---

① 春尽：袁晖（05416）、徐延寿（05512）、孙逖（05598）、崔国辅（05655 05681）、王维（05944）、孟浩然（07724）、李白（08818）、张谓（09453）、杜甫（11242）
春晚：崔颢（06231）、孟浩然（07600 07754）、杜甫（11148）、皇甫冉（13001 13174）、刘方平（13249）
春暮：李颀（06313）、李收（09946）、杜甫（11803）、刘眘虚（13351）
春老：李颀（06383）、岑参（09612 09724 09776）
春去：李白（08568 08642）、岑参（09594）
② 惜春诗在中唐以后显著流行的事实在松浦友久《中国古典中的"春"与"秋"——以诗中时间意识的异同为中心》（《东方学》67 辑，1984）一文中已有论述。

中唐以后，此类诗语的运用发生了飞跃性的增加。其主要的用例如下表①：

表（4）

| 春一 | 尽 | 去 | 归 | 暮 | 老 | 晚 | 残 |
|---|---|---|---|---|---|---|---|
|  | 64 | 24 | 18 | 12 | 11 | 11 | 4 |

晚唐的运用情况如下表②：

表（5）

| 春一 | 尽 | 残 | 去 | 归 | 暮 | 晚 | 老 |
|---|---|---|---|---|---|---|---|
|  | 47 | 14 | 13 | 8 | 6 | 6 | 5 |

通过表（4）与表（5）的比较可以看出，晚唐中除了"春残"的用例有所增加外，整体上的倾向是相同的。中晚唐时期综合起来的使用数字如下表：

表（6）

| 春一 | 尽 | 去 | 归 | 残 | 暮 | 晚 | 老 |
|---|---|---|---|---|---|---|---|
|  | 111 | 37 | 26 | 18 | 18 | 17 | 16 |

---

① 中唐时期的用例变得繁杂，在此只列举二例以上的诗人名和用例数量。后面所涉及的晚唐亦同样。
春尽：戴叔伦（2）、刘禹锡（2）、元稹（7）、白居易（25）、徐凝（2）、鲍溶（2）、贾岛（2）、释皎然（2）
春去：李益（2）、王建（2）、刘禹锡（2）、孟郊（2）、白居易（5）
春归：韩愈（3）、白居易（9）、姚合（3）
春暮：刘禹锡（3）、元稹（2）、白居易（4）
春老：李贺（2）、白居易（4）
春晚：张籍（2）、白居易（2）
② 春尽：雍陶（2）、杜牧（3）、许浑（3）、李商隐（2）、赵嘏（4）、温庭筠（2）、刘沧（4）、李昌符（3）、陆龟蒙（2）、韩偓（5）、崔道融（2）
春残：崔涂（2）、释齐己（4）
春归：陆龟蒙（2）

从表（6）与表（3）中可以看出初盛唐时期到中晚唐时期诗语的使用变化。其中值得瞩目的是：

（1）"春尽"一语有着压倒性的优势。

（2）在"春尽""春去"等六朝以来的诗语以外，又出现了"春归"这一新的重要的诗语。

以下就对这两点进行检讨。

其一，"春尽"是六朝以来的诗语，初唐的用例如：

> 愁心伴杨柳，春尽乱如丝。
>
> （刘希夷《春女行》）

盛唐时如李白、杜甫作品中所见的：

> 别来门前草，春尽秋转碧。
>
> （李白《自代内赠》）
>
> 青春欲尽急还乡，紫塞宁论尚有霜。
>
> （杜甫《官池春雁二首》其二）

"春尽"在中唐以后的使用数量特别多，足以成为唐诗中表现春天结束的诗语的代表。而中唐元和时期的诗人们无疑是这一结果的原动力。韩愈、孟郊、姚合、贾岛、刘禹锡、柳宗元、张籍、元稹、白居易等九人的四十一个用例就占了中唐用例的七成①。其中最值得注意的诗人是白居易，其作品中的二十五个用例在数量上远远超过了其他诗人。可以说，在"春尽"一语成为表现春天结束的代表性诗语为诗人们所共有、共用

---

① 第 114 页注①参照。

的过程中，白居易发挥了决定性的作用。

"春尽"意为春天的气息踪影无存，诗人们的意识是将春天的终了集中在一点上来捕捉的。唐代诗人意图将这一共通的感觉凝缩于"春尽"一语之中，来吟咏"春光完尽"之日：

江春今日尽，程馆祖筵开。

（元稹《三月三十日程氏馆饯杜十四归京》）

慈恩春色今朝尽，尽日裴回倚寺门。

（白居易《三月三十日题慈恩寺》）

夏云生此日，春色尽今朝。

（贾岛《和孟逸人林下道情》）

这里用"春尽"所捕捉到的是惜春之情的昂扬沸腾的巅峰。而对这一表现做了更加深刻的推进与扩展的还是白居易：

今朝三月尽，寂寞春事毕。

（《三月三十日作》）

五年三月今朝尽，客散筵空独掩扉。

（《春尽日宴罢感事独吟》①）

三月尽是头白日，与春老别更依依。

（《柳絮》）

不单纯是"春天"这一季节，春天的最后一个月"三月"也将"完尽"。可以说这一表现对惜春的情感进行了更为集中的吟咏②。

----

① 题下的自注云："开成五年三月三十日作。"

② "三月尽"一语可以说是白居易个人性的使用频率较高的诗语，在他以后的诗词中见不到这一诗语的频繁使用。有关这一问题参照拙稿《诗语"三月尽"试论》（《未名》第13 号，1995）。

其二，"春归"虽然也存在着六朝以来的用例，但几乎都是"春天归来"即春天来到的用法。中唐以后出现了"春天归去"之意的用法，使之成为表现春天结束的诗语。其原因是什么呢？在此略作推论。可以说这与中唐以后伤春、惜春作品的急剧增加是相应的。春天是生命初始、万物勃发、流光溢彩的季节，它的到来让人们欢欣喜悦。在这种意义上，春天是归来的季节。但是，比起春天的繁华与美丽，当人们的意识向着因繁华与美丽的衰减消失所带来的无奈悲哀倾斜时，正如宴终宾散一样，春天就成了"飘然而去"的季节①。唐人的季节感受、自然观念等在中唐时期发生了很大的变化，"春归"就是其在诗语方面所表现出来的一例。

再者，更为重要的是，"春天归去"之意的"春归"之所以能够作为诗语确定下来，与中唐元和时期的诗人们是分不开的。中唐诗中虽只有十八个用例，但韩愈、王涯、姚合、刘禹锡、白居易就占了十七例②。白居易的存在在这里也是很重要的。白居易的九个用例占了中唐的半数之多，即使在晚唐中也是屈指可数的。就像后面所要论述的那样，"春归"在宋词中的使用频率压倒了"春尽"，而白居易是创造这一开端的诗人。他既决定了"春尽"一语在唐诗中的优势地位，又导向着"春归"在宋词中向着优势地位发展。这一事实向我们表明了在唐宋之间的文学史的传承上，以白居易为代表的中唐元和时期的诗人们至关重要。

## 四、宋词中的"春归"

唐诗中，表现春天结束的"春+动词"的复合型诗语"春尽"一语

---

① 作为表示春天到来的诗语"春回"一语，虽然用例很少，但从初唐时期就开始被使用了。而以"春天回去"之意而使用的"春回"的用例从晚唐到五代都可以看到。

　　千门共惜放春回，半锁楼台半复开。（罗邺《长安惜春》）
　　花枝千万趁春开，三月阑珊即自回。（王周《春答》）

这恐怕是对"春归"有所意识的用法吧。

② 第 114 页注①参照。

占了压倒性的优势，"春去""春归"等的使用频率甚至达不到它的一半。这一现象在宋词中是否发生了变化呢？在此，以《全宋词》为检索范围来看一下有一定数量词作传世的词人们的用例①：

**表（7）**

| 春— | 归 | 去 | 老 | 暮 | 尽 | 残 |
|------|-----|-----|-----|-----|-----|-----|
| 北宋 | 45 | 37 | 32 | 26 | 13 | 13 |
| 南宋 | 118 | 116 | 43 | 35 | 23 | 16 |
| 全期 | 163 | 153 | 75 | 61 | 36 | 29 |

从此表中可以看出以下几点：首先，在唐诗中占有压倒性优势的"春尽"到北宋词中使用次数剧减，而"春归"却呈现了急剧增加的趋势。其次，南宋时期"春归""春去"确立了压倒性的优势。可以从数字上清楚地看到，二者已成为宋词中典型诗语。那么，为什么是"春归""春去"呢？在此，我们将"春尽""春归"等诗语称为"春+动词"的复合型诗语，这里"春+动词"的构成形式可以说是其基本型，"春"字之外，使用"春色""春风""青春"等语汇的例子已经在第106页注①中作了说明。在动词前附加副词（已、将、欲等）的形式，通过所举的诗例也可以有所了解。可是，以"春尽"为代表的这类诗语中看不到进一步的变化（唐诗中所有的用例几乎都是属于加副词的用法）。而"春归"和"春去"却在宋词中出现了新的变化。这一变化在唐诗中已略现端倪：

随风未辨归何处，浇酒唯求住少时。

（姚合《别春》）

春已去，花亦不知春去处。

（王建《春去曲》）

---

① 在此对词人不作逐一列举。以现存作品至少有四五十首的数量为大体标准，对从柳永到蔡伸的四十一名北宋词人，从李弥逊到张炎的八十八名南宋词人做了调查。

落日已将春色去，残花应逐夜风飞。

（李昌符《三月尽日》）

谁收春色将归去，慢绿妖红半不存。

（韩愈《晚春》）

愁应暮雨留教住，春被残莺唤遣归。

（白居易《闲居春尽》）

在"春尽""春老""春暮"等诗语中，是看不到这种变化的，它们属于那种自身得以完结的诗语。另一方面，从上面所举的白居易等人的用例中，可以看出"春归"和"春去"能够发生进一步变化的可能性。宋代词人们是从众多的诗语中主动地选择了"春归"和"春去"的。下面就看一下宋词中"春归""春去"的变奏。

首先列举的是模仿姚合、王建等作品的词作：

借问春归何处所。暮云空阔不知音，惟有绿杨芳草路。

（欧阳修《玉楼春（残春一夜狂风雨）》）

烟水流红，暮山凝紫，是春归处。

（周密《水龙吟·次张斗南韵》）

问春何去，乱随风飞堕，杨花篱落。

（何梦桂《醉江月·感旧再和前韵》）

春归何处。寂寞无行路。若有人知春去处。唤取归来同住。

（黄庭坚《清平乐（春归何处）》）

其次所举的是受韩愈、李昌符等用例的影响而说"春天伴随某事物归去"或"某事物将春天带走"的表现：

纵无语也，心应恨我来迟，恰柳絮、将春归后。

（晁补之《洞仙歌·温园赏海棠》）

城上春云低阁雨。渐觉春随，一片花飞去。

（毛滂《蝶恋花·席上和孙使君云云》）

明日春和人去，绣屏空。

（吴文英《乌夜啼·题赵三畏舍馆海棠》）

接下来是受白居易的影响，说"流莺、杜鹃等催促春天归去"的例子：

流莺不许青春住。催得春归花亦去。

（王千秋《菩萨蛮·荼蘼》）

可堪杜宇，空只解声声，催他春去。

（程垓《南浦（金鸭懒熏香）》）

不堪鶗鴂，早教百草放春归。

（辛弃疾《婆罗门引·用韵答赵晋臣敷文》）

上面辛弃疾的例句中的双重使令用法，更是多了一层匠心。下面的例子是结合了"春归何处"的又一种变化：

怕春去。问杜宇唤春，归去何处。

（陈允平《扫花游（蕙风飐暖）》）

同样是陈允平，在自己的另一作品中却是"琵琶反弹"，唱出了"即使杜鹃不令春归"的无奈：

甚薄幸、随波缥缈。纵啼鹃、不唤春归，人自老。

（《垂杨（银屏梦觉）》）

催促春归的不仅仅是鸟儿们，风雨亦然：

春光不肯留，风雨催将去。

（赵师侠《生查子·丙午铁炉冈回》）

晚春的景物意味着春天的终结，在宋代词人们眼中，这些事物好像在督促着春天的回归一样，于是他们在作品中运用"春归""春去"等语，尽情地表达着春天归去之际的惋惜之情。正是从这种惜春的情感中产生了"不让春归"的变奏。这也可以说是从白居易的"凭莺为向杨花道，绊惹春风莫放归"（《柳絮》）诗句中学来的。宋代词人们对"莫放归"做了进一步的雕琢：

劝春住。莫教容易去。

（李弥逊《十样花（陌上风光浓处）》）

芍药拥芳蹊，未放春归去。

（洪适《生查子·盘洲曲（三月到盘洲）》）

以上是由唐诗发展而来的例子。下面来看一下唐诗中所没有的"春归""春去"的词例：

何处春风归路。

（陈允平《宴桃源（何处春风归路）》）

持酒劝云云且住。凭君碍断春归路。

（秦观《蝶恋花（晓日窥轩双燕语）》）

春欲去。无计得留春住。纵著天涯浑柳絮。春归还有路。

（陈允平《谒金门（春欲去）》）

在这些词例中，春天的"归去路径"是其构思的原始形态，由此出发，"碍断"春之"归路"，以及即使柳絮漫天，春天"亦有归路"等表现就出现了。自"春归"衍生到"春归路"，从上面的这三例中可以看出伴随着构思发展的"春归"的变化过程。

最后要介绍的是"春愁"与"春归"的结合：

> 怎消遣。人道愁与春归，春归愁未断。
>
> （程垓《祝英台·晚春》）
>
> 春愁元自逐春来，却不肯、随春归去。
>
> （赵彦端《鹊桥仙（来时夹道）》）
>
> 是他春带愁来，春归何处。却不解、将愁归去。
>
> （辛弃疾《祝英台令·晚春》）

因其具有更进一步表现发展的可能性，宋代词人们从唐诗中选择了"春归"和"春去"。那么，这种可能性是从哪里来的呢？假如我们对这些诗语的动词部分加以注意的话，就会发现，"尽""暮""残""晚"等都不是直接表示人的行为的字眼。与此相对，"归""去"等则可以表示人的行为。在此基础上组合的"春"，这一季节就很自然地被拟人化了。下面的例子就是不错的说明：

> 才始送春归，又送君归去。
>
> （王观《卜算子·送鲍浩然之浙东》）

在"送春归"的写照下，春天就宛如朋友一样的存在。在唐诗中，"送春"一语也常常在诗题或诗中出现，而一旦将它与"春归"相结合就产生了"送春归"的表达①，例如白居易的"送春归，三月尽日日暮时"（《送春归》）的句子。但是，运用"尽""暮"等不表现人的行为的动词

---

① "送春去"与"送春归"相比用例极少。唐诗中只有下面一例：

> 只愁明日送春去，落日满园啼竹鸡。（殷尧藩《春怨》）

但在宋词中如刘辰翁《兰陵王·丙子送春》中"送春去。春去人间无路"句等有数例存在。

组合成"送春尽""送春暮"的例子是见不到的①。正因为"春归""春去"等语将春天进行了拟人化，所以才具备了各种表现的可能性。通过本节中对春天、春天的景物等所运用的拟人化表现就可以了解到这一事实。也正因为如此，才会产生"春归路"这样的文学表现。与"春归""春去"相关联，从下面的例子也可以看到宋词中春天的拟人化倾向：

> 日丽风暄，暗催春去，春尚留恋。
>
> （赵师侠《永遇乐·为卢显文家金林檎赋》）
>
> 春汝归欤？风雨蔽江，烟尘暗天。
>
> （刘辰翁《沁园春·送春》）

此外，在唐诗中用例比较少的"春老"一语在宋词中占据第三位也是有一定原因的。"春老"与"春归""春去"相比是衍生变化的可能性比较小的语汇。即使这样它在宋词中依然受到欢迎，可以说是因为关涉到了人的老去：

> 想灞桥、春色老于人，凭江南梦杳。
>
> （贺铸《连理枝（绣幌闲眠晓）》）
>
> 可怜春似人将老。
>
> （李清照《蝶恋花·上巳召亲族》）
>
> 人与春将老。
>
> （韩淲《桃源忆故人·杏花风》）

虽然数量不是很多，但是还是可以看到由"春老"而衍生的表现：

> 早是被、晓风力暴。更春共、斜阳俱老。
>
> （秦观《迎春乐（菖蒲叶叶知多少）》）

---

① 刘禹锡《柳花词三首》其三中"晴天暗暗雪，来送青春暮"是唯一的例外。

又新枝嫩子，总随春老。

（王沂孙《扫花游·绿阴（小庭荫碧）》）

怕一似飞花，和春都老。

（张炎《珍珠令（桃花扇底歌声香）》）

宋词从唐诗中选择了"春归""春去"，可以说是宋人以拟人化的眼光来捕捉春天这一季节的表现。在此，假如再回顾一下本章开端所引的王沂孙的词中"残春到了无凭据"的咏叹，就不得不说，这里并不是将春天看作"无情"之物，恰恰相反，这里的春天就像人一样，是"有情"的。从此处我们能够窥视到宋人对自然的思考深度。从"春归""春去"等诗语的使用数据中，可以探索宋代文学中自然的拟人化问题，更广泛地说，可以探索宋人的自然观①。

# 结　　语

以上对以"春归"为中心的表示春天终结的"春+动词"复合型诗语作了追溯，同时也涉及了相互关联的几个问题。在宋代，不仅是词，诗也是必须检讨的对象。但是，考虑到宋诗的庞大数量不可能是笔者能力所及的，因此，以下表（8）只显示对《宋诗钞》和《宋诗钞补》进行检索的结果。可以说它在一定程度上反映了宋诗中的倾向：

表（8）

| 春— | 归 | 去 | 老 | 尽 | 残 | 晚 | 暮 |
|---|---|---|---|---|---|---|---|
|  | 43 | 33 | 25 | 19 | 17 | 15 | 6 |

---

① 关于唐宋诗歌中的拟人法，在小川环树《自然是否对人示好——宋诗的拟人法》（《风与云》所收）一文中有着简略而深刻的见解。本论亦从中得到了很大的启发。泽崎久和《唐诗中的拟人法》（《高知大国文》第13号）一文是对小川论文的补充，论文中对唐诗，特别是中晚唐诗的拟人法与宋诗的关联做了指摘。

从这一结果中可以看出宋诗与宋词的倾向一致。但是，"春归""春去"的使用频率并不是压倒性的。此外，宋诗中和词一样存在着"春归""春去"的变化表现，但不是很多。例如：

> 卷将春色归何处，尽在车前榆荚中。
>
> （张耒《晚春初夏绝句二首》其一，《宋诗钞·宛丘诗钞》）
> 事如梦断无寻处，人似春归挽不留。
>
> （范成大《代圣集赠别》，《宋诗钞·石湖诗钞》）
> 何曾系住春归脚，只解萦长客恨眉。
>
> （杨万里《红锦带花》，《宋诗钞·诚斋诗钞》）
> 春风取花去，酬我以清阴。
>
> （王安石《半山春晚即事》，《宋诗钞·临川诗钞》）
> 芍药截留春去路，鹿葱齐上夏初天。
>
> （杨万里《初夏清晓赴东宫云云》，《宋诗钞·诚斋诗钞》）

可以说，宋诗虽然基本上与宋词具有同样的倾向，但不像宋词那么显著。

中国诗歌的"吟咏内容"所受到的重视是不言而喻的，但是，另一方面，在"如何吟咏"的问题上，作家们也是颇费心机的。即使是同样的素材，如何通过安排语言构筑的新"世界"，这不仅仅是修辞技巧的问题，同时也关系到诗人的感性认知。通过宋词中"春归""春去"所体现出来的变化，可以看出，词是特别关注"如何吟咏"的文学形式。

# 第九章　李义山的《乐游原》与宋人

## 序　言

汉语中，文句之间的联结未必要使用连词。前后两个文句间的接续关系会自然而然地因其内容而确定。连词是在需要明示上下文关系时才使用的词汇。比如说在表示文意转折时，即使某一词语被认为是表示转折的连词，也只不过是因为有这一词语所处上下文文意的支持，使其看上去好像是连词一样而已。实际上，被看作是连词词语可能有时本来的语义并没有丝毫减弱。尤其是当这种连词被放在后文的句首时，想要判断它的本意和派生意之间的区别就会变得极其困难①。

晚唐诗人李义山的杰作五言绝句《乐游原》中亦存在着这种问题②。"夕阳无限好，只是近黄昏"中的"只是"一语是应该作为限定或强调的副词来看呢？还是应该作为表示转折的连词来看呢？《乐游原》中的"只是"，一直以来被视为转折连词，而"夕阳无限好，只是近黄昏"的二句之间实际上并不存在文意上的转折，这里的"只是"所发挥的是它原有的副词的作用。提出这一见解的是日本的入矢义高先生和中国的周汝昌氏③。笔者亦认为此处的"只是"应该作为副词来看，但亦深感确

---

① 有关这个问题，从太田辰夫氏的名著《中国语历史文法》（江南书院，1958）的"连词"解说部分中所具有的暧昧性上也是能够看出来的。

② 现将这一名作全文揭示如下。以下所有唐诗的引用皆依据《全唐诗》。

　　　　向晚意不适，驱车登古原。夕阳无限好，只是近黄昏。

③ 随着入矢先生与周氏见解的发表，在学术界掀起了赞成与反对的学术论争。作为深刻关系到作品内容理解的难题之一，可以说最终也没有达到见解的一致。现将有关此内容的主要论著列举如下：

（转下页）

定其语义的难处。本章将立足于这一观点，通过对宋人诗词用例的调查来阐述笔者对这一问题的私见。

## 一、宋人对《乐游原》的
## 理解（一）

在宋人对李义山《乐游原》末二句的理解中，南宋杨万里的发言是很引人注目的：

> 五七字绝句，最少而最难工。虽作者亦难得四句全好者，晚唐人与介甫最工于此。如李义山忧唐之衰云："夕阳无限好，其奈近黄昏。"……皆佳句也。如介甫云："更无一片桃花在，为问春归有底忙。"……不减唐人。然鲜有四句全好者。杜牧之云："清江漾漾白鸥飞，绿净春深好染衣。南去北来人自老，夕阳长送钓船归。"……四句皆好矣。

（《四部丛刊》本《诚斋集》卷一一四《诗话》）

这段话的主旨在于申明四句俱佳的绝句极少。杨万里首肯的只有两句绝

---

（接上页）　　（a）入矢义高《黄昏与夕阳》（全释汉文大系《文选三》月报12，集英社，1974）

　　（b）周汝昌《唐诗鉴赏辞典》该诗解说文（上海辞书出版社，1983）

　　（c）郑诗群《试论李商隐〈乐游原〉的思想内容和美学意识——兼评历来注释》（《中南民族学院学报（哲学社会科学版）》1985年第3期）

　　（d）须藤健太郎《关于李商隐〈乐游原〉诗的"只是"——唐诗虚词初探》（《中国文学研究》第22期，1996）

　　（e）下定雅弘《如何解读"夕阳无限好，只是近黄昏"——检讨入矢教授的见解》（《兴膳教授退官纪念中国文学论集》，汲古书院，2000）

　　（f）荒井健《围城外围·其六——〈入矢义高先生追悼文集〉》（《飙风》35号，2001，后收入《夏邦杰之梦》〔朋友书店，2003〕）

其中（c）（e）是站在反对的立场上，将"只是"作为转折的连词。

妙的作品中，例举了义山的《乐游原》①，并称义山《乐游原》是悲叹唐朝衰微的作品。如此一来，转结二句就是以转折关系联结在一起。将乐游原染红的夕阳是无限美丽的，而在它的背后，黄昏的黑暗正在悄然逼近。宋末的蔡正孙继承了杨万里的这一解释，他在《诗林广记》卷六中如此说：

> 杨诚斋云："义山此诗，盖忧唐之衰也。"愚谓明道程先生《禊饮诗》末句，是用此意，翻一转语。

蔡正孙在肯定了杨万里的见解后进而指出，程颢的《禊饮诗》末句是反用了义山的句意。程颢的《禊饮诗》即《陈公廙园修禊事席上赋》诗，其末二句为"未须愁日暮，天际是轻阴"②。总之，从义山《乐游原》中读取唐朝灭亡之预兆的是从杨万里开始的。

此外，宋末元初的俞琰，在其《周易集说》的《离》卦"九三"《象传》"日昃之离，何可久也"的解说中说：

> 夕阳无限好，只是近黄昏。犹人之暮年，景薄桑榆，安能长久也。
> 伊川程子曰："明者知其然也。故求人以继其事，退处以休其身。"

---

① 杨万里所引的王安石的诗句是《陂麦》诗的末二句。以下所引用宋诗皆依据《全宋诗》。

　　陂麦连云惨淡黄，绿阴门巷不多凉。更无一片桃花在，借问春归有底忙。

杜牧的七绝《汉江》全文如下：

　　溶溶漾漾白鸥飞，绿净春深好染衣。南去北来人自老，夕阳长送钓船归。

② 题中的陈公廙指陈知俭。公廙为其字。同样的见解亦见于无名氏撰《爱日斋丛抄》卷三：

　　　　李商隐诗"夕阳无限好，只是近黄昏"，足以戒盛满，而意似迫促。程子云："未须愁日暮，天际是轻阴。"悠然无尽之味，诗家未能及。

这似乎在说："同样是描写黄昏，义山的作品过于悲观，与此相比，程颢的诗所呈现的情调是开朗乐观的。诗人的胸襟终究不及道学家的胸襟广阔。"

这里引用了义山《乐游原》的末二句来比喻"人之暮年"。俞琰亦与杨万里一样，将此二句看作转折关系。这可以说是将义山《乐游原》作为人生迟暮咏叹的最初的例子。

总而言之，将义山《乐游原》作为唐朝衰微的预感或是作为人生迟暮的咏叹，这样的解释在宋代就已经存在了。

# 二、宋人对《乐游原》的理解（二）

杨万里将义山《乐游原》的末二句作为转折关系理解为是在咏叹唐朝衰微的预兆。而实际上对《乐游原》末二句的转折关系的认识，在北宋时就已经存在了。首先来看一下苏东坡的小题为"春情"的《浣溪纱》词①：

> 桃李溪边驻画轮。鹧鸪声里倒清尊。夕阳虽好近黄昏。　　香在衣裳妆在臂，水连芳草月连云。几时归去不销魂。

第三句"夕阳虽好近黄昏"一句就是对《乐游原》末二句的总结。东坡对这两句的转折关系的认识是一目了然的。再者，与东坡同时期的晏幾道亦在作品中说：

> 可恨良辰天不与。才过斜阳，又是黄昏雨。
>
> 《蝶恋花》（笑艳秋莲生绿浦）

晏幾道的匠心亦是来自李义山的《乐游原》，其将末二句看作转折关系是很明显的。此外，政和年间的进士郭印的《再和四首》②其二中也说道：

---

① 以下所引用的宋词皆依据《全宋词》。但是存在部分句读的改正。
② 《再和四首》是对前面《宪司后园葺旧亭榜以明秀元少监有诗次韵》诗的唱和诗。

夕阳正好无多景，春序才移已复秋。

虽然多少施加了一些变化，但依然能够看出是来自义山的《乐游原》，并且其末二句是以转折关系来理解的。

时代推移到南宋后，王质的《江城子·席上赋》词中有这样的句子：

莫催行。只恨夕阳，虽好近黄昏。

这可以说是对东坡《浣溪纱》的直接模仿，其实也可以认为王质忠实地继承了东坡对义山二句的理解。等到了赵孟𬱖，在《多景楼》诗中也说道：

白露已零秋草绿，斜阳虽好暮云稠。

（《松雪斋集》卷四）

这虽然没有使用"黄昏"一语，但还是隐约可见赵氏是将义山《乐游原》诗中的二句理解为转折关系的。宋末，最后的代表性词人张炎在《梅子黄时雨》（流水孤村）中写了"最愁人是黄昏近"一句，亦可依稀见到义山诗句的影响。可以说，将义山《乐游原》诗中转结二句认为是转折关系的，从北宋苏东坡时期起就已经如此了。

此外，虽没有明确地使用《乐游原》末二句，但明显模仿李义山句法的诗例还是能够得到确认的。例如，北宋末南宋初的日本中在《宿昔》诗中写道：

晚节劳千虑，经年走数州。
新凉事事好，只是迫防秋。

这里的"防秋"指的是防御金朝异民族在秋天南侵一事。杨万里亦有：

黄花非不好，只是插离筵。

（《送丁子章将漕湖南三首》其一①）

这也是模仿了义山的句法。韩淲的五言绝句《爆竹》中这样吟道：

爆竹烧残岁，家家把一杯。

西湖元自好，只是欠徘徊。

　　从上面的这些例子中可以看到宋人大多数都是将义山《乐游原》的末二句当作转折关系来理解的。但是，我们却不能因此认为宋人仅把结句的"只是"看作表示转折关系的连词。

## 三、宋人对"只是"的理解

　　正如在本章的开篇中所讲的那样，汉语的文句之间未必要使用连词。义山的使用情形亦是由于转句与结句本身所有的意思，从而使宋人们从中读取了其文脉上潜在的转折关系。比如说，北宋赵令畤的下面的《蝶恋花》词②：

卷絮风头寒欲尽。坠粉飘香，日日红成阵。新酒又添残酒困。

今春不减前春恨。　　蝶去莺飞无处问。隔水高楼，望断双鱼信。

恼乱横波秋一寸。斜阳只与黄昏近。

　　词的内容是历来常见的闺情。后阕末句"斜阳只与黄昏近"明显地

---

①　丁子章即丁时发，绍兴三十年的进士。

②　这一作品在晏几道的《小山词》中亦有收录。但唐圭璋《宋词互见考》（《宋词四考》修订本，江苏出版社，1985）中提到"案以上二首乐府雅词、草堂诗余并作赵德麟词。惟又见晏几道小山词，恐非"，现从唐氏案。《花庵词选》中亦作赵令畤词。

来自义山《乐游原》诗中的二句，其句法亦酷似东坡的"夕阳虽好近黄昏"。只是东坡的"虽"字被改做了"只"字。这里的"只"不是转折连词，而是表示限定的副词。对于义山二句的理解，赵令畤或许会认为它是转折，但并不见得会把"只是"看作转折连词。南宋李莱老的《杏花天》（年时中酒风流病）词的后阕中有这样的句子：

> 斜阳苦与黄昏近。生怕画船归尽。

这里的"苦"是强调副词，与赵令畤的"只"具有相同的趋向，其对《乐游原》末二句的理解亦是不会造成什么变化①。

杨万里在论及李义山《乐游原》时说过：

> 如义山忧唐之衰云："夕阳无限好，其奈近黄昏。"……皆佳句也。

在杨万里的引用中，义山《乐游原》的结句不是"只是近黄昏"而是"其奈近黄昏"。这一点是很有启发性的。之所以会有"忧唐之衰"的理解是因为人们是以转折关系来把握义山这两句的。但是，在杨万里所引用的"其奈近黄昏"的文句中，"其奈"一语绝对不是表示转折关系的连词。这里语句上的异同极有可能是杨万里记忆错误所造成的②，但这恰好说明了他将《乐游原》视为吟咏唐朝衰微前兆的作品，这与"只是"一语是否是转折连词没有直接联系。也就是说，无论是将其作为预示唐朝衰微的作品，还是作为吟咏人生迟暮的作品，"只是"是否是

---

① 时代推迟到明代后，王世贞《江口》（《弇州山人四部稿》卷四五）中的"秋云无限好，只傍蒋山青"也是值得注意的例子。

② 引用文依据四部丛刊的《诚斋集》。四库全书本中"其奈"作"只是"，这恐怕是依据义山诗集经过了修改的结果。此外，北宋韩宗道的《江淀泛舟，次吴中复韵》诗末二句云："留连晚景殊多适，无奈黄昏送夕阳"，这明显是依据义山的乐游原，但其使用了没有表现出转折的语气的"无奈"一语。

连词都与这些理解是没有关联的，是转结二句内容本身的文脉主导了人们的理解。在这里，我们有必要对李义山《乐游原》中的"只是"一词稍加检讨。

## 四、李义山的"只是"

义山"只是"的其他用例尚有七例存在，共计八例，这在唐代诗人中是最多的。由此可知义山对此语的偏爱①。现在我们来看一下其他的七例：

（1）此情可待成追忆，只是当时已惘然。

（《锦瑟》）

（2）未曾容獭祭，只是纵猪都。

（《异俗二首》其二）

（3）姮娥无粉黛，只是逞婵娟。

（《月》）

（4）年华无一事，只是自伤春。

（《清河》）

（5）殷勤报秋意，只是有丹枫。

（《访秋》）

---

① 仅次于义山的是白居易的七例。虽然两者之间只有一例之差，但考虑到现存作品数量的差异，就不得不说义山的使用频率是远远高于白居易的。以下列举白居易的用例：

    （1）轩窗帘幕皆依旧，只是堂前欠一人。（《重到毓村宅有感》）
    （2）别来只是成诗癖，老去何曾更酒颜。（《十年三月三十日别微之于沣上云云》）
    （3）城中展眉处，只是有元家。（《吟元郎中白须诗兼饮雪水茶因题壁上》）
    （4）年年只是人空老，处处何曾花不开。（《与诸客携酒寻去年梅花有感》）
    （5）出多无伴侣，归只是妻孥。（《和微之春日投简阳明洞天五十韵》）
    （6）少有人知菩萨行，世间只是重高僧。（《赠草堂宗密上人》）
    （7）微躬所要今皆得，只是蹉跎得校迟。（《闲适》）

其中第（5）例依据四库全书本《白氏长庆集》。其他的版本"是"皆作"对"。

　　（6）杨朱不用劝，只是更沾巾。

（《离席》）

　　（7）如何湖上望，只是见鸳鸯。

（《柳枝五首》其五）

　　在把《乐游原》的"只是"作为连词的论者眼中，七例中的第（3）例亦是同样的用法，其他六例皆作副词。第（3）例的全文是这样的：

> 池上与桥边，难忘复可怜。
> 帘开最明夜，簟卷已凉天。
> 流处水花急，吐时云叶鲜。
> 姮娥无粉黛，只是逞婵娟。

　　这首五律的尾联"姮娥无粉黛，只是逞婵娟"两句中的"只是"如果作转折连词来解释的话，未免太过于平淡枯燥，这就远离了义山诗的风格。这里"只是"应做其本来的副词来解释。二句之间文意上转折的取舍就全权留给了读者自身。五绝《乐游原》中的"只是"亦同样。放眼四眺，使乐游原沐浴在红光中的夕阳在义山眼中是无限美好的，而就在这美好的背后，黄昏的帷幕正在悄悄地拉开。二句之间在文意上转折的有无与上面的《月》诗一样，是由读者自己来判定的，而大多数宋人就是选择了文意转折的存在①。

　　如此一来，在第 133 页注①中所举的白居易的《重到毓村宅有感》诗又是怎样的呢？：

> 欲入中门泪满巾，庭花无主两回春。
> 轩窗帘幕皆依旧，只是堂前欠一人。

---

① 　无论是否认可文意上的转折，都应该认为这里义山所吟咏的染红了周围一切的夕阳，是因为其背后即将来临的黄昏，才体现出昙花一现的美丽。

　　这里的"只是"作为连词也是可解的，但是很难说它是在副词的限定或强调功能消减后才转化成连词的。与它作为连词时表现出来的平淡相比，将其作为强调"堂前欠一人"的副词来读，应该说是更加妥当的①。与此相对，南宋杨万里的《正月晦日，自英州舍舟出陆，北风大作》（《四部丛刊》本《诚斋集》卷一八）中的"只是"就完全地连词化了：

　　　　北风吹得山石裂，北风冻得人骨折。

　　　　南来何曾识此寒，便恐明朝丈深雪。

　　　　今朝幸不就船行，白浪打船君更惊。

　　　　只是山行也不好，笋舆寸步风吹倒。

或许应该说比较稳妥，"只是"一语在诗中作为连词的用法要等到宋代才得以确立②。

# 结　语

　　宋人为什么会在义山的转句与结句之间读取文意的转折呢？在其转折之处又是如何读取唐朝衰微的前兆的呢？能够明确地揭示这些疑问的数据是不存在的。但这并不意味着在此展示我们的推测就没有意义。首先，宋人知道唐朝灭亡的史实。其次，诗中的"夕阳"与"王朝兴亡"

---

①　此外，白居易《闲适》诗"微躬所要今皆得，只是蹉跎得校迟"，吴融《简州归降贺京兆公》诗"功名一似淮西事，只是元臣不姓裴"也是同样的用法。

②　与"只"同样具有限定之意的"但"字，以"但是"的形式派生出了连词的用法。但是，就像小川环树先生在《唐诗概说》（岩波书店）中所说的那样，"但是"作为连词的用法在唐诗中是看不到的。依笔者的管见，唐诗中作为连词的"但是"亦不存在。此外，在第 126 页注①中提到的太田辰夫《中国语历史文法》中所举的作为连词的"但是"之用例（326 页），并不是来自诗歌，而是《朱子语录》。实际上在宋诗中"但是"一语自身是很少见的。北宋末释惠洪《赠别若虚》中"今不欠无言，但是欠一死"中的"但是"可以看作是连词，这或许可以说是最早的连词用例。

另外，太田氏作为连词的用法列举了罗振玉旧藏敦煌本《天下传孝十二时》中的"纵然子孙满山河，但是恩爱非前后"句，这可以解释为太田氏所说的唐代用例的"凡是"之意。

的渊源在中唐刘禹锡的《金陵五题·乌衣巷》诗中就已经存在了：

> 朱雀桥边野草花，乌衣巷口夕阳斜。
> 旧时王谢堂前燕，飞入寻常百姓家。

　　金陵的乌衣巷原是代表南朝繁华的王氏、谢氏一族的宅邸，如今人去宅空，只有孤零零的空邸默默地沉浸在夕阳的红霞中。这是一首出色的把王朝兴亡意象化了的作品，宋诗中受其影响的诗句不算少。例如苏舜钦吟咏与玄宗有因缘的兴庆宫，在《游南内九龙宫》的末二句中如此说道：

> 兴亡何足问，一一夕阳中。

从这里可以看出"夕阳"与"兴亡"的关联的普遍化。北宋末词人周邦彦在题为"金陵怀古"的《西河·金陵》词后阕中说道：

> 想依稀、王谢邻里。燕子不知何世。入寻常、巷陌人家相对。
> 如说兴亡斜阳里。

这是直接来自刘禹锡的诗句。进而，从辛弃疾、李曾伯的作品中也可以看到这些：

> 江头一带斜阳树。总是六朝人住处。
> 　　　（辛弃疾《玉楼春·乙丑京口奉祠西归，将至仙人矶》）
> 兴亡谁与问，马首夕阳斜。
>
> 　　　（李曾伯《淮西幕，自皂口入颍道间作》）

义山《乐游原》的转结二句之间确实存在着文意上的转折，但是"只是"一语却是被作为副词来理解的。这难道不是宋人对《乐游原》的理解吗？

　　笔者并非是词汇或语法论的专家，以上的私见或许有因知识不足而存在误解的地方。本文意在抛砖引玉，能为诸贤提供一论之资足矣。

# 第十章　丈夫与妻子之间
## ——以宋代文人为例

# 序　言

　　宋代是中国历史上近世的开端。以朱子为代表的道学又同时使这一历史时期显得过于死板。在这一时期，大多数的文人同时又兼任着官僚。宋代的大文学家苏东坡就是典型的代表，在他以诗词、散文、书画闻名于世的同时，亦不得不在官僚生涯的万丈波澜中颠簸。以他为代表的宋代文人官僚抱着怎样的生活意识和情感呢？这些通过他们的诗词、散文等材料是可以探索到的。小论正是从这一角度出发，来尝试探讨宋代文人官僚们对妻子的意识和感情。之所以这样讨论，是因为在中国文学史上，虽然以女性为题材的作品自古以来屡见不鲜，但以自己的妻子为题材，或者是表白自己对妻子感情的作品，实际上是要等到宋代以后才普遍出现的①。钱钟书氏曾经在《宋诗选注》的序文中提到，宋代男女间爱情的表现已经大部分转移到了词上。日本的研究者中存在着对钱氏的这一阐述进行过度解释的倾向，甚而认为男女间的爱情表现皆集中倾注到了词中。当这一倾向与道学固有的死板坚硬的印象发生关联之后，就几乎要招致宋代男女爱情表现领域过于狭小的认识。在此，小论通过对有关作品的分析考察，意图向人们证明事实并不是这样的。

①　这一情况在唐代，可以从杜甫的《月夜》《羌村三首》其一等诗中看到萌芽，但杜甫的诗尚有六朝余习的残留感，尚停留在将妻子与儿女作为一体存在的地步上。而到了中唐以后其形式就变得明确了，在考虑中唐与近世相联系的重要性上这是具有一定的启发意义的。详细参照本章附论《诗人与其妻子——中唐士大夫意识的断面之一》。小论所论述的妻子指正室，在中国士大夫的意识中妾（侧室）与妻子之间是存在一线之隔的。有关妾的问题有待从别的角度进行考察。

# 一、思念亡妻之韵文

一般来说，中国的诗人们对创作有关自己妻子的作品是持消极态度的。可以认为这是基于"闺房之事不应宣于他人"的思想意识。而无视这种意识，表白自己对妻子的感情，其最大动机就是妻子的死亡。而事实上，在三世纪末晋潘岳的《悼亡诗》以来，即使是对吟咏自己妻子表现得极为消极的中国诗人，也将吟咏丧妻的悲痛作为一种文学类型确立了下来。通过现存作品能够看到，到唐代为止的约三百年间，这类作品尚属少数，而唐代中期以后数量就明显增多，到了宋代就已经具有相当的规模了①。

以亡妻为题材的作品，创作者意识中的典范自然是潘岳的诗，这到了宋代也没有发生变化。潘岳的诗以季节的转移为背景，有意识地对悲哀之情做了重新构筑，所以可以说它是抽象化的。而宋人对这一题材的表现与早已有方家定论的中唐韦应物、元稹等有同样的倾向②。也就是说，中唐作品试图在日常平面中捕捉妻子生前的身影，而宋人却更乐于表白自己率直的心情或做具体的描写。更重要的一点是，宋代作者对亡妻的思念虽是暗中伏流，却始终是连绵不断的。潘岳以来，从六朝到唐代，这种类型的作品都是在妻子辞世后一年左右写下的，并且一般都是没有后文的。与此相对，宋人却在两三年甚至是十几年以后，依然在创作这样的作品。既然哀悼亡妻是潘岳以来的传统主题，那么祖述潘岳者也只不过是在创作上遵从社会性的礼仪而已。可是，将对辞世多年的亡妻的思念转化为作品，足以保障他们对亡妻思念的真实性。那么，宋代

---

① 现存有关亡妻作品的作者，根据笔者的考察，从晋到唐有三十家，宋代有七十九家。笔者将其归纳在《晋至唐悼亡关联作品表》和《宋代悼亡关联作品表》中。即使是稍有不备，但可以认为基本倾向是没有变化的。

② 参照高桥和巳《潘岳论》（《中国文学报》第 7 册）、斋藤希史《潘岳悼亡诗论》（《中国文学报》第 39 册）、深泽一幸《韦应物的悼亡诗》（《飙风》第 5 号）、山本和义《元稹的艳诗以及悼亡诗》（《中国文学报》第 9 册）、入谷仙介《有关悼亡诗——从潘岳到元稹》（《入矢教授小川教授退休纪念中国文学语学论集》）等。

文人官僚如何吟咏自己的丧妻之痛以及对亡妻的思念？以下就具体地来看一下。

首先来看一下梅尧臣（1002—1060）的作品。梅尧臣在四十三岁时失去了相濡以沫十七年的妻子谢氏，他也因为写下了三十首以上悼念谢氏的诗作而闻名①。下面引用的是《悼亡三首》中的其三：

> 从来有修短，岂敢问苍天。
> 见尽人间妇，无如美且贤。
> 譬令愚者寿，何不假其年。
> 忍此连城宝，沉埋向九泉。

诗中率直地表达了自己对亡妻的哀惜之情。特别是"见尽人间妇，无如美且贤"的两句，作者旁若无人地对自己妻子给出了最高赞美，虽不免其中的夸张成分，但将这一意识用文字记录下来的事实却是具有重大意义的。

接下来要例举的是鲜为人知的强至（1022—1076）《箧中得调官时杨氏所寄书慨然追感》诗：

> 笑语无踪莫更寻，每怀平昔恨犹深。
> 况看满幅相思字，曾诉幽闺独自心。
> 因想音容如在目，不知涕泪已盈襟。
> 恨销除是彩笺灭，弗比遗香苦易沉。

根据清强汝询《祠部公年谱》（《求益斋文集》卷八），强至的妻子杨氏于1051年春辞世。这一作品是由偶然在文具箱中发现过去自己宦游时杨氏寄来的书信这一具体事物而触发的。作者把自己对杨氏的思念率

---

① 有关梅尧臣的专论有森山秀二《梅尧臣的悼亡诗》（《汉学研究》第 26 号）、林雪云《关于梅尧臣的悼亡诗》（《中国言语文化研究》第 8 号）。

直而浓厚地表达了出来，其中"况看满幅相思字，曾诉幽闺独自心"二句，满怀深情地对两人以往的感情作了回顾。士大夫讲述自己的闺房秘事，在传统礼教的角度上应该是不值得赞同的。但这种对亡妻的深厚感情在宋人的作品中频频可见。下面是南宋时戴复古（1167—?）的《题亡室真像》诗例：

> 拂拭丹青呼不醒，世间谁有返魂香。

从作者手抚亡妻的画像喃喃自语以及将这一举动进行诗句化的表现中，能够看出作者意图将自己对妻子的深厚感情毫无保留地进行描述。

此外，宋人经常记录自己与亡妻在婚姻生活中的小插曲、夫妇之间的对话等。梅尧臣在《初冬夜坐忆桐城山行》诗中，回想自己新婚不久出任桐城（今属安徽省）主簿，为出于职责不得不深入山林而忐忑不安时，受到妻子责备的情景。诗中梅尧臣对妻子生前的谏言表达了深深的谢意：

> 吾妻常有言，艰勤壮时业。
> 安慕终日间，笑媚看妇靥。
> 自是甘努力，于今无所慑。

下面顺便看一下曾巩（1019—1083）的《郧口》诗：

> 我行去此二十年，郧水不改流潺潺。
> 风光满眼宛如昨，故人乘鸾独腾骞。
> 今人随我不知昔，我记昔游何处言。
> 泪向幽襟落如泻，况闻江汉断肠猿。

此诗有"昔与宜兴君同过此"的自注。"宜兴君"指曾被封为宜兴县君的妻子晁氏。这是作者在重访曾与晁氏游历过的"郧口"（湖北省）时而作的，其时已在晁氏死后十年。重忆往昔唤起了对亡妻的思念，但同时作者又对如今陪伴在旁的继室表达了关怀。作品描述了这两种交织在一起复杂矛盾的感情①。有着自潘岳以来悠久传统的悼亡诗，到了宋人这里却绝不单是"依样画葫芦"的创作了，这种感情上的细腻表现是应该得到赞赏的。

以上所举的例子，在以韵文形式追悼亡妻这一点上还是没有走出潘岳以来的传统。而更重要的是，宋代文人们亦开始利用散文的形式来缅怀自己的妻子②。

# 二、思念亡妻之墓志铭类

女性的墓志铭、祭文自古以来就存在。其大部分是为显贵的妇人而作，并且多是依赖像韩愈这样的文章名士之手而成。从现存资料来看，士人阶层积极地给自己的妻子撰写墓志铭或祭文是中唐以后才出现的现象③，而进入宋代以后，这一倾向就更加明显了。

墓志铭或祭文是在埋葬、改葬、小祥（一周年忌日）、大祥（二周年忌日）等时节按照礼仪来创作的。根据明王行的《墓铭举例》，撰写墓志铭要求必须言明亡者的"讳、字、姓氏、乡邑、祖出、行治（品行、作为官僚的业绩）、履历、卒日、寿年、妻、子、葬日、葬地"等十三种项目，此外出于对死者的敬意，所以作者下笔时对亡者亲族、友人们有所顾及。因此，可能单纯地陷入形式上的过度赞美。可是，丈夫亲自为妻子撰写墓志铭的时候，虽然存在感情深度的差异，但将其看作是作者对

---

① 历经时日依然将对亡妻的思念连缀为文字的作者，在宋代以前只有中唐的元稹。例如元稹的《六年春遣怀八首》是元和六年，妻子韦氏死后两年的作品。此外根据陈寅恪《元白诗笺证稿》第四章《艳诗及悼亡诗》的考察，《梦成之》一诗是元和九年的作品。

② 潘岳在《悼亡诗》之外，尚有《哀诗》以及《悼亡赋》《哀永逝文》等的存在。后二者是辞赋不是纯粹的散文。而且这三篇的存在都几乎是隐藏在《悼亡诗》的影子中的。

③ 据笔者管见，独孤及的《祭亡妻博陵郡君文》是最早的。请参看本章的附论。

妻子的真情吐露应该是没有错的。这与第三人的创作有着理所当然的差距。《墓铭举例》中列举了韩愈为元稹的妻子韦氏所写的《监察御史元君妻韦氏夫人墓志铭》，并说道："书夫之履历，志妇人之通例也。"假如说在妇人的墓志铭中记录作为官吏的丈夫的履历是极为普通的事，那么为人妻所做的墓志铭中，就始终摆脱不了其官僚丈夫的浓厚身影。但是，丈夫亲自为妻子撰写墓志铭，却使妻子的存在真正成为墓志铭的中心。换句话说，也就真正使墓志铭成了妻子作为一名女性的独立传记。宋代的文人官僚就是这样用自己的手笔写下了作为一名独立女性而存在的妻子的传记。

宋人如何看待自己撰写妻子的墓志铭呢？让我们来看一下宋人自己的发言。首先，葛胜仲（1072—1144）在他的《妻硕人张氏墓志铭》中说道："幽穸之诗不以诿人兮。"袁燮（1144—1224）在《夫人边氏圹志》中提道：

> 夫有美而弗书，不仁也。书之而溢美，不信也。撮其平生大略，据实以书，义所当然，非私也。

这些都表现了作者自己撰写妻子墓志铭的意识。不过，另一方面也可以看到这样的发言。司马光（1019—1086）在描述亡妻张氏的《叙清河郡君》中，出于自己严谨的学者身份，他大部分在强调妻子的妇德。在最后的部分中他说道：

> 近世墓皆有志刻石，模其文以遗人。余以为妇人无外事，有善不出闺门。故止叙其事存于家，庶使后世为妇者有所矜式耳。

司马光说，最近有在人前卖弄为女性所作墓志铭的不良风潮，自己之所以写下此文章并留存于家，是为了将它作为以后为人妇者的典范。但是，这显然是司马光的推托之词，这一文章将来必会收录到自己文集中，司马光对此应当是有所预料的。应该说，司马光也意图通过某种形式来把亡妻的事迹具体地流传下去①。下面就看几名宋人的墓志铭例文。

李之仪（元丰中进士，生卒年不详）的《姑溪居士妻胡氏文柔墓志铭》是近两千字的长篇。神道碑的篇幅不得而知，而作为埋于土中的小型的墓志铭，即使是男性墓主的铭文也少于这样长的篇幅。墓志铭首先叙述了两人结婚的始末、亡妻的人品、操持公婆葬礼的周到之处等，其后就是此墓志铭中最为精彩的部分：

> 崇宁二年，余以撰故宰相范忠宣公行状，逮系御史狱。方大暑，文柔自颍昌兼程野宿，追余至京师。就数椽地，手自执爨，具狱中饭。当烈日烟焰中，斯须不暂舍。过者为流涕。……余既南迁，文柔相迎于御史府。顾余泣且喜曰："图圄中何所不有，而君乃丰悦过于常时。岂不以之介然耶。我当与君俱贬所，未必恶也。"遂同涉间关，止旅邸。……或曰："陆趋良劳。又方庚伏中，且久雨。奈何？"遂附运粮空舟以行，而舟敞，上不能蔽。果大霆至，加雨衣相拥覆。兼昼夜者六七，比舍舟而陆，历深山大泽，夫妇形影相携。暑每增炽，率达旦命途，时藉草以休息之。

"夫妇形影相携"句成功地将夫妇携手共赴贬谪之地的恩爱情形具体化了。最后，在铭文之前，李之仪说道：

> 与余四十年伉俪。且复所履历，皆人所不能堪，亦人之所甚难，又多缘我而致。加之闺门之外，或不及遍知。苟非亲为直书其事，则九原之下，所负深矣。辄挥泪而铭之，尚恨有所不尽也。

---

① 司马光亦有追想亡妻张氏的五绝《初夏独游南园二首》。亦可参照《说郛》卷八二所收的《道山清话》。

正如上文所看到的那样，李之仪认为自己必须亲自为妻子执笔做铭，不能让妻子的事迹遭到埋没。

接下来，看一下南宋姚勉（1216—1262）的《梅庄夫人墓志铭》。这也是近两千字的长篇，"梅庄夫人"指继室邹氏，讳妙庄，字美文。其前室是邹氏的姐姐，讳妙善，字美韶。姚勉在娶了妙善一年后与其死别，其后求得其妹为继室，却依然免不了一年之后的再次死别：

> 呜呼。外舅以夫人姊妹婿某，某未能以毫发报，但以谋嗣续，故累其二女皆早殁。……某生天地间，虽止两年有妇，二妇虽皆一年而殁，然而一年之中，百年义在。某誓不负外舅知，且有子元夫，娶决不再矣。

这里所说的"子元夫"虽是庶出，但被梅庄疼爱有如己出。古来娶妻的理由之一自然是为了后代子嗣，正是这冠冕堂皇的理由使自己失去了两名妻子。在文中姚勉满怀哀惜之情，发誓今后不再立正妻（四年后姚勉亦过世）。在墓志铭的最后，姚勉亦写道：

> "愿贤而不愿贵"，梅庄此语，其某也终身之药石乎。铭吾之心，且以铭墓。墓与竹堂夫人（即姊妙善）同域，葬以戊午三月壬申。铭曰："……不尚夫贵，愿贵而贤。斯言有味，青史可传。"

从上面的例子中可以看到，宋人为亡妻所写的墓志铭绝不是出于礼节的敷衍。

## 三、思念亡妻之其他散文形式

不仅仅是墓志铭、祭文这样的形式，宋人在忆及亡妻时亦有创作散文。首先来看一下许景衡（1072—1128）的《陈孺人述》文。许景衡的妻子陈氏在大观二年（1108）三十四岁时辞世。这一散文作于政和五年（1115），全文四百七十四字，文中极力简省了无关妻子陈氏的人品记述。即使是在记录两人的结婚生活时，也意图通过插叙陈氏的话语来表现妻子的妇德：

> 余官州县，贫甚，食指众。陈氏能痛，自抑损甘淡薄，勉余以安义命厉名节。常曰："男子当期于远大"。余失察黄岩帑吏之奸，坐免官。颇疑其不怿，问之。陈氏曰："昔吾父坐事，就逮诏狱，谪官远去。吾母不忧也。曰：'职事当尔。'今我亦何忧。第恐君气未平尔。"其后余尉乐寿，官舍在京城大河洲渚中，风涛无时，居民日虞冲溃。陈氏曰："此虽岑寂，而无送迎奔走之劳。政宜读书近笔砚耳。"闲具肴酒，顾儿女子相笑语。观其意，惟恐余有所不乐也。

许景衡也在描述回想陈氏生前一家团聚时的情景的《跋节物诗》中，这样写道：

> 右节物诗一首，余初官黄岩，禄薄食指众。秋冬之间，褐絮未具，陈氏屡趣置绢，乃赋此诗。陈氏曰："有无常事，何足愧。"因授小儿女，相与诵之。自尔每当初寒，必诵之以为笑乐。陈氏捐室今九年矣。偶阅故书，得此稿。为之怆然，惜不忍弃，乃录之以遗甥侄辈，俾知吾贫如此，而陈氏能安吾之贫也。政和六年夏日。

正如文中"陈氏捐室今九年矣"所说的那样，这是在妻子辞世相当长的一段时间后对其生前情景的回想，这里的文字无疑就是对那时候自己思念之情的记录。由此，在小论"思念亡妻之韵文"部分中所叙述的对亡妻的深厚感情，在散文中亦是能够看到的。此种散文最为显著的当是胡寅（1098—1156）的《悼亡别记》。胡寅是有名的春秋学者胡安国的儿子，其弟胡宏也是著名的学者。胡寅自身亦是排斥佛教的正统儒家学者。

妻子张氏，十五岁嫁入胡家，三十岁死去。胡寅在《悼亡别记》之外还写下了墓志铭《亡室张氏墓志铭》和祭文《祭亡妻张氏文》，与五百六十字左右的墓志铭相比，这一《悼亡别记》长近两千字，墓志铭中未尝得以尽情倾诉的绵绵思念都寄托在了《悼亡别记》中。其内容主要集中在了两人结婚生活中的琐事与妻子的美德上。两人的结婚生活正值宋朝南渡的混乱时期，一家为群盗所迫南逃。胡寅因父亲召唤身在京师幸免于难，而妻子张氏却为盗贼所迫苦于奔命：

> 辛亥（1131）春，巨盗马友、孔彦舟，交战于衡潭，兵漫原野。四月，奉家君西入邵。席未暖，他盗至，又南入山，与峒獠为邻。十二月，盗曹成败，帅兵于衡，又迁于全西南，至灌江。与昭接境，敝屋三间，两庑割茅遮围之。上下五百余指，度冬及春。瘴雾昏昏，大风不少休，郁薪御寒，粢食仅给。壬子春，家君有掖垣之命，寅与弟宁侍行，季弟宏守舍。行既远，六月，成余众卒入灌江，君与二姒将子女仓皇奔避。一夕忽闻鼓声已近，徒从哄然四逸，囊橐悉委之。独余负桥者不去，遂偶脱。冬十一月，家君罢掖垣，还至丰城，遣寅省家。岁尽，逢之清湘山寺中。君身独暑服，余单布衾。嫁日衣褥无存者，独挈寅敕文诰身，皆无失。

散文的后半部分，描述了胡寅在历经劫难重逢后对妻子张氏的细腻的爱情：

> 乙卯（1135），寅以左史召趋钱塘，其冬出守邵。丙辰二月至家，七月改郡严陵。君平时见寅远适，不以为念，至是行，临别泣，意殊悲。丁巳（1137）八月，书来乃云："手挛不能亲书，命大原书之。"寅官守欲归不得也。九月讣至，实是月四日。自君归寅，其聚散契阔如此。君素喜病热……凡君疾有危殆时，寅皆不见，见则既平，忽以为常事。又不遇良医，使君盛年而气血耗消以至于死

也。……养羸而无食，御病而无药，君之死天乎？人乎？……呜呼悲夫。往者数数语寅："盍先为志。欲一读之。"寅必力拒曰："何至是。"今于悼怆中，缉缀平生十不得一。既择其事，约其词为埋志，又书此以付大原等，使笃孝思云。

《悼亡别记》率直而细腻地表达了作者对妻子的感情，而这出自正统儒者胡寅之手的事实是应该值得留意的。

## 四、思念亡妻之表现——以王十朋、王炎、刘克庄为例

以亡妻为题材创作的宋代作者，在梅尧臣之后，王十朋（1112—1171）、王炎（1137—1218）、刘克庄（1187—1269）三人是引人注目的存在。作为南宋的作者，王十朋留下了诗十六首、祭文一首、圹志一首，王炎留下了诗十四首、词二首、墓铭一首，刘克庄留下了诗十四首、词四首、祭文四首、墓志铭一首。宋人对于亡妻的态度，比以前任何一个时代的士人都更加积极主动。这三人悼念亡妻的文字无论是在质量还是数量上都是很重要的存在。

首先让我们来看一下王十朋的诗。王十朋的妻子贾氏，随丈夫居留任地泉州（今属福建省），于乾道四年（1168）辞世，为此王十朋写下了题为《哭令人》的悼亡诗：

> 三十年间共苦辛，忽然惊断梦中因。
>
> 钟情正是我辈事，鼓缶忍同方外人。
>
> ……
>
> 闽山满眼同来路，木落风号泪满巾。

"闽"是福建的古名。第三句典出《世说新语·伤逝》："王戎丧儿

万子。……王曰：'圣人忘情，最下不及情。情之所钟，正在我辈。'"
第四句典出《庄子·至乐篇》"庄子妻死，惠子吊之。庄子则方箕踞鼓盆
而歌"。也就是说，作者明确表示，自己如王戎那样多情善感，所以悲哀
是理所当然的，而庄子所代表的对悲哀的扬弃于自己而言并不适用。宋
诗所具有的对悲哀的抑制不适用于这种诗。王十朋也是同样屡屡无法抑
制悲哀。他在《悼亡》其二中的"难忘将绝语，劝我莫言穷"句的自注
中提到："予一日忽言穷。令人曰：'君今胜作书会时矣①。不必言穷。'
予悦其言。盖死之前数日也。"王十朋亦回想妻子生前的言语并对其珍重
有加。在他的《挽令人》其三中亦说道："我欲志诸墓，有言何敢私。"
最后，来看一下他的《挽令人》其一，这是王十朋怀念亡妻贾氏作品中
最为悲切的一首，特别是像第一句那样的宣言是别的作品中所没有的。
其最后的两句与《哭令人》的第二句一起，称与妻子的生活有如梦境，
这作为对亡妻爱惜之情的表现应该说是前所未有的凄美：

> 知汝莫如我，伤心不尽谈。
>
> 忍贫犹好施，见得可曾贪。
>
> 水陆同艰险，糟糠共苦甘。
>
> 和鸣三十载，一梦断闽南。

接着看一下曾与朱子有过交游的王炎。其在《念往》其三中说道：
"临没尚了了，儆戒皆可书。子言不可忘，我意当何如。"在其四中说道：
"欲以理夺情，怅然还念起。"至此论述的宋人悼亡之作的表现特征都能
够在这里得到确认。

王炎题为《鳙溪行》的五十句长篇古诗颇引人注目。王炎的妻子汪

---

① 这里的"书会"并不是指元代以后发生的说话人的行会，可以认为是当时民间教育机
关形式之一。据《宋史·王十朋传》的记载，其在成为官僚之前曾经聚集弟子讲解学
问，此处恐指此事。另外小川环树《有关〈水浒传〉的作者》（《中国小说史的研究》
54 页）的注解中亦有言及。

氏是他的姨表妹，嘉泰三年（1203）六十一岁死去。根据序文这首诗是
汪氏死后三年王炎七十岁时所作①。鳙溪是浙江的地名，王炎亡妻的
娘家。

> 小溪一曲山四合，溪边杨柳藏门阑。
> 当时玉人在花下，对花窈窕矜红颜。

作品追溯时光，首先描写了昔日初遇时妻子的年轻貌美。可是，昔
日的妻子如今却渺无踪迹。

> 重来溪上事皆变，惆怅齐眉难再见。
> 王母麻姑安在哉，过眼百年皆露电。
> 老身长子恩义深，不为向来花映面。
> 花枝一谢明年开，玉人一去何时回。
> 人今不见花亦尽，至此终日空徘徊。

王炎感叹不能再次看到妻子。"王母"指妻子的母亲，"麻姑"指自
己的妻子，"老身"指王炎自身，"长子"是指身为长女的妻子吧。"老
身长子恩义深，不为向来花映面"二句比较难解，或许是在说两人的感
情之深并非缘于妻子的美貌吧。同样王炎的《秀叔和章，自言及再娶之
事，用元韵戏答之》诗中的"伯鸾不可无孟光②，岂为青眉并玉齿"句
亦被认为是同样的意思。

> 年来年去春复冬，此生有尽情无穷。

---

① 开禧丙寅（1206）冬，到大坂作此。情见乎辞，若过于伤感，而卒归于正。盖庶几变
风发乎情，止乎礼义云。
② "伯鸾"是后汉隐者梁鸿的字，"孟光"是其妻子，字德曜（一作耀）。孟光敬梁鸿，
每次进膳必"举案齐眉"。宋人在言及妻子时，以此隐者夫妇为喻的例子占压倒性多
数。需要补充的是，孟光并非美女。

......

悲思无益不自禁，暂时借酒浇心胸。

明年强健再省觐，尊前更酌真珠红。

以上这首在亡妻的故乡追忆妻子而作的绵绵长诗，与同样是在此时所作的词《浪淘沙令》①，都透露着纯真与眷恋，几乎让人无法相信这出自一位年届七十的老人。

最后来看一下刘克庄。刘克庄的妻子林氏在绍定元年（1228）辞世。其时刘克庄四十二岁，林氏三十九岁。首先看一下他在其《亡室祭文》中是如何说的：

追记平生，嘉话善言。余之疾痛，以君为针砭。余之褊急，以君为韦弦。

"余之褊急，以君为韦弦"的语句，正如《女论语·事夫章》的"夫有恶事，劝谏谆谆"，《女孝经·谏诤章》的"夫非道则谏之"那样，是经常为人所称道的，而"余之疾痛，以君为针砭"之句就等于是在说"妻子的存在就好像是治愈自己疾病的灵丹妙药"。这是不为多见的。在散文的后半，刘克庄这样说：

悲夫！人生危脆，忽如埃烟。余奉母于高堂，君从舅于九泉。截一身之半体，抱千古之永冤。余久倦游，从兹归田。愿慈君之息，至没身而愈笃，藏君之橐，待子妇而后传。营家山之一丘，筑精舍之数椽。生当读书种树于其间，殁当寻同穴之盟焉。悲夫！百龄同尽，谁后谁先。誓留面目，见君黄泉。呜呼痛哉。

------

① 《浪淘沙令》本文录下：

流水绕孤村。杨柳当门。昔年此地往来频。认得绿杨携手处，笑语如存。
往事不堪论。强对清尊。梅花香里月黄昏。白首重来谁是伴，独自销魂。

"截一身之半体，抱千古之永冤"之句即是来自夫妇的一体同心的理解吧。毫不踌躇地表明自己的这一意识，以及"誓留面目，见君黄泉"的句子，都可以说是追慕妻子最率直真挚的表现。

刘克庄在林氏去世的绍定元年（1228），作了小题为"福清（福建省）道中作"的《风入松》词二首来悼念妻子。在十五年后的淳祐三年（1243）又一次创作了小题为"癸卯至石塘，追和十五年前韵"的《风入松》二首。其第二首中有"欲将庄列等欢哀，对卷慵开"之语，倾诉了自己历时十五年也无法消除的丧妻之痛。进而又大约在四年之后，刘克庄再次创作了《石塘感旧十绝》诗来追想林氏。现在例举其五如下：

> 鬓边雪映眼中花，更阅人间几岁华。
> 丁未老人开七秩，尚携鸡絮到君家。

"丁未"是指一二四七年，刘克庄六十一岁时。十年为一秩，"七秩"是指六十一岁到七十岁的年龄阶段。"携鸡絮"是来源于后汉徐稚带着用渗过酒的棉絮包裹着的鸡去祭奠故人的故事。在《秋思》诗中，刘克庄说道：

> 谁伴子綦同隐几，亦无法喜共禅房。
> 残骸到了犹贪爱，仙圣前头自炷香。

这首诗的创作年代不能确定，但从"残骸到了犹贪爱"的句子中可以推测这是刘克庄晚年（刘克庄享年八十三）的作品。其开篇的两句来自《庄子·齐物篇》的"南郭子綦隐几而坐，仰天而嘘。嗒焉似丧其耦"和维摩居士以法喜为妻的典故①。对亡妻思念的持续是宋人的特征，而刘克庄可以称得上是其中之最吧。

————————————

① 见于苏轼《赠王仲素寺丞》诗施注。

# 五、妻子的存在

　　以上列举了以亡妻为题材的作品。对宋代的文人官僚们来说，妻子是怎样的存在呢？从六朝到唐代，要求作为婚姻对象的女性必须具有妇德是理所当然的，其家族的名望、自身的容貌、财产等同样很受重视①。即使是到了宋代，这一倾向也并没有完全消失，但对宋代的文人官僚们来说，比起家族的名望、女性的美貌等因素，妻子更应该是能够与丈夫分担宦游艰辛的存在。她们不仅在丈夫有所过失的时候，更是在日常生活中，是时时能够给予忠告的良师益友。可以认为，这是与丈夫人格平等的一种存在。下面所举的发言就表明了这一姿态：

　　嗟予老矣，四海一身。自子之逝，内失良朋。

（苏洵《祭亡妻文》）

　　父失贤女，姑亡孝妇。子丧严师，吾亏益友。

（曾巩《祭亡妻晁氏文》）

　　奈何衰惰，失此益友。

（陈傅良《祭令人张氏》）

　　虽月艰而岁棘，常旦友而昏宾。

（叶适《祭令人文》）

　　或随所遇，若相感发，不敢堕节而失枝，则又余之益友良规也。

（方大琮《祭亡室林宜人》）

　　子有慈父，又有老姑。爱怜其子，宾友其夫。

（刘克庄《亡室掩坎祭文》）

---

① 参考陈东原《中国妇女生活史》第四章之二《婚姻重门第及其流弊》、之八《娶妇标准与胎教》、第五章之二《唐初重门第与贫女之难嫁》，以及高世瑜《唐代妇女》的第三章第八节《爱情、婚姻与贞节观》等。

将男性朋友呼为"益友"古来有之，并不是什么稀奇的事情，但到了宋代，宋人开始亦将女性呼为"益友"。为亡妻创作了众多作品的元稹，也只是将妻子看作是宽容对待丈夫的存在，从而有"成我者朋友，恕我者夫人"（《祭亡妻韦氏文》）的感慨。宋代官僚文人辗转任地，激流浮沉，不能返回故乡而葬身异地的现象是很多的①，在这种情况下，可以说妻子称得上是人生的战友。此外韩琦、黄庭坚、胡寅、周必大、袁甫、刘克庄、姚勉等这些文人的妻子，也是有一定的学问教养的。李之仪在讲述自己的妻子胡氏时说道：

> 上自六经司马氏史及诸纂集，多所综识。于佛书则终一大藏。作小诗歌词禅颂，皆有师法。而尤精于算数。沈括存中余少相师友，间有疑忘，必邀余质于文柔。

> （《姑溪居士妻胡氏文柔墓志铭》）

而在这一点上最有名的当是李清照。她在《金石录后序》中回想了当时自己和丈夫购买金石书画共同鉴赏，共同校勘所得刊本的情景。女性具有学问教养并不是值得谴责的事，追求"女子无才便是德"应该是宋代以后的事吧②。

作者在自己创作的妻子的墓志铭中记录自己妻子的名讳、字等，可以看作是作者意图将妻子生前的事迹具体明确地流传于世的意识表现之一。据笔者的调查，从宋初的徐铉到宋末的赵文共有十八例③。唐

---

① 赵翼在《陔余丛考》卷一八中以《宋时士大夫多不归本籍》举例。
② 参照前揭陈东原著作第七章之四《"无才是德"一语之产生》。此外，陈著的女儿、儿子亦曾创作过诗的事实从他的作品中可以了解到。在他的《朝归生日女洗有诗次韵》中说道：

> 老爷不记女生辰，一见杯盘便是春。兄姊妹言儿记取，同胞皆是读书身。

洗是陈著的次女。
③ 其他十六人的名字列举如下：曾巩、苏轼、李之仪、李复、毛滂、胡寅、仲并、洪适、陈傅良、袁说友、陈宓、袁甫、刘克庄、陈著、姚勉、方逢辰。

代韩愈为元稹的妻子所写的墓志铭中记录了其名讳，而在丈夫为妻子撰写墓志铭的时候明确记录讳、字的例子，在唐代只有晚唐李缨的《唐魏王府参军李缨亡妻弘农杨氏夫人墓志铭》。但是，这只是石刻数据而不是文献数据①，在埋于地下不为人所知的石碑上镌刻名讳、字的情况恐怕是很多的。但是，在顾及其内容有可能为诗文集所收录并为众人传播阅览的时候，大多数的情况下是不会明记妻子名讳的。《墓铭举例》中引了韩愈的《息国夫人墓志铭》："右志不书讳。妇人重在姓，故或略之也。又一例也。"从这里可以看到，"妇人重在姓"的意识还是很强烈的，而由第三者书写的墓志铭中的大部分也都是有所省略的。可是，宋人记录自己妻子的名讳、字等却已经不再是什么稀奇的情况了。

不仅记录妻子的去世年月日，对其出生年月日也进行记录是宋人的墓志铭另一个引人注目的特点。下面就列举南宋的几个例子：

> 夫人生以绍兴三十二年九月五日。
>
> （吕祖谦《祔芮氏志》）

> 生乾道寅六月初吉。
>
> （刘宰《继室安人梁氏圹铭》）

> 生于嘉定丙子闰月己酉。
>
> （陈著《前妻童氏墓表》）

> 某先娶夫人姊……生绍定戊子十月辛丑朔日之申。……夫人以庚寅六月辛酉朔日之巳生。
>
> （姚勉《梅庄夫人墓志铭》）

> 生辛丑九月二十三日。
>
> （赵文《亡室胡氏墓志铭》）

---

① 《唐文拾遗》卷三二。

这也可以说是想尽量将妻子的情况具体明确地保留下来的意识之表现吧①。

## 六、日常生活中的妻子

上面我们从讲述亡妻的作品中考察了宋代文人官僚们是如何看待自己妻子的，而这些作品的出现是有一定的基础的。日常生活中的妻子也是他们创作的题材、诉说的对象。在孤身一人的旅途上怀念妻子或者寄赠给妻子的诗作自古有之。宋人的别集中亦经常能够看到这类作品，其数量明显较以前增多。但是吟咏离情并不是宋人的特征，在将妻子作为人生的同行者、捕捉日常生活中妻子的身影，这才是宋人的特征。例如，在梅尧臣的《舟中夜与家人饮》中这样吟咏道：

> 月出断岸口，影照别舸背。
>
> 且独与妇饮，颇胜俗客对。

---

① 在墓志铭中记载生年月日，大约是在宋代以后才开始的。有关宗室（无论男女）、高官或是在二十岁之前夭折者（不拘性别）的生年月日的记载在北宋已经出现了。但是，有关士大夫及其夫人等生年月日的记载在北宋还是很稀少的，南宋以后才有所增加。这或许与第七章所论述的寿词的盛行有着某种关联。现将几例列举如下：

> 生于宝元二年二月丙子，死于崇宁四年闰二月己巳。
>
> 北宋谢逸《吴夫人墓志铭》
>
> 夫人以宣和五年五月某日生，以开禧二年十一月甲辰卒，享年八十有四。
>
> 南宋陆游《夫人樊氏墓志铭》
>
> 生于宣和癸卯之二月二十八日，殁于淳熙六年之十月二十五日。
>
> 陈亮《方元卿墓志铭》
>
> 君生于嘉泰甲子之七月辛巳，殁以宝祐乙卯之十有一月甲午，仅年五十有二。
>
> 姚勉《丰城邹君墓志铭》

附带说一下，白居易在《醉吟先生墓志铭》中写道：

> 大历六年正月二十日生于郑州新郑县东郭宅，以会昌六年月日终于东都履道里私第，春秋七十有五。

此墓志铭恐怕是笔者目力所及唐代传世文集中唯一的例子。

梅尧臣将与妻子对酌的只时片刻看作是自己生活中的宝贵时光。此外，在张耒（1054—1114）的《雨中五首》其五所说的"三日不止雨，阴云生我堂。……呼童倾一榼，独对孟光尝"中，亦可以看到他是如何爱惜与妻子举杯同酌的片刻时光中所享受到的那份安适之情的。

下面所举的是舒岳祥（1217—?）的《雨余草树间羽虫乱鸣山斋晚酌朋辈已散……既醉而卧卧而觉家人尚明灯事绩说向来鼻鼾雷鸣两山皆撼也戏作示之》诗，通过此作品的长篇题目与下面的引用内容，生活中夫妇间的应答情形就已经依稀浮现在读者眼前了：

> 秋虫不用喙，动羽哀更清。
> 夜长不肯默，我眠渠自鸣。
> 我则异于是，鼻息为雷声。
> 止作不以力，大音自天成。
> 鼻吼耳不知，此乐尤难名。

此外，王十朋在《荆妇夜绩》诗中对日常灯下绩线的妻子身影作了如下吟咏：

> 凉飙堕黄叶，促织催女工。
> 爨丝不堪织，细君哀我穷。
> 青灯绩深夜，绩成寒素风。
> 愿为隐者衣，德耀随梁鸿。

下面所要列举的是拥有其他侧面的诗作。首先看下面梅尧臣的《梅雨》诗。根据朱东润《梅尧臣集编年校注》的考察，这是至和二年（1055）梅尧臣在宣城（今属安徽省）为母服丧时的作品。其后半部分中这样说道：

> 四向不可往，静坐唯一床。
>
> 寂然忘外虑，微诵黄庭章。
>
> 妻子笑我闲，曷不自举觞。
>
> 已胜伯伦妇，一醉犹在傍。

这里描述了妻子（继室刁氏）细心体贴地向因长雨所困无所事事的作者劝酒。"伯伦"是晋代的酒豪刘伶，其妻子苦劝其禁酒而刘伶最终没有听取。接下来所举的苏轼题为《小儿》的诗也同样吟咏了向自己劝酒的妻子。这是苏轼在密州（今属山东省）任知州时代的作品，诗中的"老妻"指的是继室王氏（同安君）。最后的两句可以看出是受到了前揭梅尧臣诗句的影响：

> 小儿不识愁，起坐牵我衣。
>
> 我欲嗔小儿，老妻劝儿痴。
>
> 儿痴君更甚，不乐愁何为。
>
> 还坐愧此言，洗盏当我前。
>
> 大胜刘伶妇，区区为酒钱。

诗里所表现的都是作者对妻子的感激之情。这份感激自然是源自妻子宽容地向闷闷不乐的作者殷勤劝酒。假如我们做更深一层理解的话，对梅尧臣的丧母之痛、苏轼因反对王安石新法而遭排斥的愤懑表示理解的，正是他们患难与共的妻子。这一解释难道不应该得到首肯吗？当宋人把妻子作为自己的理解者来看待的时候，出现下面这样的诗就是理所当然的了。

让我们来看一下欧阳修（1007—1072）寄赠给第三任妻子薛氏的《班班林间鸠寄内》诗：

> 班班林间鸠，谷谷命其匹。

　　迨天之未雨，与汝勿相失。

　　作品模仿《诗经》的比兴，以恩爱比翼的斑鸠开篇。人类讥笑其造巢粗糙低劣，但其正因为寡欲所以欣欣然，令人羡慕。与此相对，在人间的世界里：

　　　　吾虽有家室，出处曾不一。
　　　　荆蛮昔窜逐，奔走若鞭挞。

自己却被贬为夷陵（湖北省）县令。作者娶薛氏就是在那时候。

　　　　山花与野草，我醉子鸣瑟。
　　　　但知贫贱安，不觉岁月忽。

在孤寂无聊的左迁生活中，妻子的存在给了他心灵上的安慰。此后，诗人吟咏从自己被召回京到现在庆历五年（1045）的经历：

　　　　近日读除书，朝廷更补弼。
　　　　……
　　　　小人妄希旨，论议争操笔。
　　　　又闻说朋党，次第推甲乙。

　　作品中涉及了著名的朋党之争。这一事件肇端于庆历三年（1043），因欧阳修等谏官攻击夏竦，阻止其就任枢密使，从而使其遭到罢免一事。其后，夏竦一派反击说韩琦、范仲淹、欧阳修一派纠结朋党，从而发展到政治上的纷争。身在漩涡中的欧阳修有心引退，在作品的最后，作者询问妻子：

　　子意其谓何，吾谋今已必。

　　子能甘藜藿，我易解簪绂。

　　嵩峰三十六，苍翠争耸出。

　　安得携子去，耕桑老蓬荜。

这是欧阳修在征求妻子对自己退隐山林的意见。像这样在诗中表明自己
的政治立场来征求妻子意见的作品是很罕见的，但表露自己的人生观，
向妻子表述自己今后的生活方式或是征求其意见的作品在宋人中是屡有
存在的。试看以下周紫芝（1082—?）的例作。《九月十六日示内二首》
中的第一首，这被认为是在其妻高氏的生日时所作：

　　又见黄花日，清觞且对飞。

　　白头夫妇少，无事笑谈稀。

　　官小何时去，家贫几日肥。

　　更须烦德曜，相伴老残晖。

诗中的"白头夫妇少"似是常套话语，而从宋代的墓志铭中，我们能够
感受到，对于当时的人们来说，"死别"是频繁地发生在自己身边的事
情。正因为这样，这可以说是作者在耳濡目染中深有感触的表现①。作者
对自己和妻子的康健表达了衷心的喜悦，并期望两人共同安度晚年。在
第二首中作者亦对妻子说："人生唯老健，余合付乾坤。"

　　在现实生活中丈夫亦屡屡成为妻子话语的倾听者。试举王十朋《家

---

① 苏洵（1009—1066）的《极乐院造六菩萨记》中明显显示了这一情况。有关部分引用
　如下：

　　　始予少年时，父母俱存，兄弟妻子备具。……自长女之夭，不四五年而丁母夫
　人之忧。盖年二十有四矣。其后五年而丧兄希白，又一年而长子死，又四年而幼姊
　亡，又五年而次女卒。至于丁亥之岁先君去世，又六年而失其幼女。服未既而有长
　姊之丧。悲忧惨怆之气，郁积而未散，盖年四十有九而丧妻焉。嗟夫。三十年之
　间，而骨肉之亲零落无几。

食遇歉有饭不足之忧妻孥相勉以固穷因录其语》诗，其中写到妻子讥笑自己，年日饥荒食量不足，读书并不能充饥饱腹：

> 细君笑谓我，子命难食肉。
>
> 去岁官台省，侥幸食君禄。
>
> 有口不三缄，月奏知几牍。
>
> 圣主倘不容，宁免远窜逐。
>
> 归来固已幸，富贵非尔福。
>
> 东皋二顷田，得雨尚可谷。
>
> 子耕我当耘，固穷待秋熟。

诗中记述了作者在泄气示弱时，妻子以陶渊明爱用的《论语》中的"固穷"之理对他进行了规谏。

以上我们考察了宋代的文人官僚是如何捕捉日常生活中妻子身影的，从中可以看到其与以亡妻为题材的作品具有同样的特征。

最后引用的是陈著（1214—1297）《示内》诗中的一节。陈著在娶了童氏十年之后与之死别，因此这里所说的"内"被认为是指其继室赵氏。

> 婚娶不在早，在此两相宜。
>
> 岂得人无妇，能如子者谁。

这称得上是宋人作品中对妻子表达的最为直率的爱情告白。

# 结　语

恋爱是非日常性的，而夫妻间的感情却建立在日常生活的基础上。宋代的文人官僚们对于这一立足于日常性的爱情表现是积极而又率直的。从宋代诗文中的爱情表现这一点来看，在去除了诗、词、散文等这些概念的区分以后，这一表现可以说是极为丰富的。一般的看法认为，宋诗不再吟咏男女间的恋爱，但这并不代表着恋爱不再为人们所吟咏，只不过其多数由艳诗转移到了艳词上而已。不仅如此，从讲述妻子、表现与妻子对话的作品上可以看出，宋人对男女爱情的表现作了更进一步的发展。有人认为，在宋代特别是南宋时期，朱子道学确立以后，其社会氛围造成了对女性的束缚。但实际情况并不是这样的，这应该是有必要进一步检讨的问题①。

另一方面，从宋代文人官僚的生活意识这一点来看的话，他们既充分认识到自己在政治、经济、思想等方面所肩负的责任，同时也开始重视自己个人生活的琐事，并承认它们的价值②。这一意识的具体表现就是宋代的文人官僚们对妻子的爱情表白，它似乎亦以不同的形式表现在其他各个领域中。而造就近世文人基础的难道不正是这种意识吗？

> **附记**：本章主要据《四部丛刊》及《四库全书》的别集进行调查，对引用作品的出处（别集名称）进行省略不做标示。

---

① 例如，一般认为宋代的女性是不许再婚的。但实际情况并非如此。张邦炜氏在《宋代妇女再嫁问题探讨》（《宋史研究论文集》，浙江人民出版社）一文中有所论述。此外张氏尚有《婚姻与社会（宋代）》（四川人民出版社）一书，笔者未见。
② 这与内藤湖南氏在《近代支那的文化生活》（《内藤湖南全集》八）中所叙述的是相通的。

# 附论：诗人与其妻子

## ——中唐士大夫意识的断面之一

# 序　言

　　在中国文学史上，肩负着国家政治使命的知识分子（士大夫）表述自己的感慨、思想的作品，以个人的名义进行收集传播可以说是在汉代以后发生的事吧。各种各样的题材之中，自然亦包括男女之间的爱情。在儒家思想中，例如《礼记·礼运》中"饮食男女，人之大欲存焉"，《易·序卦》"有天地然后有万物，有万物然后有男女，有男女然后有夫妇，有夫妇然后有父子，有父子然后有君臣"所说的那样，对男女之间的爱情，特别是肯定夫妇间的爱情是无需多言的。可是，首肯男女之间的爱情与在文学作品中表现男女爱情未必是一致的。尤其是士大夫们，以宫女、妓女等为对象的作品不得而知，以自己的妻子为题材，或者是表白自己对妻子的感情，换句说法，毫无遮拦地披露自己的深闺秘事并不是为人所称扬的①。但即使是这样，并不意味着这种作品就完全不存在。后汉秦嘉有《赠妇诗》，晋潘岳有《悼亡诗》。可是，此后一直到唐代前期，这类作品的数量并不是很多。对士大夫来说，创作以妻子为对象，表白对妻子感情的作品，还是有所顾忌的。或者说以自己的妻子为题材进行创作尚没有进入士大夫们的意识之中。可是，这一情况到了中唐以后出现了明显的变化，而到了被作为中国近世出发点的宋代以后，就有决定性的变化。宋人在言及自己妻子时，像是自己的

---

①　例如，陈寅恪氏在《元白诗笺证稿》中说道："吾国文学，自来以礼法顾忌之故，不敢多言男女间关系，而于正式男女关系如夫妇者，尤少涉及。盖闺房燕昵之情意，家庭米盐之琐屑，大抵不列载于篇章，惟以笼统之词，概括言之而已。"（1978，上海古籍出版社版，99 页）

义务一样，并没有表现出丝毫的踌躇。这可以说是近世士大夫们共通意识的表现①。如果是这样的话，中唐这一历史时代的重要性就自然地浮现出来了。

一

公开表明自己对妻子的感情，可以认为在士大夫中是存在着某种自我规制的。而作为解除这一规制的契机首先所能够考虑到的自然是妻子的死亡这一事实吧。当妻子不再是活生生的存在而是远隔幽冥时，士大夫对妻子的感情就通过对死者的哀悼这种形式得到表现。在文学史上，被认作这种作品始祖的是晋潘岳（247—300）哀悼亡妻杨氏的《悼亡诗三首》（《文选》卷二三）。有关潘岳《悼亡诗》的详细论述早已存在，无须赘言②。只是，有必要说明的是，《悼亡诗三首》的连作并不是为了将妻子生前的身影进行形象化而创作的。作者所关心的并不是亡妻本身，而似乎是"妻子的不在"这一情况。这一特点作为"善为哀诔之文"（《晋书·潘岳传》）的潘岳的代表作之一是名副其实的。潘岳此外还有《哀诗》（《艺文类聚》卷三四）以及辞赋体《悼亡赋》（《艺文类聚》卷三四）《哀永逝文》（《文选》卷五七），都被认为是哀悼亡妻杨氏的作品。虽然同一时期的孙楚（？—293）亦有《除妇服诗》③，但在哀悼妻子的作品中像潘岳那样倾注心力的创作是不存在的。在题材方面，潘岳在当时可以称得上是极其特异的存在。无论如何，正是由于潘岳的存在，哀悼亡妻的"悼亡"这一文学题材得到了开拓。以下，让我们来简略地回顾一下"悼亡"的历史。

晚于潘岳半世纪的徐广（352—425）虽有《悼亡赋》（《北堂书钞》

① 有关宋人与妻子，参考本书第十章《丈夫与妻子之间》。
② 参照松本幸男《潘岳的悼亡诗》（《学林》第3号）、兴膳宏《潘岳陆机》（筑摩书房，中国诗文选10）。除此以外，还有在第十章第139页注②中提示的高桥、斋藤两氏的论文等。
③ 见于《世说新语·文学篇》刘孝标注。

卷一五八），可惜仅存四句。宋鲍照（421？—465）亦有《伤逝赋》。据现存数据，最先出现追随者的体裁似乎是赋。诗在梁沈约（441—513）和江淹（444—505）时才出现了追随者，《悼亡》以及《悼室人》十首就是那时的作品。所有的作品都可以说是模仿潘岳的《悼亡诗》，江淹在《杂体诗》中例举了潘岳，以将《悼亡诗》为拟作对象而闻名。入谷仙介氏认为，比起沈约来，江淹试图超越潘岳的意图是值得首肯的①。同样在梁代，稍微晚于沈江二家的萧子范有《伤往赋》（《艺文类聚》卷三四），更有庾信（513—581）的《伤往》二首。这恐怕是六朝最后的作品。在隋朝薛德音（？—621）的《悼亡诗》之后，"悼亡"作品就失去了踪迹，其创作的重开不得不等到中唐时期。以上，从西晋后期到中唐期的大约四百五十年间，共有九家"悼亡"作品有所留存②。作为历时性的现象这可以看作是"悼亡"传统的确立，可是，从数量上来说未免过于稀少，不足以称之为共时性的现象。可以想象在这一时期，即使表现"悼亡"的场所得到保障，描述自己妻子的士大夫们的自我规制，或者说其毫不关心的程度，依然是非常强的。

二

经过了初盛唐的空白期，到了中唐时"悼亡"作品再次出现了。据笔者管见，戴叔伦（732—789）下面的诗应该是最早的例作吧。虽然它并没有《悼亡》或《伤逝》那样六朝以来的题目，但在广义上称它为"悼亡"也是无妨的。其《妻亡后别妻弟》诗云：

> 杨柳青青满路垂，赠行惟折古松枝。
>
> 停舟一对湘江哭，哭罢无言君自知。

---

① 第十章第 139 页注②中提示的《有关悼亡诗——从潘岳到元稹》。
② 至此所列举的悼亡诗的多数，在前注入谷以及深泽两氏论文中皆有言及。

这是在妻子死后赠送妻弟的诗，虽然没有正面言及丧妻的悲哀，但末一句却充分表达了悲痛的心情。至此所提及的"悼亡"作品，正因为其都以《悼亡》《伤逝》等诗题明确地表明了属于潘岳以来的传统范围，从正面言及了丧妻的悲痛，所以才使其成为了士大夫的文学作品，而戴叔伦的这首诗，正是显示不以故意经营的姿势来吟咏"悼亡"的开始。据权德舆的《戴公墓志铭》（《权载之文集》卷二四）可得知，戴叔伦先娶韦氏，次娶崔氏，两人都早早辞世。此诗中的"妻子"具体指韦氏还是崔氏不得而知，但从诗中的"湘江"一语，可以认为是其在湖南时的作品，应该是 760 年作者二十九岁以后的作品。此外，戴叔伦尚有通过年幼的女儿怀念亡妻的《少女生日感怀》七律诗①，但无法确定这里的小女儿是出自韦氏还是崔氏。

与戴叔伦同时期的韦应物（737—791?）亦有一系列的悼亡诗②。作为韦应物诗的特征，别的暂且不提，十九首连作的数量之多是空前的。在此不厌其烦地列举一下其具体的诗题：《伤逝》《往富平伤怀》《出还》《冬夜》《送终》《除日》《对芳树》《月夜》《叹杨花》《过昭国里故第》《夏日》《端居感怀》《悲纨扇》《闲斋对雨》《林园晚霁》《秋夜二首》《感梦》《同德精舍旧居伤怀》。总体上来说，以季节的迁移为背景来吟咏悲伤的特点可以说是受到了潘岳的强烈影响。但是正如诗题所表现出来的那样，十九首诗从各种各样的角度来吟咏的特点也是从所未有的。可是，尤其重要的是，此前以潘岳诗为代表的作品缠绕在妻子辞世的"现在"的这一时间概念，在韦应物的诗中开始向着与妻子生活过的"过去"而流动。例如，第一首的《伤逝》中有这样的句子：

---

① "五逢晬日今方见，置尔怀中自怅然。乍喜老身辞远役，翻悲一笑隔重泉。欲教针线娇难解，暂弄琴书性已便。还有蔡家残史籍，可能分与外人传。"

② 关于韦应物的悼亡诗，已在前注中言及深泽一幸氏有专论。另外，2007 年在西安发现了韦应物的墓志铭（丘丹撰）及韦应物自身为妻子元苹所作的墓志铭。根据这些可以知道，元苹在天宝十五载（756）十六岁时嫁给了当时二十岁的韦应物，大历十一年（776）九月三十六岁辞世。详细情况参照马骥《新发现的唐韦应物夫妇及其子韦庆复夫妇墓志考》（《纪念西安碑林九百二十周年华诞国际学术研讨会论文集》，2008，文物出版社）。

结发二十载，宾敬如始来。

提携属时屯，契阔忧患灾。

柔素亮为表，礼章夙所该。

仕公不及私，百事委令才。

韦应物在诗中对结婚二十年来能够令自己"仕公不及私，百事委令才"的妻子的贤明表示了感谢。作者们的这一感情最终向着妻子生前的影子、两人的生活等个别而具体的形象化延伸。其代表性的例子就是元稹，他的"悼亡"作品可以称得上立足于唐代悼亡文学的顶点，有待以后做详细的论述，现在，首先让我们来确认一下在唐代中期，安史之乱后再次出现的悼亡诗中萌生的悲哀表现的个别化、具象化的变化。

## 三

在韦应物创作了十九首悼亡诗以后，孟郊（751—814）亦开始了悼亡诗的创作。他的《悼亡》诗内容如下：

山头明月夜增辉，增辉不照重泉下。

泉下双龙无再期，金蚕玉燕空销化。

朝云暮雨成古墟，萧萧野竹风吹亚。

有关孟郊妻子的情况不得而知。从《旧唐书》本传"郑余庆镇兴元，又奏为从事，辟书下而卒。余庆给钱数万葬送，赡给其妻子者累年"的内容中，所能够知道的仅仅是孟郊至少娶过两位妻子的事实而已。因此，此诗创作时期是无法知道的。而诗的内容亦与此相应，缺乏具体性，并且看不到韦应物诗中所有的变化的征兆。但孟郊创作悼亡诗的事实是值得留意的。而孟郊的晚辈诗人刘禹锡（772—842）也存在"悼亡"作品之事实就更加值得注目。

### 《谪居悼往二首》

其　　一

恒恒何恒恒，长沙地卑湿。

楼上见春多，花前恨风急。

猿愁肠断叫，鹤病翘趾立。

牛衣独自眠，谁哀仲卿泣。

其　　二

郁郁何郁郁，长安远如日。

终日念乡关，燕来鸿复还。

潘岳岁寒思，屈平憔悴颜。

殷勤望归路，无雨即登山。

其一中的"仲卿"指后汉王章。他在长安苦读之时曾卧病在床，身裹"牛衣"哀泣沮丧，从而遭到妻子的责备。此二首中"流谪"与"妻亡"两种异常状况相重合的背景，与一般的"悼亡"有所不同。因此，将其单纯地与"悼亡"作品相比较有一定的困难。然而，在顾及"谪居"这一生活状况时，可以认为诗中所表现的时间并不是指向于过去的。关于此诗的创作年代，从诗题中的"谪居"、诗中的地名"长沙"，可以推测应该是在刘禹锡被流放朗州时所作，即从永贞元年（805）到元和九年（814）之间的早期作品。刘禹锡尚有《伤往赋》，据瞿蜕园《刘禹锡集笺证》的考证，刘禹锡曾娶薛謇长女，但是继室，此赋之对象似是其原配夫人。刘禹锡之原配夫人的情况并无据可查，此前所揭《谪居悼往》或许是针对薛氏，但并不能确定。《伤往赋》篇幅较长，此处不作引用，但其序文却值得注目：

　　人之所以取贵于蚩走者，情也。而诞者以遣情为智，岂至言耶。

予授室九年而鳏，痛若人之夭阏弗遂也。作赋以伤之，冀夫览者有
以增伉俪之重云。

从这里我们可以看到刘禹锡积极表现悼念之情的姿态。

以上例举的戴叔伦、韦应物、孟郊、刘禹锡的作品，都是在安史之
乱之后短短的五十年间出现的。进入中唐之后，"悼亡"成了一种共时性
的现象。不仅如此，从形式上来看，"悼亡"作品已经不再局限于诗、辞
赋等体裁了。

# 四

以与李华、萧颖士并列初期古文家而为人所知的独孤及（725—
777），有祭奠亡妻崔氏的祭文《祭亡妻博陵郡君文》。无论死者是男女
老幼，为其作墓志铭、祭文之事古来有之。但是依笔者管见，丈夫亲
自为妻子撰写祭文并有所流传的，独孤及之前并无先例①。在此引用其
全文：

> 维大历八年二月十五日，检校司封郎中兼舒州刺史独孤及，谨
> 以清酌菜果之奠，祭于故博陵郡君之灵。呜呼。及顾惟鄙薄，谬忝
> 好合。采蘩助祭，岁时未几。执手偕老，昊天遽夺。齐体苦晚，遗
> 迹太早。犹未知寿域有涯，短长已臻其极耶。将及薄祜速疊，宜为
> 淑明所弃耶。屋壁挂存，琴瑟响绝。修法劝义，今将畴依。日月有
> 时，龟筮告协。将涉故路，祔于先茔。及为印绶所拘，不获亲自封

---

① 罗联添《独孤及年谱》（《唐代诗文六家年谱》所收）似乎对独孤及的妻子有所误解。
《前左骁卫兵曹参军河南独孤公故夫人韦氏墓志》（《全唐文》卷三九一）中的韦氏是
独孤及的兄长独孤巨的妻子（参照《殇子韦八墓志》）。独孤及在崔氏死后娶了继室
（姓不详），生下了朗、郁二子。另外，在显庆（656—660）年间的顾升，有对亡妻
遗物所作的《瘗琴铭并序》与《题妻庄宁书心经后》（《全唐文》卷二〇〇）。这虽
然是孤立的例子，却是值得注目的。

树。岂虞此别，死生间之。往岁方舟偕来，今也单辀独归。郊圻一恸，心骨可绝。顷者万事，无非去尘。变化茫茫，往矣何道。今也卮酒，将抒永别。尚飨。

这是大历八年即七七三年，独孤及四十九岁时之作。文章为不押韵的散文体，叙述了自己因公务而不能伴棺归乡的悲痛。继独孤及之后，符载创作了《祭妻李氏文》（《全唐文》卷六九一）。《祭妻李氏文》全文只有一百一十二字，内容亦没有密切贴近二人生活的描写，所表现的是一种一般化了的悲伤。然而即便如此，符载这一作品也向我们表明了独孤及的例子并不是孤立存在的事实。实际上，符载于元和九年（812）将殡在浔阳的李氏改葬于凤翔的时候，写下了《亡妻李氏墓志铭》（《唐文拾遗》卷二八）。由此可知，李氏死于贞元十一年（795）。像这样，丈夫为妻子撰写墓志铭的例子，也与祭文一样，在中唐以前是看不到的。再进一步举例来看的话，王绅亦于贞元十七年（801）写下了《周氏墓石》（《全唐文》卷六八四）。而最为引人注目的是柳宗元在《亡妻弘农杨氏志》中，在叙述了其家世及自杨氏幼时到结婚的状况之后，对婚后的杨氏做了如下的描述：

　　夫人既归，事太夫人，备敬养之道，敦睦夫党，致肃雍之美。主中馈，佐蒸尝，怵惕之义，表于宗门。太夫人尝曰："自吾得新妇，增一孝女。"况又通家，爱之如己子，崔氏裴氏姊视之如兄弟，故二族之好，异于他门。然以素被足疾，不能良行。未三岁，孕而不育，厥疾增甚。明年，以谒医救（当作求）药之便，来归女氏永宁里之私第。八月一日甲子，至于大疾。年始二十有三。呜呼痛哉。以夫人之柔顺淑茂，宜延于上寿，端明惠和，宜齿于贵位，生知孝爱之本，宜承于余庆，是三者皆虚其应。天可问乎？衰门多疊，上天无佑。故自辛未逮于兹岁，累服齐斩，继缠哀酷。其间冠衣纯采，期月者三而已矣。无乃以是累夫人之寿欤。悼恸之怀，曷月而已矣。

哀夫。遂以九月五日庚午，克葬于万年县栖凤原，从先茔，礼也。
是岁，唐贞元十五年，龙集己卯。

既然是墓志铭，述说妻子的美德是理所当然的。但这里从"素被足
疾，不能良行"的忠实记录，"衰门多疊"以下家门不幸多发，艰辛生活
导致妻子早亡的感慨中，可以看出作者记录杨氏音容笑貌的意图及其对
杨氏的哀切之情。柳宗元在为嫁于崔简的姐姐所作的《亡姊崔氏夫人墓
志盖石文》中，如此说道：

> 我伯姊之葬，良人博陵崔氏为之志。凡归于夫家，为妇为妻为
> 母之道，我之知不若崔之悉也。

由此可知，崔简亦为亡妻柳氏作了墓志铭。而具有重要意义的主要是
其后半部分内容。从那里可以看出，知妻者莫过于夫，因此丈夫为妻
子作墓志铭是理所当然的认识。柳宗元的《亡妻弘农杨氏志》，符载、
王绅的墓志铭所具有的意义是很重大的①。宋代之后，士大夫们为妻子
积极创作墓志铭的现象日益普遍②，而实际上这种倾向在中唐就已经开
始了。

"悼亡"在中唐时成为一种共时性的现象，士大夫们不再拘泥于潘岳
以来的诗、辞赋，而广泛地使用墓志铭、祭文等形式来讲述自己的亡妻。
而正如之前所言及的那样，矗立在"悼亡"顶点的是元稹。接下来就让
我们来具体地看一下元稹的"悼亡"。

---

① 然而符载与王绅的墓志铭原为石刻资料（根据平冈武夫等编《唐代的散文作品》，两
者分别出自《八琼室金石补正》和《古志石华》），柳宗元的文章作为文献流传。墓
志刻石以后深埋土中，不经出土是无法被人看到的。因此，不能否定中唐以前丈夫为
妻子撰写墓志的可能性。可是，在中唐以前没有像柳宗元这样作为文献流传的作品的
存在却具有重大的意义。也就是说，可以认为在大多数情况下，作者是在知道他人阅
读的前提下创作的。

② 参照本书第十章《丈夫与妻子之间》。

# 五

元稹（779—831）为悼念于元和四年（809）七月去世的二十七岁的亡妻韦丛，写下了三十三首诗的事实已经广为人知。在此不厌其烦列举其诗题如下：《夜闲》《感小株夜合》《醉醒》《追昔游》《空屋题》《初寒夜寄卢子蒙》《城外回谢子蒙见谕》《谕子蒙》《遣悲怀三首》《旅眠》《除夜》《感梦》《合衣寝》《竹簟》《听庾及之弹乌夜啼引》《梦井》《江陵三梦》《张旧蚊帱》《独夜伤怀赠呈张侍御》《六年春遣怀八首》《答友封见赠》《梦成之》。元稹的悼亡诗首先在数量上就压倒多数，而对于其作品的特长，日本山本和义氏早就在《有关元稹的艳诗及其悼亡诗》（《中国文学报》第 9 册）一文中，引其代表作《遣悲怀三首》作了如下精确指摘：

> 其诗正如蘅塘退士所说的那样"浅近"。而正是这"浅近"却是此诗最大的特长，此作品的成功也正是因此而获得的。……受到潘岳悼亡诗的影响而创作的元稹的这些作品，却具有与其正相反的特长。元稹的诗是完全聚焦在他与妻子韦丛的个体性上所进行的吟咏。而且，都是从日常性的平面上来捕捉的。

作为具体的例子首先还是从《遣悲怀三首》的第一首来看一下：

> 谢公最小偏怜女，自嫁黔娄百事乖。
> 顾我无衣搜荩箧，泥他沽酒拔金钗。
> 野蔬充膳甘长藿，落叶添薪仰古槐。
> 今日俸钱过十万，与君营奠复营斋。

深受父亲宠爱的韦丛嫁给元稹以后，却陷入了必须甘于贫困的生活状况。此诗第一句到第六句，正是"聚焦在元稹与妻子韦丛的个体性上进行的吟咏"，"从日常性的平面上来捕捉"的。这一手法从下面的作品中亦能得到验证：

> 昔日戏言身后意，今朝皆到眼前来。
> ……
> 尚想旧情怜婢仆，也曾因梦送钱财。

（《遣悲怀三首》其二）

> 四五年前作拾遗，谏书不密丞相知。
> 谪官诏下吏驱遣，身作囚拘妻在远。
> 归来相见泪如珠，唯说闲宵长拜乌。
> 君来到舍是乌力，妆点乌盘邀女巫。
> ……
> 当时为我赛乌人，死葬咸阳原上地。

（《听庾及之弹乌夜啼引》）

这些都是记录往日妻子的轶事、话语的作品，可以说是立足于两人的结婚生活这一日常性的表现上。在诗中出现这一表现，与前述的丈夫亲自为妻子撰写墓志铭、祭文一事应该是有着共同的精神底蕴的。而对于这种立足于日常性的表现的评语，"浅近"一语的确是十分恰当的。《遣悲怀三首》其一中的末二句"今日俸钱过十万，与君营奠复营斋"，不正是最为"浅近"的表现吗？然而，正是这种"浅近性"才是当时多数出身于没落名门、下级士族的科举官僚的士大夫们所发的植根于现实生活的感慨的具体表现。元稹在悼亡诗之外，尚有《祭亡妻韦氏文》，其中亦有这样的内容：

> 始予为吏，得禄甚微。愧目（原作"以日"，今据中华书局本《元稹集》）前之戚戚，每相缓以前期。纵斯言之可践，奈夫人之已而。

元稹的"浅近"实际上也是一种"崭新性"。宋代以后，像这样的感慨宋人时时有发。例如，李觏（1009—1059）在《亡室墓志》（《直讲李先生文集》卷三一）中，在叙述了亡妻陈氏不以贫为苦的美德之后，发出了"讫不得报以死，悲哉"的感叹。此外，许景衡（1072—1128）在《陈孺人述》（《横塘集》卷一九）中亦说道："陈氏从余于忧患艰难中，相与为辛苦。亦庶几寿考安宁之报，而制命不淑，得年不永。"元稹的"悼亡"不仅仅代表了中唐，亦延续至宋代。

充分体现元稹悼亡诗特征的应该是其《六年春遣怀八首》。"六年"指元和六年（811），距离韦丛辞世的元和四年刚好过去了二年。元稹身在左迁的江陵，虽然两年岁月流逝，但元稹的悲哀却依然没有消失，《六年春遣怀八首》其五中的"怪来醒后傍人泣，醉里时时错问君"两句就能得窥一斑。潘岳以来的"悼亡"作品可以推测是在妻子死后一年左右所创作的。在这一点上元稹的存在是极为特殊的。何况《梦成之》诗，据陈寅恪《元白诗笺证稿》的考察是元稹元和九年的作品①：

> 烛暗船风独梦惊，梦君频问向南行。
> 觉来不语到明坐，一夜洞庭湖水声。

丧妻之痛在短暂的一年之间烟消云散，这在现实生活中几乎是不可能的，但这哀痛之情必将消失在时光的流逝之中亦是事实。在这种情况下，铭记丧妻的悲痛，将对亡妻的思念记录在作品中，也可以认为是作者对亡妻的爱的表现。可是，假如换一个角度来看的话，这也是尊重以前夫妻关系的士大夫们的"真诚"心态的表现。正如广为人知的苏东坡在亡妻死后十年因梦而作的《江城子》那样，宋代"悼亡"作品以悲哀

---

① 至第叁拾叁首梦成之云：……则疑是元和九年春之作。何以言之，元氏长庆集壹捌卢头陀诗序云：元和九年张中丞（正甫）领潭之岁，予拜张于潭。同集贰陆何满子歌云：我来湖外拜君侯，正值灰飞仲春瑄。盖微之于役潭州，故有"船风""南行"及"洞庭湖水"之语也。（《陈寅恪文集》之六《元白诗笺证稿》103 页，1978 年）

的持续为特征①。元稹在这一点上也是领先于宋代士大夫们的。

以上，按照所举作品作者的生年来排列的话，其顺序就是独孤及、戴叔伦、韦应物、孟郊、王绅、符载、刘禹锡、柳宗元、元稹。除去王绅和符载，所余皆为中唐的代表诗人、古文家。进而这其中亦可以加上创作《祭故室姚氏文》（《全唐文》卷七三八）的传奇作家沈亚之（？—831?）。从这些中唐的"悼亡"作家来看，仅注目于个人的资质是不能说明问题的。可以认为中唐士大夫们具有对妻子共通的认识或意识。只是，"悼亡"终究仅限于以作者的亡妻为对象，不能否定其中因为是逝者所以而具有的美化或是净化的可能性。因此，我们有必要追述一下，对于自己活生生的妻子，中唐士大夫是如何描述的。

# 六

"悼亡"是以与妻子的死别为创作动机的。而士大夫们创作以妻子为描述对象或者赠给妻子的作品时，可以认为士大夫们首先必须处于与此相类似的，即"生别离"的境况，但大部分的场合并不是后会无期的状况，而是漂泊于羁旅，与妻子处于两地分隔的状况时所作的诗作。而要追溯此类作品的历史，首先要例举的就是后汉秦嘉有名的《赠妇诗》。秦嘉赠送妻子徐淑的诗共有四首收录在《玉台新咏》中：卷一的《赠妇诗三首》（五言）与卷九的《赠妇诗》（四言）。这些作品的创作状况，根据《赠妇诗三首》的短序可以得知。也就是说，"（嘉）为郡上掾。其妻徐淑，寝疾还家，不获面别。赠诗云尔"，这是在"妻子生病"，"与病妻离别"的二重境遇下而创作的诗作②。

接下来要举的是潘岳的《内顾诗二首》，亦收录在《玉台新咏》卷二中。正如其一中所描述的"漫漫三千里，迢迢远行客。驰情恋朱颜，

① 详细情况参照本书第五章《苏东坡的悼亡词》以及第十章《丈夫与妻子之间》。
② 《玉台新咏》卷一亦收有徐淑的《答诗》。此外，两人之间的往复书简亦有流传（《艺文类聚》卷三二）。以下引《玉台新咏》原文，均据清吴兆宜笺注本。

寸阴过盈尺"那样，这是身在羁旅思念妻子的诗作。潘岳之后暂无诗作，一直要等到梁代徐悱（？—524）才可见其创作的《对房前桃树咏佳期赠内》《赠内》（《玉台新咏》卷六）二首远寄离妻的诗作。此外，有同样是梁代的刘孝威（？—548）的《郡县遇见人织率尔寄妇》（《玉台新咏》卷八）、庾丹的《夜梦还家》（《玉台新咏》卷五），这些都被认为是在旅途所作的诗。以上数量虽少，但在唐代以前怀念两地分隔的妻子的诗作的存在，可以说与"悼亡"诗呈现相同的趋势。只是，异于此类作品的诗亦有存在，必须加以探讨。首先要例举的就是晋嵇含（263—306）的《伉俪诗》（《初学记》卷一四）：

> 余执百两辔，之子咏采蘩。
> 我怜圣善色，尔悦慈姑颜。
> 裁彼双丝绢，著以同功绵。
> 夏摇比翼扇，冬坐蛮蛮毡。
> 饥食并根粒，渴饮一流泉。
> 朝蒸同心羹，暮庖比目鲜。
> 扼用合卺酳，受以连理盘。
> 朝采同本芝，夕掇骈穗兰。
> 临轩树萱草，中庭植合欢。

这首诗是对妻子解说夫妻和合的内容，与此前所举的诗作有着明显的差异。但是，诗的吟咏语调却不能让人联想到现实生活中的夫妇的影子。首二句根据《诗经·召南》的《鹊巢》《采蘩》之句开篇，"双丝绢、同功绵、比翼扇、蛮蛮毡、并根粒、一流泉、同心羹、比目鲜、合卺酳、连理盘、同本芝、骈穗兰、萱草、合欢"，通篇都以象征夫妇和合的词汇连缀而成。如此彻底的词汇使用，反而让人怀疑这是否是一种戏谑之作。在《玉台新咏》卷三中同样收录了西晋末杨方的《合欢诗五首》，其中第一首和第三首的吟咏语调与嵇含的《伉俪诗》

是极为相似的①。无论是嵇含还是杨方，都可以认为他们的兴趣都是放在如何收集象征夫妇和合的词汇来创作一首诗这一点上的。

接下来要举的是梁代徐君蒨的二首诗。此亦收录在《玉台新咏》卷八中：

### 《初春携内人行戏》

梳饰多今世，衣著一时新。

草短犹通履，梅香渐著人。

树斜牵锦帔，风横入红纶。

满酌兰英酒，对此得娱神。

### 《共内人夜坐守岁》

欢多情未极，赏至莫停杯。

酒中挑喜子，粽里觅杨梅。

帘开风入帐，烛尽炭成灰。

勿疑鬓钗重，为待晓光来。

这两首诗都不以离别为背景，在吟咏日常生活的某一镜头这一点上，与先前所举的作品有着明显的差异。而遗憾的是题目中的"内人"这一意象丝毫没有得以浮现亦是事实。第一首以春天的行乐为中心，妻子虽然出现在第二句中，但其影子却埋没在同时出行的众多女性之中。第二首亦以吟咏团聚"守岁"的欢乐为中心，妻子仅仅是在末二句中略有言及而已，从中并不能传达作者对妻子的思念。这里积极地将妻子的影子进行形象化描写的意欲似乎也还是很稀薄的。这或许终归是应该将其置放在《玉台新咏》所代表的梁代文学的氛围中去理解的作品吧。

---

① 《合欢诗》其一、其二是异曲同工的。现在，引用类似于《伉俪诗》的句子如下："食共并根穗，饮共连理杯。衣用双丝绢，寝共无缝裯"、"齐彼同心鸟，譬此比目鱼"、"寝共织成被，絮用同功绵。暑摇比翼扇，寒坐并肩毡"、"齐彼蛩蛩兽，举动不相捐"。

以上，我们总结了到唐代为止的作品。可以说，在以活生生的妻子为吟咏对象时，终究有着与"悼亡"写作类似的标准，将别离的思念作为描写的中心。而像这样的诗作在唐代之后依然有所创作的事实是不难想象的。因为不仅是局限于妻子，吟咏别离是中国古典诗的中心主题之一。问题的所在点是：即使吟咏的是自己的妻子，它是局限在与妻子离别的思念上呢，还是发生了某种转换呢？

<h1 style="text-align:center">七</h1>

即使是在进入唐代后的一段时间内，情况也并没有变化。初唐期间所能列举的不过是崔融（653—706）的《塞上寄内》和苏颋（670—727）的《春晚紫微省直寄内》而已。前者为五言四句的短诗，值得注目的是苏颋的《春晚紫微省直寄内》诗：

> 直省清华接建章，向来无事日犹长。
> 花间燕子栖鹈鹕，竹下鹓雏绕凤皇。
> 内史通宵承紫诰，中人落晚爱红妆。
> 别离不惯无穷忆，莫误卿卿学太常。

这里的"建章""鹈鹕"都是借用汉代宫殿的名称。"凤皇"指宫中池塘"凤凰池"，亦为中书省别称。末句运用了"生世不谐，作太常妻，一岁三百六十日，三百五十九日斋，一日不斋醉如泥"（《后汉书·儒林传下》）的后汉周泽的故事。诗从初句到第六句吟咏在中书省宿直的样子，末二句采取了直接向妻子诉说的方式，宛然是夫妻之间亲昵调侃的语调。作者对妻子的心情只表现在两句之中，在依恋留在家中的妻子这一点上也与历来的作品没有什么变化。但是值得留意的是，宿直是身为官僚的日常职务，并不是什么特殊状况。而在这种情况下寄诗给自己的妻子，恐怕是以前所没有的。可是，不得不说这首诗依然是孤立的例子。苏颋以后, 即使是到了盛唐时期, 其情况与初唐时期相比, 也没有什么变化。吟咏妻子或是寄赠给妻子的诗作在这一时期几乎是找不到的。而这类作品的再次出现是要等到活跃在盛唐与中唐交接时期的李白 (701—762) 和杜甫 (712—770) 的登场。

李白有众多诗作寄赠给妻子的事实是广为人知的。现试举其诗题就达十首:《秋浦寄内》《秋浦感主人归燕寄内》《在浔阳非所寄内》《南流夜郎寄内》《别内赴征三首》《送内寻庐山女道士李腾空二首》《赠内》。其中应朝廷召唤赴长安时的留别之作《别内赴征三首》与为远出家门的妻子送别的《送内寻庐山女道士李腾空二首》是从来所未有的诗作, 让人感觉到赠寄妻子诗作的世界有所扩展。此外,《赠内》诗创作时的状况不为人知, 但将自己对妻子的戏谑之意托付在诗中却的确是崭新的手法:

> 三百六十日, 日日醉如泥。
>
> 虽为李白妇, 何异太常妻。

李白送给妻子的诗虽然值得注目, 但既不是科举官僚, 又无意跻身科举的他, 在当时的士大夫中应该是特立独行的存在。至少从我们现在所了解的李白形象中, 这一印象是难以抹杀的。因此有关李白, 笔者仅止于此处的批评, 不做深入讨论。

像李白那样直接寄诗给自己的妻子的, 或者讲述有关妻子的诗作, 杜甫几乎是没有的。唯一的例外可以说就是下面的这首《月夜》吧:

> 今夜鄜州月, 闺中只独看。
>
> 遥怜小儿女, 未解忆长安。
>
> 香雾云鬟湿, 清辉玉臂寒。
>
> 何时倚虚幌, 双照泪痕干。

这是杜甫在安史之乱时, 身陷长安贼中思念留在鄜州的妻子与孩子时所作的诗，除去第二联都是以妻子为对象吟咏的。但是，正如第三联所表现的那样，在妻子的形象中尚且残留着六朝诗风的那种妍丽。而在这首诗之后，杜甫诗中频频有其妻子的登场，这是不得不留意的。吉川幸次郎氏在这首诗的注解的"余论"中有过论述（《杜甫诗注》第 3 册，筑摩书房，1979，133 页）。虽然篇幅稍长，因其论点补充了笔者所作的议论，特引用如下：

> 对于家族成员的细腻感情是杜诗的一大特长，而明显地对其进行表现的就是从这首诗以及接下来的牵挂幼儿（笔者按：《遣兴》）等作品开始的。杜甫的监禁生活在这一方面上也展开了一个崭新的局面。特别是其对妻子的感情，同时也可以说是文学史上的问题吧。夫妇之间的感情抒发，妻子对于丈夫的倾诉自从《诗经》以来作品丰富，六朝文学中所谓的"闺情"亦是传统题材之一。可是丈夫对妻子的感情抒发在传统上却是很贫乏的。即使是在《诗经》中，除了《豳风·东山》的出征兵士们"妇叹于室"之外亦无所见。《文选》中只有晋潘岳哀痛亡妻的"悼亡"诗三首一目了然，汉代无名氏的《古诗十九首》中的某些作品虽有一定的可能性但不是十分的明了。在《文选》之外，例如汉代秦嘉夫妻的应酬诗及其书简，其是在具备些许对话性的同时，被收录在《玉台新咏》《古文苑》中的，《古诗为焦仲卿妻作》是对话的叙事诗化，并不是自然的抒情。而杜诗以此作为开端，之后的诗作中也频频出现"老妻"、"瘦妻"之语。从这一点上可以说他作为书写生活的诗人，有着划时代的意义。

在安史之乱以后杜甫的诗中，妻子的影子时时被吟入诗中的现象是不可否认的事实。略举其例如下：

> 老夫情怀恶，呕泄卧数日。
> 那无囊中帛，救汝寒凛栗。

粉黛亦解苞, 衾裯稍罗列。

瘦妻面复光, 痴女头自栉。

(《北征》)

妻孥怪我在, 惊定还拭泪。

……

夜阑更秉烛, 相对如梦寐。

(《羌村》其一)

老妻书数纸, 应悉未归情。

(《客夜》)

这些广为人知的诗毋须赘述。特别是如《北征》诗例中所能看到的那样, 将妻子的影子具体形象化描述的确是杜甫的特长。此外, 这里所有的并不是离别那样的特殊事件, 而是将其作为日常生活中的琐事来吟咏的。试再举几例:

入门依旧四壁空, 老妻睹我颜色同。

痴儿未知父子礼, 叫怒索饭啼门东。

(《百忧集行》)

昼引老妻乘小艇, 晴看稚子浴清江。

(《进艇》)

老妻画纸为棋局, 稚子敲针作钓钩。

(《江村》)

这样的例子在杜甫之前是很难看到的, 仅可以从下面沈佺期(? —713)的《敕到不得归, 题江上石》诗中有所见:

翰墨思诸季, 裁缝忆老妻。

小儿应离襁, 幼女未攀笄。

可是，不难发现，就像在沈佺期的诗中也可以看出来的那样，在杜甫诗中，妻子登场的时候，可以说孩子是必以对偶的形式而随之出现的。在起初所举的《北征》诗中，对孩子的记述就占据了本文中引用内容的前后部分①，《羌村》其一中所"相对"的并不仅是妻子，应该是包括孩子在内的所有家庭成员吧。可以认为实际上，比起妻子来，杜甫的意识更多地倾向于自己的孩子，《北征》中所有的"生还对童稚，似欲忘饥渴"就是这种意识的表现吧。杜甫吟咏家庭成员的诗是划时代的，其意识中家庭成员的构置用图例来表示的话，或许应该是这样的构图。

这一形式移向于下面的构图似乎需要一定的时间。

## 八

在进入中唐期间，继李白、杜甫之后，以妻子为题材的诗又呈现出怎样的面貌呢？首先可以说，在孟郊的《别妻家》诗中看到的与妻子的

---

① 此处引用《北征》诗中的相关部分："经年至茅屋，妻子衣百结。恸哭松声回，悲泉共幽咽。平生所娇儿，颜色白胜雪。见耶背面啼，垢腻脚不袜。床前两小女，补绽才过膝。海图坼波涛，旧绣移曲折。天吴及紫凤，颠倒在裋褐。""学母无不为，晓妆随手抹。移时施朱铅，狼籍画眉阔。"作为例外，仅有引用过的《客夜》和《寄题江外草堂》。

留别，虽然李白亦曾以此为作，这一点上是有新意的，不过，《别妻家》中除了末四句"孤云目虽断，明月心相通。私情讵销铄，积芳在春丛"直率地吟咏了作者对妻子的心意之外，并没有什么值得注目的地方。稍微晚于孟郊登场的彭伉与卢储的诗作，都在《唐诗纪事》中有收录：

**彭伉《寄妻》**

莫讶相如献赋迟，锦书谁道泪沾衣。

不须化作山头石，待我东堂折桂枝。

（据卷七九"彭伉妻"条）

**卢储《官舍迎内子，有庭花开》**

芍药斩新栽，当庭数朵开。

东风与拘束，留待细君来。

（据卷五二"卢储"条）

彭伉的诗是送给等待自己科举及第的妻子的，根据《登科记考》的记载，彭伉是贞元七年（791）的进士。卢储的诗是他踏上官途后邀妻赴任地时的作品，卢储是元和十五年（820）的进士。这两首诗都是以官僚生活为背景而创作的，这类诗的出现可以说是中唐时期的特色之一。这两首诗收录在《唐诗纪事》中，所以不能否定其中带有些许的对话成分，而到了窦群（765—814）写《初入谏司，喜家室至》诗时，可以说官僚士大夫的生活和感情就活生生地传达出来了：

一旦悲欢见孟光，十年辛苦伴沧浪。

不知笔砚缘封事，犹问佣书日几行。

根据《旧唐书》的记载，窦群在贞元中从处士被召为左拾遗，诗题中的"初入谏司"就是指这一情况吧。"孟光"就是后汉隐者梁鸿"举案齐眉"的妻子，"沧浪"典出《孟子·离娄篇》，是指自己身为处士时的事吧。成为官僚之前的生活是贫困潦倒的，支撑生活的手段之一就是作者的"笔耕"①。诗的后两句说的是，妻子以为如今与桌案相向的丈夫依然在做着以前的笔耕工作。这其中可以看到作者终于可以让常年甘苦相伴的妻子得到些许宽慰的安堵心情。当然，这一情感是植根于现实生活中的，而这首诗所描写的正是置身于现实生活中的官僚士大夫与其妻子的影子。试再举元稹的《初除浙东，妻有阻色，因以四韵晓之》诗为例：

> 嫁时五月归巴地，今日双旌上越州。
>
> 兴庆首行千命妇，会稽旁带六诸侯。
>
> 海楼翡翠闲相逐，镜水鸳鸯暖共游。
>
> 我有主恩羞未报，君于此外更何求。

元稹从同州刺史转任越州刺史、浙东观察使是在长庆三年（823）八月。这里的妻子已经不是韦丛，而是指继室裴淑（字柔之）。根据卞孝萱《元稹年谱》的考察，元稹娶裴淑是在其左迁通州司马的元和十一年五月时，赴涪州完的婚（268页）。同州位于长安和洛阳之间，远赴千里之外的越州的任命下达后，为谕导不愿前往的裴淑，元稹创作了此诗。第三句中有自注"予在中书日，妻以郡君朝太后于兴庆宫，猥为班首"②，"予在中书日"即长庆二年二月至六月元稹身为宰相之事。诗中的"翡翠""鸳鸯"是夫妇和睦的象征。元稹以官僚的职务来劝说不愿南行的裴淑以求得她的同意。假如以此来非难裴淑的话，只能说是读者的误解，亦非元稹的本意。陈寅恪《元白诗笺证稿》（106页）中说到"案微之此诗，词虽美而情可鄙，夫不乐去近甸而就遐蕃，固亦人情之恒态，何足深责"，其后的"而裴氏之渴慕虚荣，似不及韦氏之能安守贫贱，自可据

---

① 关于这首诗所具有的另外的意义，小川环树先生已经在《书店与笔耕——诗人的生活》（《风与云》所收）中有所论及。

② 命妇朝参的情况参照《唐会要》卷二六"命妇朝皇后"条。

此推知"之评也有失妥当。将在面临官僚生活中寻常的变化时所发生的夫妻之间的意见交换作为诗的题材,这一手法本身是具有一定意义的。陈氏所说的"鄙"不正是此诗的价值吗?这也正与前述"悼亡"的"浅近"是相通的。此外,元稹尚有在元和四年(809)去往东川的途中思念留在京都的韦丛时所作的《望驿台》诗①、听裴淑弹琴而作的《黄草峡听柔之琴二首》《听妻弹别鹤操》诗②亦有相似倾向。

在官僚的现实生活中,吟咏对妻子的思念或是描述妻子的身影,因写下了很多这样的作品而闻名的诗人就是中唐的白居易。

白居易(772—846)的妻子杨氏是友人杨汝士之妹。白居易与杨氏是在元和初,白居易三十年代后半期的时候才结婚的。此后直到晚年,白居易都不停地创作与杨氏有关的诗。其详细情况平冈武夫氏在《白居易与他的妻子》(《东方学报 京都》第36册)一文中有所考察。在此,略举其概要。首先要举的是白居易在新婚时送给妻子的《赠内》诗:

> 生为同室亲,死为同穴尘。
>
> 他人尚相勉,而况我与君。
>
> ……
>
> 人生未死间,不能忘其身。
>
> 所须者衣食,不过饱与温。
>
> 蔬食足充饥,何必膏粱珍。
>
> 缯絮足御寒,何必锦绣文。
>
> 君家有贻训,清白遗子孙。
>
> 我亦贞苦士,与君新结婚。

---

① 可怜三月三旬足,怅望江边望驿台。料得孟光今日语,不曾春尽不归来。

② 胡笳夜奏塞声寒,是我乡音听渐难。料得小来辛苦学,又应知向峡中弹。(《黄草峡听柔之琴》其一)
别鹤凄清觉露寒,离声渐咽命雏难。怜君伴我涪州宿,犹有心情彻夜弹。(其二)
别鹤声声怨夜弦,闻君此奏欲潸然。商瞿五十知无子,便付琴书与仲宣。(《听妻弹别鹤操》)

庶保贫与素，偕老同欣欣。

这里省略的内容是对有名的四名隐者黔娄、冀缺、陶潜、梁鸿夫妇故事的引用。此诗的主旨表现在末二句中：今后的生活或许是贫困而朴素的，但却希望二人能够携手共老。换句话说，在这一来自夫权的训诫背后，白居易征求妻子对自己人生态度的同意。至少在诗的世界中，白居易与妻子杨氏是站立在同一平面的。其后白居易为母服丧而退居在渭村时写下了《赠内》诗：

漠漠暗苔新雨地，微微凉露欲秋天。
莫对月明思往事，损君颜色减君年。

这里所有的极其细腻的感情表现，在元和十年（815）白居易左迁江州的途中送给体弱多病的妻子的《舟夜赠内》诗中也有所抒发：

三声猿后垂乡泪，一叶舟中载病身。
莫凭水窗南北望，月明月暗总愁人。

在江州的某一日，白居易写下了《赠内子》诗，对妻子发出了这样的感慨：

白发方兴叹，青娥亦伴愁。
寒衣补灯下，小女戏床头。
暗澹屏帏故，凄凉枕席秋。
贫中有等级，犹胜嫁黔娄。

在诗中，白居易向着在灯下做针线的妻子说到，贫困亦有等级，嫁给我应该比嫁给黔娄要强一些吧。在两人的身旁，年幼的女儿正在嬉戏游玩。作品中虽然同样有孩子登场，但和杜甫的诗比起来给人的印象却是迥然不同的。白居易似乎是通过自己与妻子之间亲密无间的关系而言及孩子的存在的。在太和八年（834）白居易六十三岁时作的《老去》诗中如此说道：

> 老去愧妻儿，冬来有劝词。
> 暖寒从饮酒，冲冷少吟诗。
> 战胜心还壮，斋勤体校赢。
> 由来世间法，损益合相随。

诗中记录了妻子规劝自己节制"作诗""斋戒"的忠告，像这样记录日常生活中妻子的言行，即使在杜甫时也还没有出现。在会昌二年（842）白居易七十一岁的《二年三月五日，斋毕开素，当食偶吟，赠妻弘农郡君》诗中，作者吟咏了自己与杨氏得以偕老的喜悦。此处引用三十八句长篇的后半部分：

> 忆同牢卺初，家贫共糟糠。
> 今食且如此，何必烹猪羊。
> 况观姻族间，夫妻半存亡。
> 偕老不易得，白头何足伤。
> 食罢酒一杯，醉饱吟又狂。
> 缅想梁高士，乐道喜文章。
> 徒夸五噫作，不解赠孟光。

"弘农郡君"是杨氏的封号、"梁高士"指梁鸿、"五噫"指梁鸿所作的《五噫歌》，见于《后汉书·梁鸿传》。在诗中白居易夸耀即使是梁鸿也只知道在《五噫歌》中抒发自己意欲隐遁的意志，而不懂得赠送诗作给自己的妻子。这其中包含了白居易在饱经风霜后能与妻子携手同老的喜悦。

那么，白居易是如何看待妻子这一存在呢？从宝历元年（825）白居易五十四岁时所作的《和微之听妻弹别鹤操，因为解释其义，依韵加四句》诗中可以得以窥视：

> 义重莫若妻，生离不如死。
>
> 誓将死同穴，其奈生无子。
>
> 商陵迫礼教，妇出不能止。
>
> 舅姑明旦辞，夫妻中夜起。
>
> 起闻双鹤别，若与人相似。
>
> 听其悲唳声，亦如不得已。
>
> 青田八九月，辽城一万里。
>
> 裴回去住云，呜咽东西水。
>
> 写之在琴曲，听者酸心髓。
>
> 况当秋月弹，先入忧人耳。
>
> 怨抑掩朱弦，沈吟停玉指。
>
> 一闻无儿叹，相念两如此。
>
> 无儿虽薄命，有妻偕老矣。
>
> 辛免生别离，犹胜商陵氏。

"微之"自然是指元稹的字。元稹听妻子弹《别鹤操》时有感而作，而这是白居易酬和元稹原唱的诗。但前举元稹的《听妻弹别鹤操》诗为七绝，与此诗诗题是不相符合的。白居易所酬和的或许是元稹的另一首十二韵的诗吧。《别鹤操》为琴曲，其出自在《乐府诗集》卷五八中所引的晋崔豹《古今注》已有所见：

> 别鹤操，商陵牧子所作也。娶妻五年而无子，父兄将为之改娶。
>
> 妻闻之，中夜起，倚户而悲啸。牧子闻之，怆然而悲，乃援琴而歌。

后人因为乐章焉。

围绕所谓"七出"之一的"无子而出"的封建礼教而发生的悲剧，也是古已有之的诗歌题材。白居易在创作此诗的时候，其长子还没有诞生，其长男阿崔是在太和三年（829）出生的（不幸的是阿崔在三岁时夭折）。在如此情况下所发的"义重莫若妻，生离不如死"，"无儿虽薄命，有妻偕老矣。幸免生别离，犹胜商陵氏"之言，可以说是白居易的真情之语吧。

以上，从有关妻子的诗作中应该能够看到中唐之后的变化。与"悼亡"一样，这里面所体现出来的共时性的横向扩展也是能够看到的。其中最为令人瞩目的应该是白居易的存在，但他的诗的出现绝不是什么突发的变异事件，其底层的准备在前面的时代就已经酝酿好了。最后让我们来看一下权德舆的诗，以上所叙述的各点在这里都会得到确认。

# 九

权德舆（759—818）的妻子崔氏是贞元初身为宰相的崔造的女儿。二人于贞元元年（785）春结婚①。《四部丛刊》本《权载之文集》卷一〇收录了三十三首诗，而这些诗实际上都是有关妻子崔氏的诗，而且大体上可以推测这是按照创作年代而排列的②。这一卷被认为是作者有意进行的编辑，而以文集初期的形式流传了下来。卷首所收的就是《祗役江西路上以诗代书寄内》诗。权德舆在贞元二年受江西观察使李兼的辟召，

---

① 有关权德舆的阅历，根据笔者拙稿《权德舆年谱初稿》（《西北大学学报》1993年第4期）。但是，本文所依据的吴汝煜氏考察的权德舆的生年为上元二年（761）的推测实属错误，当为乾元二年（759）。详细内容请参阅蒋寅《权德舆年谱略稿》（《古典文献研究（1991—1992）》1994）。

② 河内昭圆氏有《关于权德舆的赠妇诗》（《大谷学报》第63卷第2号）。其中指出《权载之文集》卷一〇的诗是"大部分是寄给妻子的诗，或者是意识到妻子存在的诗作"，这一论述尚不充分。此处省略对三十三首诗的逐一说明，但可以肯定都是有关其妻子的诗。

由居处润州出发南下,从杭州溯浙江而上,穿过江西到达洪州幕府时为贞元三年春之事。这就是其在途中寄给留守妻子崔氏的诗。正如诗题中所言"代书"那样,作品为六十句的长篇,将如此长篇的诗赠送妻子至此是没有先例的。让我们按照段落来看一下其内容。诗首先以对妻子的思念开篇:

> 辛苦事行役,风波倦晨暮。
> 摇摇结遐心,靡靡即长路。
> 别来如昨日,每见缺蟾兔。
> 潮信催客帆,春光变江树。
> 宦游岂云惬,归梦无复数。

接下来,权德舆回想平日与崔氏的谈笑,谨记妻子的忠言,并对甘于贫困的妻子表示自己的感激之情:

> 愧非超旷姿,循此局促步。
> 笑言思暇日,规劝多远度。
> 鹑服我久安,荆钗君所慕。

另一方面,作者对妻子说到,自己本身困于世务,体弱多病与俗世无缘。又没有才能所以不愿争名夺利自污其身,意欲隐居山林:

> 伊予多昧理,初不涉世务。
> 适因臃肿材,成此懒慢趣。
> 一身长抱病,不复理章句。
> 胸中无町畦,与物且多忤。
> 既非大川楫,则守南山雾。
> 胡为出处间,徒使名利污。

可是为了家人亲族却不得不委身宦途：

> 羁孤望予禄，孩稚待我铺。

即使如此，在下面表明自己志在退隐的部分中，宛如在征求妻子对此的同意：

> 未能即忘怀，恨恨以此故。
> 终当税轨鞅，岂待毕婚娶。
> 如何久人寰，俯仰学举措。

在使用直接对妻子叙述的语调展开作品的一半以后，终于转到了写景上：

> 衡茅去迢递，水陆两驰骛。
> 晰晰窥晓星，涂涂践朝露。
> 静闻田鹤起，远见沙鸰聚。
> 怪石不易跻，急湍那可泝。
> 渔商闻远岸，烟火明古渡。
> 下碇夜已深，上磑波不驻。
> 畏途信非一，离念纷难具。
> 枕席有余清，壶觞无与晤。

在通过叙景吟咏了羁旅的艰辛之后，作品最后再次转向了妻子：

> 南方出兰桂，归日自分付。
> 北窗留琴书，无乃委童孺。
> 春江足鱼雁，彼此勤尺素。

早晚到中闺，怡然两相顾。

以上例举了《祗役江西路上以诗代书寄内》的全篇。这首诗并不是单纯的在旅途怀念自己妻子的作品，可以认为，对权德舆来说妻子是值得倾诉自己人生态度的存在。在继此诗之后的《夜泊有怀》《自桐卢如兰溪有寄》《相思树》《石楠树》《斗子滩》《黄蘖馆》《清明日次弋阳》七首诗都是在旅途上作的。而从下面所举的《中书夜直寄赠》之后就是作者在长安以后的作品了：

通籍在金闺，怀君百虑迷。
迢迢五夜永，脉脉两心齐。
步屧疲青璅，开缄倦紫泥。
不堪风雨夜，转枕忆鸿妻。

以此诗为开端，权德舆在宫中宿直时频频寄诗给妻子。以下列举其七首题目：《病中寓直代书题寄》《端午日，礼部宿斋，有衣服彩结之贶，以诗还答》《上巳日贡院考杂文，不遂赴九华观祓禊之会，以二绝句申赠》《太常寺宿斋有寄》《中书宿斋有寄》《冬至日宿斋，时郡君南内朝谒，因寄》。即使是在日常职务的宿直时也像这样寄诗给自己的妻子，在前面所提到的苏颋时亦有所萌芽，到了权德舆时就已经有一种常态化的感觉了。

权德舆还有表达与妻子共同分享官僚荣达的喜悦的作品。而这一感情，在前面所举元稹的《初除浙东，妻有阻色，因以四韵晓之》诗中已有所流露。此处来看一下 806 年权德舆四十六岁时作的《元和元年，蒙恩封成纪县伯，时室中封安喜县君，感庆兼怀，聊申贺赠》诗：

启土封成纪，宜家县安喜。
同欣井赋开，共受闺门祉。

> 珩璜联采组，琴瑟谐宫征。
>
> 更待悬车时，与君欢暮齿。

　　这样的作品的确让人感觉到一种对名誉的欲望。可是，其中也可以看到作者对支持自己官僚生活的妻子的感谢。这些诗中所表现出来的都是权德舆的真实感情，这无疑是与当时的士大夫是相通的。

　　下面所要例举的是《新月与儿女夜坐，听琴举酒》诗：

> 泥泥露凝叶，骚骚风入林。
>
> 以兹皓月圆，不厌良夜深。
>
> 列坐屏轻篾，放怀弦素琴。
>
> 儿女各冠笄，孙孩绕衣襟。
>
> 乃知大隐趣，宛若沧洲心。
>
> 方结偕老期，岂惮华发侵。
>
> 笑语向兰室，风流传玉音。
>
> 愧君袖中字，价重双南金。

　　正如诗中第七、八句所说的"儿女各冠笄，孙孩绕衣襟"那样，这是在儿女成人孙儿出生后所作的作品。诗题中有"与儿女夜坐"之语，宛如是在吟咏与儿女们的团圆一样，但其重心却是放在"听琴举酒"上。也就是说，弹琴的无疑是妻子崔氏，抒发自己听琴时的所思是诗作的中心。事实上，诗的后半部分都是对着崔氏诉说的语调。末二句中的"袖中字"来自《古诗十九首》《文选》卷二九其十七的"客从远方来，遗我一书札。上言长相思，下言久离别。置书怀袖中，三岁字不灭"，"双南金"来自晋张载《拟四愁诗》的"佳人遗我绿绮琴，何以赠之双南金"。对权德舆来说，有了妻子才会有儿女、家人。而吟咏常年与相伴的妻子儿孙的团圆之句"乃知大隐趣，宛若沧州心"是值得瞩目的。"大隐"一语基于晋王康琚《反招隐诗》（《文选》卷二二）的"小隐隐陵

薮，大隐隐朝市"句。从这里可以看出作者肯定身在"朝市"妻儿欢聚
的积极姿态。进而，正如可以从"愧君袖中字"所知道的那样，崔氏是
会作诗的女子。《权载之文集》卷一〇所收的《酬九日》《和九日从杨氏
姊游》《和九华观见怀贡院八韵》《酬南园新亭宴会璩新第慰庆之作》四
首作品，都被认为是酬和崔氏的诗。题目中的"杨氏姊"是指嫁给杨宏
微的崔氏的姊，"璩"指权德舆的长男。现录其中的一首短篇《酬九日》
于其下：

> 重九共游娱，秋光景气殊。
>
> 他时头似雪，还对插茱萸。

一般情况下对于唐代士大夫的妻子是否有学问和教养是不能断言的，
当时看重"门当户对"的贵族风潮依然是很强烈的，所以具有学问教养
的妻子并不太多，而注重这些的士大夫似乎也很少①。到了中唐期后，白
居易在《赠内诗》中所提到的，自己的妻子杨氏"君虽不读书，此事耳
亦闻"是没有学问教养的，而元稹的前妻韦丛似乎也是这样的。虽然这
些都是事实，但可以认为这一状况在逐渐地发生着变化，并与宋代有着
密切的关联。作为引人兴趣的诗例，从元稹《酬乐天东南行诗一百韵》
序文的"通之人莫可与言诗者，唯妻淑在旁知状"之句中可以得知，元
稹的继室似乎是有一定的文化教养的。一般认为在士大夫们出任地方官，
或是因左迁流谪而远赴偏远之地时，他们身边具有学问教养的人会很少。
那种时候，作为议论诗作的对象除了僧侣以外，恐怕就只有自己的妻子
了吧。

中唐时期的士大夫们是如何看待创作跟妻子有关的诗作这一事情

---

① 例如，高世瑜在《唐代妇女》（147 页）中提到："唐代婚姻又很重视门当户对、'当色
为婚'。不仅良贱绝不能通婚，良民中也多是同一阶层通婚。唐代虽不像前代，士、庶
界限那样严格、婚姻圈那样封闭，但士庶族望观念仍然十分强烈。……女子被人挑选的
资本则一在容色，二在钱财。"

呢？这还是能够从权德舆给亲友张荐的《与张秘监书》（《权载之文集》卷四一）中得以窥见的。这一书简之初说到"顷因从容纵言，遂及曩岁与外舅相国有往复书，猥见征求"，张荐请求浏览权德舆与外舅崔造之间的往复书简，应张荐的这一请求，权德舆在书简中这样说道：

> 顷年祗役江西，在路有寄内诗一首。音词芜陋，顾非士衡彦先之比。

"寄内诗"无疑是指前面所举的《祗役江西路上以诗代书寄内》一诗。"士衡彦先"指的是收录在《玉台新咏》卷三中的晋陆机代替顾彦先赠送给他妻子的《为顾彦先赠妇》二首。权德舆主动地将自己赠送给妻子的诗给张荐看。而张荐也在附载在《权载之文集》中的回信中，称其为"继美彦先之句"，并将其与其他的作品一起称誉道：

> 讽而诵之，宝而藏之，有以见六义昭宣。百行醇备，名称赫赫，宜乎哉！

在这一时期，将自己赠送给妻子的作品送给友人阅览似乎并不是什么值得忌惮的事情。白居易酬和元稹在旅途中寄给妻子韦丛的《望驿台》诗①，亦被认为是出于这种思想意识。

以上，小论例举的独孤及、戴叔伦、韦应物、孟郊、权德舆、刘禹锡、白居易、柳宗元、元稹、沈亚之等作者，都是活跃在八世纪后半叶到九世纪前半叶，即大历到贞元、元和时期的中唐代表诗人、古文家。简略地总结上述的内容，可以说，中唐的士大夫们不仅限于"悼亡"，即

---

① 元稹《望驿台》在第 185 页注①中有所引，此处引白居易的唱和诗如下：

> 靖安宅里当窗柳，望驿台前扑地花。两处春光同日尽，居人思客客思家。

（《酬和元九东川路诗十二首·望驿台》）

使是在创作描写妻子的或者寄赠给妻子的作品的时候，他们已经没有了以往的踌躇，其内容上也发生了很大的变化。而这些都是在昭示，当时的士大夫们意识中正在发生着某种共通的变化。

# 结　　语

　　在诸多方面上，中唐被认为是发生了各种变化的时期。而带来其变化的最大的要因无疑就是安史之乱。特别是对作为肩负着国家命运的官僚士大夫来说，安史之乱的意义是极大的。在玄宗皇帝治下，原本不可动摇的帝国世界就这样轻而易举地被摧毁了。这前所未有的大混乱给士大夫们的意识所带来的变化是不难想象的。可以认为中唐士大夫们以各种各样的方式表现着他们思想意识上的变化。比如，在文学、学问、思想等领域上，兴起了古文运动、新《春秋》学等，与其单纯将这些当作个别现象来看，难道不应该从位于士大夫们的意识底流的共性来捕捉吗？此外，对于僧侣来说，成就其学问教养的基础应该是儒家思想，而由马祖道一所创立的以实践为核心的禅宗的成立与兴隆，不也能够通过同样的观点来看吗①？这种意识上的变化，从男女爱情的表现上也能够看出来。例如，以《李娃传》为代表的传奇小说，开始着眼于描写现实世界中的男女恋爱故事，说明了即使是男女爱情这一极为个人的、狭小的世界，也引起了士大夫们的注意，并且从中寻找出了描写表现的价值。还有白居易的《长恨歌》，纵然其有一定的讽谏意图，但其中所描写的爱情的形式，并不是超越常人的帝王世界所有的东西，终归和常人日常世界中所有的没有什么差别。小论所举的描写自己的妻子、表白自己对妻子爱情的作品，亦可以看作是士大夫意识的表现之一。中唐的士大夫们并没有将自己的个人生活以及由此而发的私人感情看作是没有价值的东西。

---

①　道一等禅宗与中唐士大夫的关联，参照西胁常记《中唐思想——权德舆之周边》（《中国思想史研究》第 2 号），关于权德舆在《祇役江西路上以诗代书寄内》诗中的"章句"，其中亦有论述。

私人的生活、感情也是他们世界的一部分，是与他们作为官僚的公众世界相并立的。"独善"与"兼济"并不是白居易个人的问题，曾经对立的两个概念开始向着并立的状态变化了，而时代的脚步也悄然踏入了近世的大门。

> **附记：** 作品的调查主要依据严可均《全上古三代秦汉三国六朝文》、逯钦立《先秦汉魏晋南北朝诗》、《全唐文》、《全唐诗》。限于篇幅上的关系，作品的出处有所省略。此外，关于人名，除去生年不详的人皆有记述，为防繁琐其出处不加注记。

# 各篇日文原题与最初发表书刊

1 宋詞略説

興膳宏編『中国文学を学ぶ人のために』第四章「詞」

1991 年 3 月　世界思想社

后收入『宋詞と言葉』　2009 年 9 月　汲古書院

2 宋代士大夫と詞

『風絮』第 9 號　2013 年 3 月

3 陳宓の詞について

『文学部論集』（佛教大学）第 89 號　2005 年 3 月

（后收入『宋詞と言葉』）

4 柳永詞について──その艶詞に関する一考察──

『中國文學報』第 25 冊　1975 年 4 月

（后收入『宋詞と言葉』）

5 蘇東坡の悼亡詞について

『人文學論集』（佛教大學學會）第 24 號　1990 年 12 月

（后收入『宋詞と言葉』）

6 羽扇綸巾のひと──周瑜と諸葛亮

『興膳教授退官記念中国文学論集』　2000 年 3 月　汲古書院

（后收入『宋詞と言葉』）

7 寿詞をめぐって─誕生日と除夜─

『中国学志』頤号　2012 年 12 月

8 詩語「春帰」考

『東方學』第 75 輯　1988 年 1 月

（后收入『宋詞と言葉』）

9　李義山「楽遊原」と宋人──「只是」をめぐって

『中国学志』臨号　2004 年 12 月

（后收入『宋詞と言葉』）

10　夫と妻のあいだ──宋代文人の場合──

荒井健編『中華文人の生活』　1994 年 1 月　平凡社

附論　詩人と妻──中唐士大夫意識の一斷面

『中国文学報』第 47 冊　1993 年 10 月

# 后　记

　　本书所收论文中的两篇（第二章与第七章）是最近脱稿的新作，另外的九篇则是对往昔有关宋词的旧稿所做的修订。虽然本书意在"宋词研究"，但其中称得上纯粹的词人论或作品论的只有第四章一篇而已。其他的内容，例如对"宋人是如何感受宋词的魅力的"、"宋人是如何思考诗与词的不同点和共通点的"、"在宋代文学中词所占据的位置是怎样的"，甚至于"能否通过词或诗文来窥视宋代士大夫的生活情感、生活信条"等问题的探讨，只能说是出于对我个人所关心的问题而进行的考察。因此，与其称本书是以"词"为中心，也许不如说是对"词的周边"进行的考察更为确切。这也是将本书定名为"词及其周边"的缘故。

　　我早年就学过的日本京都大学文学部，规定在大学二年级下学期的秋天就必须要对自己所学的专业做出选择。我原本是想要选修法国文学的，结果却踏上了中国文学研究的途径。这是因为在大学二年级的时候，第一次接触的唐代诗人李贺的作品，出乎意料地激起了我对中国古典文学的兴趣。由于这一段小插曲而踏入了中国文学研究大门的我，之所以能够作为一名研究者治学至今，和两位恩师入矢义高先生和小川环树先生的相遇是分不开的。通过参加入矢老师退休以后主持的"敦煌变文研究会"，我掌握了阅读中国白话、文言所需要的知识。而在小川老师退休后组织的"苏轼诗研究会"上，我又从小川老师那里了解到了中国古典诗是怎样的存在，应该如何去解读等研究要领。作为本书的著作者，对于其中收录的论文所具有的学术价值始终是心怀惴惴，惟愿能够不辜负上述两位恩师的辛勤教诲。

　　关于词，我的启蒙老师是村上哲见先生。在我选择了中国文学专业的大学三年级的七月，执教于东北大学的村上老师给我们做了题为"宋代诗余"的短期学习讲座。"春归"不是说春天"回来了"，而是指"回去了"，也就是"春天结束"的意思。当时村上老师对"春归"一语的诠释，成为了我对中国古典诗的语义发生兴趣的契机。然而，白驹过隙，当我对"春归"一语的念念不忘最终以论文的形式发表时，却是距村上老师的讲座十多年之后的事情了。

　　作为一名中国古典文学的研究者，我没有去中国留学的经验。虽是"身在日本学在中国"，能够得到以两位恩师为代表的众多优秀师长们的谆谆教诲，实在是我莫大的荣幸，然而，每当看到现在在学生时代就能够去中国留学的学子们，心底还是会油然生出些许羡慕之情，总是不由自主地想："假如我也曾经去留过学的话，或许也能够从中国的老师们那里得到很多的教益吧。"对我的这一论文集在中国的刊行进行积极推荐的早稻田大学的内山精也先生，就是有着中国留学经验的众多后辈中的一人。本书的第二章和第七章是我考虑已久的题目，可以说内山先生的热情是促使我执笔的契机，在此向他表示我衷心的感谢。此外，也感谢担任汉语翻译的陈文辉女士，如果没有她的帮助，置身于繁忙的校务之间，我是不可能在这样的短时间内完成本书的翻译工作的。

　　本书的内容一定还存在一些讹误和不足，敬祈读者和海内外方家们的赐教。假如本书能给开卷者带来些许的裨益或启发，就是我最大的欣慰。

中原健二

2013 年 10 月于日本京都

# 《海外汉学丛书》已出书目

(以出版时间为序)

中国文学中所表现的自然与自然观

　　〔日〕小尾郊一著　邵毅平译

唐诗的魅力：诗语的结构主义批评

　　〔美〕高友工、梅祖麟著　李世跃译　武菲校

通向禅学之路

　　〔日〕铃木大拙著　葛兆光译

1368—1953 中国人口研究

　　〔美〕何炳棣著　葛剑雄译

道教(第一卷)

　　〔日〕福井康顺等监修　朱越利译

追忆：中国古典文学中的往事再现

　　〔美〕斯蒂芬·欧文(宇文所安)著　郑学勤译

中国和基督教：中国和欧洲文化之比较

　　〔法〕谢和耐著　耿昇译

中国小说世界

　　〔日〕内田道夫编　李庆译

中国的宗族与戏剧

　　〔日〕田仲一成著　钱杭、任余白译

南明史(1644—1662)

　　〔美〕司徒琳著　李荣庆等译　严寿澂校

道教(第二卷)

　　〔日〕福井康顺等监修　朱越利等译

道教(第三卷)

　　〔日〕福井康顺等监修　朱越利等译

中国民间宗教教派研究

　　[美]欧大年著　刘心勇等译

早期中国"人"的观念

　　[美]唐纳德·J·蒙罗著　庄国雄等译

美国学者论唐代文学

　　[美]倪豪士编选　黄宝华等译

中华帝国的文明

　　[英]莱芒·道逊著　金星男译　朱宪伦校

中国文章论

　　[日]佐藤一郎著　赵善嘉译

李白诗歌抒情艺术研究

　　[日]松浦友久著　刘维治译

三国演义与民间文学传统

　　[俄]李福清著　尹锡康、田大畏译　田大畏校订

中国近代白话短篇小说研究

　　[日]小野四平著　施小炜、邵毅平等译

柳永论稿：词的源流与创新

　　[日]宇野直人著　张海鸥、羊昭红译

美的焦虑：北宋士大夫的审美思想与追求

　　[美]艾朗诺著　杜斐然、刘鹏、潘玉涛译　郭勉愈校

明季党社考

　　[日]小野和子著　李庆、张荣湄译

清廷十三年：马国贤在华回忆录

　　[意]马国贤著　李天纲译

终南山的变容：中唐文学论集

　　[日]川合康三著　刘维治、张剑、蒋寅译

中国人的智慧

　　[法]谢和耐著　何高济译

杜甫：中国最伟大的诗人

　　洪业著　曾祥波译

中国总论

　　［美］卫三畏著　陈俱译　陈绛校

宋至清代身分法研究

　　［日］高桥芳郎著　李冰逆译

才女之累：李清照及其接受史

　　［美］艾朗诺著　夏丽丽、赵惠俊译

中国史学史

　　［日］内藤湖南著　马彪译